わが兄 チェーホフ

ミハイル・チェーホフ 著
宮島綾子 訳

目次

チェーホフ家の系譜

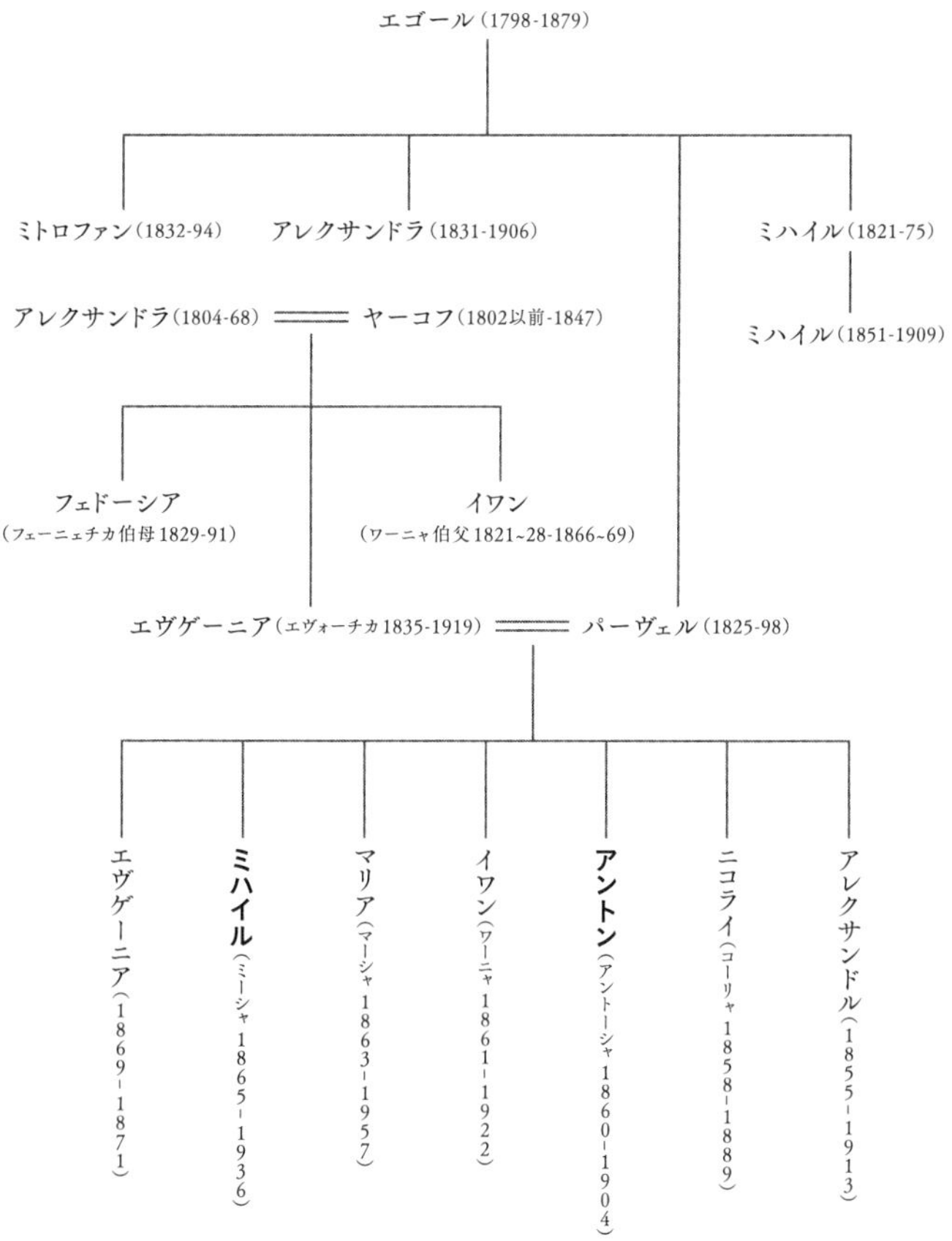
エゴール（1798-1879）
ミトロファン（1832-94）
アレクサンドラ（1831-1906）
ミハイル（1821-75）
ミハイル（1851-1909）
アレクサンドラ（1804-68）
ヤーコフ（1802以前-1847）
フェドーシア
（フェーニェチカ伯母 1829-91）
イワン
（ワーニャ伯父 1821~28-1866~69）
エヴゲーニア（エヴォーチカ 1835-1919）
パーヴェル（1825-98）
エヴゲーニア（1869-1871）
ミハイル（ミーシャ 1865-1936）
マリア（マーシャ 1863-1957）
イワン（ワーニャ 1861-1922）
アントン（アントーシャ 1860-1904）
ニコライ（コーリャ 1858-1889）
アレクサンドル（1855-1913）

チェーホフのモスクワ

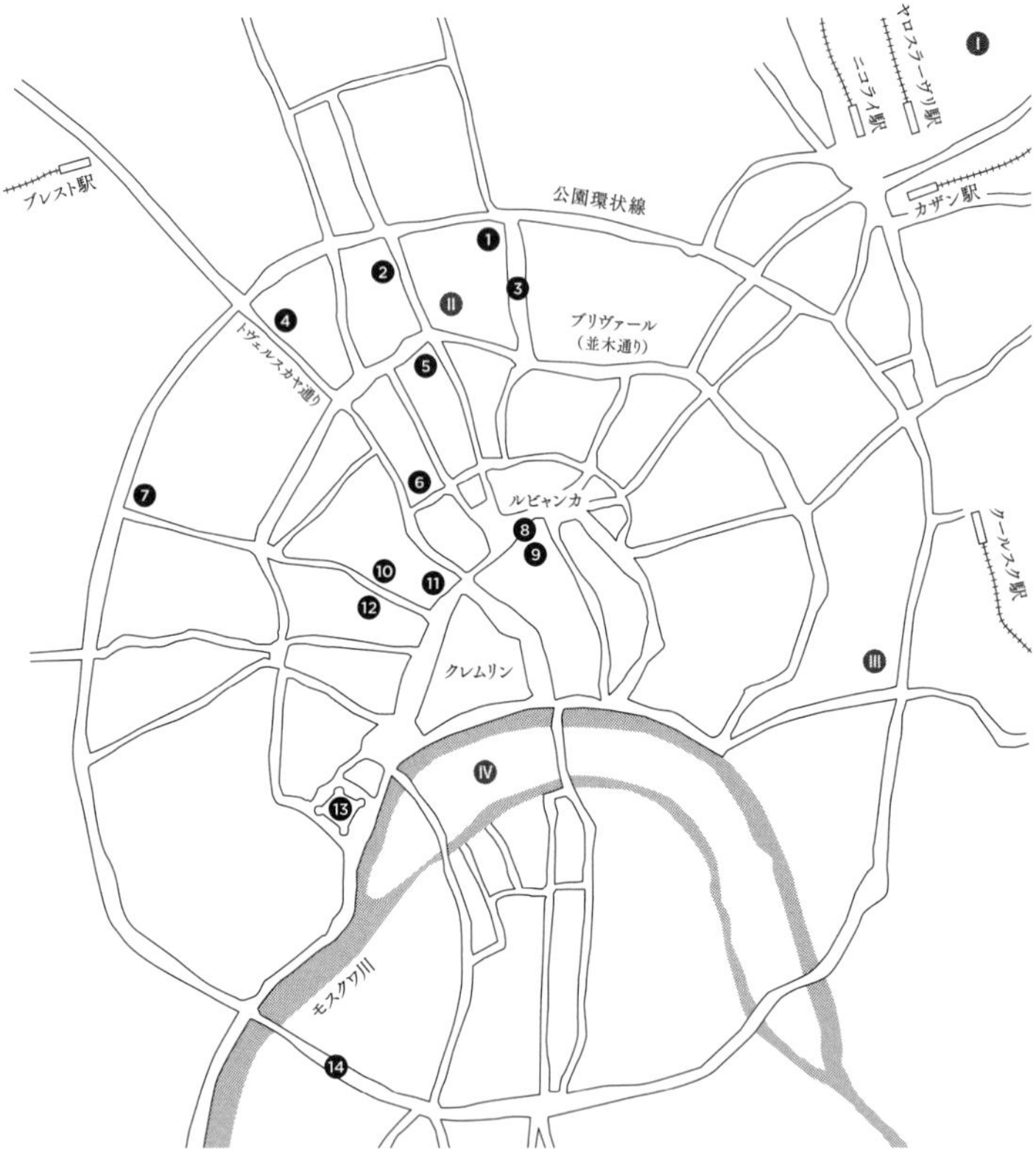

❶スハレフ塔
❷「エルミタージュ」
❸グラチョフカ
❹マーラヤ・ドミトロフカ
❺コルシ座
❻モスクワ芸術座
❼サドーワヤ・クドリンスカヤの家（現チェーホフ博物館）
❽モスクワホテル
❾ホテル「スラヴャンスキイ・バザール」
❿「熊の宿」
⓫モスクワ大学旧校舎（願書受付）
⓬音楽院
⓭救世主大聖堂
⓮ヤキマンカ
Ⅰソコーリニキ地区
Ⅱスレチェンカ地区
Ⅲヤウザ地区
Ⅳザモスクヴォレーチエ地区

第一章

チェーホフ家の系譜

家族と生地タガンローグ

家庭演劇

ぼく達の叔父ミトロファン

　ぼく達の叔父ミトロファン［一八三二～九四］を、変人、奇人、空想家と言う人もいたが、尊敬する人もいた。兄のアントンはこの叔父を敬愛していた。叔父は全生涯を社会事業に捧げ、精根尽き果てて亡くなった。その働きぶりは並大抵ではなかった。五、六十年前の「社会事業」は、現在［一九三〇年代］のものとまったく違い、ミトロファン叔父の場合、何よりもまず慈善事業であった。地方議会の議員をやり、教会執事をやり、貧困層の人達を援助するためにタガンローグ慈善教団を設立。叔父の家の門はいつも貧しい人達のために開かれていた。例えば、彼の名の日のお祝い［自分の洗礼名と同じ名の聖人の日を祝うもの］には、門が開け放たれ、中庭にはクロスのかかったテーブルにピロシキやいろいろな食べ物がたくさん並べられて、誰でも勝手に中へ入って行って食卓につくことができた。

　叔父は自分の家で本格的な祈祷をあげてもらうほど信心深い人だったが、劇場通いも大好きで、『かあさんの息子』とか『優しいがための不幸』といったコメディや軽喜劇《ヴォードヴィル》を見て、涙の出るほど笑い転げていた。いつもシルクハットをかぶって上品な服装をしていたので、外見的には大変裕福そうだった。叔父の仕事は朝まだ暗いうちから始まり、終わるのは夜だった。だが、日曜日は家でゆったりと新聞や本を読み、子ども達との団欒《だんらん》を楽しんでいた。自分の子ども達を深く愛していて、「お前」とか「君」とは呼ばず、「あなた」と呼んでいたので、ぼく達いとこはとてもうらやましかった。

ぼく達がまだ幼い頃、中等学校の生徒だった作家アントンも仲間に入って家庭演劇みたいなものをやった時は、叔父はいつも観客で、劇評家でもあった。文学的才能とも無縁ではなく、ぼく達が大人になってからもらった手紙の言葉の端々や詩的な表現が、これを裏付けている。青年時代は大変なロマンチストで、マルリンスキイ〔本名はベストゥジェフ、デカブリストで作家。一七九七～一八三七〕の作品に夢中になっていた。生涯を通して「マルリンスキイ」スタイルを真似ていた。叔父がまだ独身でロシアをあちこち旅行している時、ぼく達の両親に書いた手紙は、表紙をつけてまとめられ、わが家にずっと保管されていた。ミトロファン叔父の文学的才能はぼく達、とりわけ、後に本物の文学者となった兄達、アントンとアレクサンドルに明らかに受け継がれている。

宮殿庭園でのエピソード

ミトロファン叔父の生涯で、興味津々なのが恋愛と結婚のエピソードだ。タガンローグ特別市長の事務所にエフトゥシェフスキイという男が勤めていた。彼にはリュドミーラという娘がいて、みんなはミーレチカと呼んでいた。このミーレチカは、当時、皇太子アレクサンドルに嫁いでマリア・アレクサンドロヴナとなった、ヘッセン＝ダルムシュタット大公の娘マクシミリアナとそっくりだった。ある時ミーレチカの肖像画を見たミトロファン叔父は一目惚れしてしまい、彼女に自分の気持ちを伝えて結婚を申し込んだ。でも、断られてしまった。骨の髄までロマンチストだった叔父は、町から忽然《こつぜん》と姿を消してしまう。旅先からの手紙で、叔父が旅に出たのだと分かった。

当時の旅がどれほど大変なものかは、四百七十露里［約五百キロメートル。一露里は一・〇六七キロメートル］もあるタガンローグとハリコフの間に町一つなく、行商人に出会うかどうかも分からない、ということからも容易に察せられる。果てしなく続くステップの真ん中でたびたび野宿をしなければならなかった。当時ここはまったくの「フロンティア」で、ダニレフスキイがまさに『フロンティア』というタイトルの長編で描いたような、ぼう洋と広がり、追いはぎが出没し、悪魔か何か得体の知れないものの姿が見え隠れする摩訶《まか》不思議な出来事の噂に彩られた土地だった。鉄道はなかった。だからぼく達も、ハリコフへ仕入れに行く父を送り出すといつもお祈りをしたものだ。ただ一つニコラエフスク鉄道〔モスクワ〜ペテルブルグ間〕が建設中だったが、その当時開通していたのは主要な部分だけで、モスクワからトヴェーリ（約百五十七露里）まで一昼夜半かかった。それでも、馬で行くように速くて便利だと言われていた。

叔父の手紙には面白い内容がいっぱい詰まっていた。やっぱり例のマルリンスキイ・スタイルで、モスクワへの旅、ペテルブルグへの旅、初めて乗った鉄道の旅の印象を綴ってあった。なんといっても、傑作だったのは、ツァールスコエ・セロー〔ペテルブルグ郊外、現プーシキン市〕を訪れた時の手紙だった。秘密だった旅の目的も明らかになった。

叔父はツァールスコエ・セローの宮殿庭園に入ると、自分の初恋の人に似た「かの人」を一目見たい、という思いに駆られて足を止めた。すると、なんと叔父の方に向かって歩いて来る一組の男女が見えた。アレクサンドル二世と、かつては大公女マクシミリアナだったお后が腕を組んでやって来るところだった。二人は叔父の方へまっすぐ近づいて来た。叔父は跪《ひざまず》いた。アレクサンドル二世は何かの直訴の人と勘違いしたらしく、叔父の方に向かって聞いた。

「何かご用ですか?」

「いいえ、何もございません、陛下。私が愛している娘に似た方にお会いできて、とても幸せです」

マクシミリアナは叔父の言った言葉を理解しなかったらしいが、アレクサンドル二世は叔父を立たせ、肩を軽く叩き、二人は行ってしまった。

もちろん、大層他愛のない情景ではあったが、当時、特に南部の田舎では、強烈な印象を与えずにはおかなかった。ひょっとすると、書いているのはロマンチストの叔父だから、宮殿庭園のエピソードはある程度脚色されているかも知れない。

そんなわけで、ミトロファン叔父が故郷に帰って来ると、ミーレチカは叔父との結婚にもう何も文句は言わなかった。二人は一緒に住み始め、年老いていった。もてなし上手の、居心地のよい二人の家で、ぼく達甥はいつも家族のように温かく歓迎された。後にぼく達が北部ロシアへ引っ越してからも、タガンローグへ来るといつも叔父の家に泊めてもらうのが楽しみだった。この家でのひとときが、アントンの作品『貴族団長夫人の屋敷で』などに描かれている。ぼくが思うに、ミトロファン叔父自身も作品のようなものを書き溜めていたのではないだろうか。というのは、ぼくが二十五歳の時、叔父は進んでぼくと手紙を交わすようになり、何かの抜粋のような自然描写を紙面いっぱい、何枚も送ってきた。例えば、「修道院の柵の向こう、修道士達の墓地に咲く花々」とか「露に濡れた草原を、陽気に流れる小川」等々。この抜き書きは、表現やスタイルから見て、叔父自身が書いたものだとすぐ分かった。

長司祭ポクロフスキイ

すでに書いたように、ミトロファン叔父は教会執事だったことがあり、その役目上、また彼の性格からも僧侶達をちょくちょく自宅に招いていた。いつも大歓迎されていたのが、長司祭ポクロフスキイだった。ちょっと変わった聖職者だった。ハンサムで、学識深く、いつも美しい僧服を身に着けていて、お洒落《しゃれ》を好む上流社会の人だった。かつてはオペラ歌手を目指して勉強したという、素晴らしい張りのあるバリトンの持ち主だった。しかし、彼の住む環境が才能を伸ばす足かせとなり、タガンローグ寺院の主任司祭の地位を得るにとどまった。とはいえ、寺院でも声楽家として活躍していた。彼が行う礼拝はとても印象的で、祭壇で歌う彼の声は聖歌隊を圧倒するほど響き、寺院の奥まった隅々まで滲《し》み渡っていった。彼が歌うのを聞いていると、本当にオペラ劇場にいるような気分になった。中等学校の正規の教師もしていた。わが家はこの中等学校で五人の兄弟が学んでいた。ぼくが一年、アントンが五年生だった。兄弟のうち、ポクロフスキイ先生から問題を出されたり質問をされたりした者は一人もいない。先生は生徒を名指しはするものの、自分は新聞に没頭していて生徒の答えは聞かず、いつも決まったように「三点」をつけるのだった。彼はぼく達の父を、形だけの信仰者として嫌っていたので、その腹いせに、ぼく達息子につらく当たった。大人になってからアントンが一度ならず話していた。ポクロフスキイは彼の前で母にこう言ったそうだ。

「エヴゲーニアさん、お宅の息子さん達はまったくものにならんですな。まぁ、長男のアレクサンドルだけは何とかなるかも知れませんがね」

先生は生徒達を、変てこな名前で呼ぶのが好きだった。例えば、最初アントンのことを「アントーシャ・チェホンテ」と呼んだ。だから、作家になったアントンはこの名をペンネームにしたこともある……

作家として有名になったアントンが、やはりタガンローグ中等学校卒業生でペテルブルグの弁護士コロムニンと共に、ポクロフスキイに銀のティーカップスタンドをプレゼントしたことがあった。プレゼントに感激した長司祭は、兄アントンに感謝の言葉を書き送り、作品を送ってくれるよう頼んだ。

「老人を若返らせて下さい」とも書いてあった。

アントンは、扉に「A・チェホンテ」と印刷されている自分の著書『色とりどりのお話集』を先生にプレゼントした。

老先生の予言ははずれたと言える。とにかくアントンはものになったのだから。しかし、ポクロフスキイが考えついたあだ名はロシア文学の財産となった。

父パーヴェル

わが家の六人の子ども達、五人兄弟と姉一人、全員が中等学校で学んだことにより、わが家はミトロファン叔父の家以上に、上品さや知性を身につけることができたと思う。ぼく達の父パーヴェル〔一八二五~九八〕は、お祈りは好きだったが、今考えてみると、彼の生活をよく観察すれば信仰にあついというより、形式をより重んじる人だった。父は教会の礼拝は好きで、最初から最後まできちんと勤めはしたが、父にとって教会は、知人と会ったり、しかるべき場所でしかるべきイコン［聖像画］を鑑賞する、いわばサロンのようなものだった。家で祈祷を執り行うこともあり、ぼく達息子は聖歌隊、父は神父を演じた。礼拝以外は、ぼく達子どもと同様信仰心のうすい罪深い人で、俗世の仕事に専念していた。父は歌をうたい、ヴァイオリンを弾き、シルクハットをかぶり、復活祭やクリスマスには終日あちこち訪問し、新聞が大好きで、独り立ちしたその日から『北の蜜蜂』とか『祖国の息子』を定期講読していたくらいだ。新聞の各号を丁寧に保存し、年末には全部まとめて紐で綴じ、店のカウンターに立てて置いた。新聞は声に出して、しかも隅から隅まで全部読み、政治や知事の行動について話して聞かせるのが好きだった。ぼくは糊の利かないシャツを着ている父を一度も見たことがない。後に、かなり貧乏になった時でさえいつも、姉がアイロンをかけた糊の利いたシャツを着ていた。わずかなシミも見落とさない人で、常に清潔で几帳面な服装をしていた。

歌をうたい、ヴァイオリンを弾き、それも楽譜を読みながらの演奏で、アダージョやモデラートなど、何でもきちんと表現する天分に恵まれていた。音楽への情熱を満たすため、ぼく達息子や親しい人達を集めて合唱団をつくり、家庭でも人前でも演奏会をした。音楽に身を捧げ過ぎて、扶養者としての義務をたびたび忘れた。恐らくそのせいであろう、後に、商売は破綻《はたん》する。父には美術的な才能もあった。彼の作品の一つ『福音記者ヨハネ』は現在ヤルタのチェーホフの家博物館にある。長年、市の選挙の仕事にも携わっていたし、地元の名士が集まる祝賀会や食事会には必ず出席していた。哲学的思索をするのも好きだった。ミトロファン叔父が内容の深い本だけを読んでいたのに比べ、父はフランスの三文小説も結構読み、しかも時々考えごとをしながら読むので、朗読の途中、聞き役の母に確かめることがあった。

「ところで、エヴォーチカ、いま私は何と読んだのかね？」

父方、母方の祖父・曾祖父

父方の曾祖父、ミハイル・エメリヤノヴィチ［一七六二〜一八四九］が何をしていた人か、ぼくは知らない。父の話から、ひいおじいさんにピョートルという兄弟がいたことは知っている。その人は何をきっかけにしたのか、寺院を建てようと思い立ち、ロシア中を東西南北、徒歩で遍歴し、本当にキエフに寺院を建ててしまったそうだ。

わが家の系譜は、祖父エゴール［一七九八～一八七九］から始まる。ヴォローネジ県オストロゴシク郡オリホワトカ村在、既婚、三人の息子と娘があった。家族全員がチェルトコフという地主の農奴で、この地主の孫は後にレフ・トルストイの思想に強く共鳴するようになった。自由を欲する気持ちが非常に強かった祖父は、公式の農奴解放よりずっと早い時期に、身代金を支払って自由を得た。娘アレクサンドラの身代金が足りなかったので、祖父は金を工面して身請けに来るまで娘をよそに売らないでほしい、と頼んで地主のもとを去ろうとした。しかし、チェルトコフはちょっと考えて、「待て」というふうに手を振って言った。

「ま、これもありか……　おまけだ、持って行け」

というわけで、ぼく達の叔母アレクサンドラ［一八三一～一九〇六］も自由の身になったのである。曾祖父、祖父がオリホワトカ村ではチェーホフでなく「チェフ」と呼ばれていたことと、いつも自由を欲していたことから、ロマンチストたるミトロファン叔父はある推測をした。叔父さんはそれをぼくに何度も話して聞かせた。

「わが祖先が、宗教弾圧を受けてロシアに逃げてきたボヘミア出身のチェコ人であることは、間違いないよ。ロシアで誰か力のある後見人を見つけなければならなかったんだ。その結果、祖先は農奴になったか、農奴の女と結婚して自分自身も農奴となり、生まれた子ども達も自分の意志で農奴になったか、法の定めでそうなったかだ」

情熱家の叔父は、いつもこう付け加えた。

「それでね、ぼくはこう思うんだ。普通の農奴だったら、生まれた土地から逃げ出すなんて考えないよ、意味がないもの。というより不可能だよ、そんなこと。だからぼく達の祖先は並みの人ではないと思うよ」

こんな伝説じみた仮説を、ミトロファン叔父は終生信じていた。ぼく達甥は、ただ微笑んでいるだけだった。というのは、叔父の説よりもっと資料に基づいた説があったからだ。モスクワのクレムリンにある「鐘の王様」は、一五八六年鋳物師アンドレイ・チェーホフにより鋳造された。ぼく達の祖先はこの人から始まっている、と言えないだろうか？

祖父は長男ミハイル［一八二一～七五］をカルーガの製本職人の所へ見習いに出し、自分はタガンローグとロストフにあるプラトフ伯爵の領地の管理人となった。ここへ二人の息子パーヴェルとミトロファンを伴って行った。その時、娘のアレクサンドラはオリホワトカ村へ嫁に出されていた。かくして、ぼくの父と叔父は遠い南部ロシア、アゾフ海沿岸にたどり着いたわけである。父は、タガンローグの市長で商人でもあったコブィリンの所へ見習いに出され、叔父はロストフの商人バイダラコフのもとに送られた。後に、叔父もタガンローグへ移住した。コフィリンの所での年季を終えると、父パーヴェルはタガンローグに植民地商品［植民地から輸入した茶、コーヒー、米、香料等］を売る店を開いた。そして、ぼく達の大切な、忘れえぬ母エヴゲーニア・ヤーコヴレヴナ・モロゾワ［一八三五～一九一九］と結婚した。

母方の曾祖父が何をしていた人か、ぼく達は知らない。祖父ヤーコフ・ゲラシモヴィチ・モロゾフ［一八〇二以前～一八四七］はタンボフ県のモルシャンスクに住んでいて、そこでぼく達の祖母アレクサンドラ［一八〇四～六八］と結婚した。娘二人、フェドーシア［一八二九～九二］とエヴゲーニア（ぼく達の母）、息子のイワン［生年一八二一～二八、没年一八六六～六九］（ぼく達の伯父ワーニャ）が生まれた。祖父ヤーコフはラシャの大商いをやっていて、彼を「ムッシュウ・モロゾフ」と呼ぶフランス人達と知り合いだった。商売のため、ちょくちょくモルシャンスクを長い期間不在にした。ことのついでに、当時この地域の中心的な都市だったタガンローグにもやって来て、パプコフ将軍の持ち家に逗留《とうりゅう》した。

将軍の持ち家はアレクサンドル一世の宮殿庭園と隣接していた。祖母アレクサンドラにはマリアという妹がいて、その人はウラジーミル県のシューヤの古儀式派［ロシア正教中の古式分派］信者の所に嫁に出されていた。夫がラシャの商売で家を留守にしたある時、アレクサンドラは息子や娘達を連れてシューヤに出掛けた。祖父ヤーコフは、家族から遠く離れたノヴォチェルカッスクに逗留中、当時流行っていたコレラにかかり、旅先で病死した。祖父が死んだ後にも商品のラシャや何らかの財産は残っていたらしい。祖母アレクサンドラは馬車を雇い、子ども達を連れてシューヤからノヴォチェルカッスクまで、つまりロシアの端から端まで夫の埋葬地を探し歩いた。

この旅は、ぼくの母とその姉の心に深く消しがたい痕跡を残した。鬱蒼《うっそう》とした森、先の尖った木の柵で囲まれた旅籠《はたご》——柵には錠のかかった門がついていた——、往来する商人を狙う追いはぎや人殺し、ありとあらゆる出来事に遭遇し、ついにぼう洋として果てしなく広がるアゾフ海沿岸のステップにさしかかった。あやしげな旅籠には逗留しないほうがよいと思い、夜空の下、果敢にも自然のふところで悪党も暴漢もおそれず野宿した。この経験は、母やフェーニェチカ［フェドーシアの愛称］伯母にとって尽きせぬお話のタネとなり、幼いぼく達は目を丸くし、息を飲んで二人の話を聞いたものだった。伯母と母はぼく達の心を震わす印象的な語り口で話して聞かせた。だから兄達のお話作りの巧みさや文学的センスは、母達のお話が大いに貢献しているとぼくは思う。

アレクサンドラと子ども達は、ノヴォチェルカッスクで祖父の埋葬地も、思い出に残るようなものも、何も見つけることができなかった。祖母はもうモルシャンスクへは戻らず、さらに先のタガンローグへ向かった。道中立ち寄ったロストフで、息子のイワンを商人バイダラコフの所へ奉公にやった。ここで、このイワン、つまりワーニャ伯父がぼく達の父の弟であるミトロファン叔父と出会うのである。すでに書いたように、ミトロファン叔父もバイダラコフのもとで働いていた。二人とも大変な夢想家で、まもなく仲良しになる。ワーニャ伯父が肺結核で亡くなるまで二人の友情は続いた。

祖母は二人の娘とタガンローグへ来て、かつて夫が住んでいたパプコフ将軍の持ち家に落ち着き、終生ここで暮らした。

イギリス艦隊のタガンローグ砲撃

歳月は流れ、ミトロファン叔父もワーニャ伯父も青年になった。ミトロファンはロストフからタガンローグへ移り、自分で商売を始める。続いてワーニャ伯父も、自分の母親や妹達の所へ移って来た。伯父ワーニャとミトロファンを通じて、ぼく達の父はモロゾフ一家と知り合いになり、やがてアレクサンドラの下の娘エヴゲーニアと結婚する。芸術家肌で、どんな楽器もこなす楽師で、画家でもある多言語話者《ポリグロット》のワーニャ伯父は、ぼく達の愛するマルファ伯母さん［一八四〇頃～一九二三］と結婚した。ミトロファンとミーレチカの結婚についてては、すでに書いた。

ぼく達の両親が結婚したのは一八五四年十月二十九日。セヴァストーポリ戦争［ロシアと英国が戦ったクリミア戦争における戦闘の一つ。ロシア黒海艦隊のあるセヴァストーポリを英国、フランス、トルコ帝国連合国軍が攻撃した］が始まった時だった。結婚して最初の一年間、二人は、父にとっては姑の所で暮らしていたらしい。一八五五年、タガンローグがイギリスに攻撃された時の話や、家中大変な騒ぎだった、という両親が好んでしていた話から察して、チェーホフ家とモロゾフ家は同居していたようである。その年の夏、カザンの日［七月八日］の前日、祖母アレクサンドラは教会の徹夜祷［土曜日の夜中から日曜日の朝方にかけて行う礼拝］に出ていた。勤行を取り仕切ったのはアレクセイ・シャルコフ神父だった。祈祷の最中、突然砲弾が教会の壁に当たり、建物全体が揺れだした。壁の漆喰が落ちてきた。みんなびっくりしてひと所にかたまった。シャルコフ神父は、恐ろしさに本を持っている手が震えたが、六聖歌を引き続き読んだ。礼拝が終わって、恐怖に震えながら教会を出た時は、イギリス艦隊はすでに去り、水平線のかなたに白く見えていた。

その後、七月二十六日になるまで艦隊は姿を現さなかった。その前日、夕方近く、祖母アレクサンドラの所へシャルコフ神父がやって来て、水平線の上にまた白い艦隊が見えると知らせた。鐘楼に登った神父の目に停泊している艦が見えたのだった。彼は、当時ぼくの長兄アレクサンドルを身ごもっていた母の万一を心配して、町にいない方がよいと祖母に忠告したかったのだ。翌日は日曜日で、父とワーニャ伯父は昼の礼拝に行った。礼拝が終わってから、二人が海に突き出ている見晴らしのいい堡塁《ほうるい》（ピョートル一世が作った要塞）に登ってみると、目の前にイギリス艦隊が見えた。煙突から煙をあげている見慣れない艦をもの珍しく見ていると、突然一斉射撃が始まった。父はあまりの恐ろしさに転げ落ち、ワーニャ伯父はあわてて飛び下りて一目散に家へ逃げ帰った。家の中庭では、入口近くにサモワールを立てて湯を沸かしていた。アレクサンドラが鶏肉スープの鍋をかけたところだった。母は横になっていた。砲撃はすでに町中を襲っていた。すると不良達が家の中へ押し入って来て、鏡を割ったり家具を壊したりし始めた。ワーニャ伯父は湯の煮えたぎったサモワールをつかみ、不良達に振り掛けた。女達はおびえて、ただおろおろしていた。ちょうどそこへ、農家から荷馬車を調達した父が戻って来たので、荷馬車に祖母アレクサンドラ、身重の母、フェーニェチカ伯母を乗せ、女達は何もかも捨てて村の方へ逃げて行った。荷馬車の上で爆音を聞きながらアレクサンドラは溜め息をついた。

「あぁ……鶏肉スープが煮詰まってしまう……」

クレプカヤというタガンローグから六十露里離れた大きな村まで来ると、地元の聖職者キタイスキイ神父の所にとどまり、ここで一八五五年八月十日、母エヴゲーニアは長男アレクサンドルを分娩した。

長兄アレクサンドルと次兄ニコライ

アレクサンドル〔一八五五〜一九一三〕は教養があって魅力的で、温かい思いやりのある人だ。すぐれた言語学者でもあり、個性的な哲学家でもあった。文学者としては「A・セドイ〔白髪の意〕」というペンネームで作品を書いていた。博学だった彼は、新聞に学術会議の報告を書いていた。学者達は、自分の講演の前にわざわざ新聞社の編集部に出向き、兄アレクサンドルを取材に寄越してほしいと依頼するほどだった。高名なコーニや数多くの教授や学者達はアレクサンドルが会場に到着するまで講演を始めなかった。兄は、敵の砲弾の降る不穏な時代に生まれたためであろうか、酒をしたたかに飲むようになり、長年その飲酒癖に苦しんだ。そのつらい時期に特にたくさん書いている。しかし、病んでいる彼のペンから生まれた著作が公にされると、これがまた彼を苦しめた。従って、弟アントンの幼年時代の思い出やギリシャ学校のことなど、病気の時の彼が書いたものは信憑《しんぴょう》性がうすい。彼が書いたアントン・チェーホフの生い立ちなどは、十分注意して見る必要がある。しかし病気が治って、また愛すべき魅力的なアレクサンドルに戻っても、彼の話は心底楽しめるものではなかった。ただ隙間なくぎっしり詰まった百科事典のようで、彼と楽しく語れる話題は一つもなかった。一九一三年、ぼくが名づけ親になった彼の息子、後にモスクワ芸術座の有名な俳優になるミハイル〔一八九一～一九五五〕を残して亡くなった。

一八五八年五月、両親は二人目の息子ニコライ〔一八五八～一八八九〕（後に画家となる）を得る。彼も秀でた才能の持ち主で、ヴァイオリンとピアノの名手だったし、優れた絵画やユニークな風刺画で知られる。『五月一日の縁日。ソコーリニキ公園にて』とか『メッサリーナ、ローマに入る』〔メッサリーナはローマ皇帝クラディウスの妻〕などの大号の画を展覧会に出品し、作品はモスクワの救世主大聖堂に所蔵された。挿画や風刺画は、さわやかで上品で機知に富んでいて、モスクワのチェーホフ博物館にある遺作や、ヤルタのチェーホフの家博物館にある油画・水彩画がそれをよく表している。彼は人生で最も実りある年頃、三十一歳で亡くなった。ハリコフ県のスウムに近いルチャンスク墓地に眠る。

一八六〇年一月十七日〔本書ではユリウス暦が用いられている。現行の暦に直すには十九世紀で十二日、二十世紀で十三日を足す〕、後に有名な作家となるアントン〔一八六〇~一九〇四〕が生まれ、一年後、これまた有名な教育者となるイワン〔一八六一~一九二二〕が生まれた。そして姉マリア〔一八六三~一九五七〕、続いてぼく〔一八六五~一九三六〕が生まれた。

第二章

タガンローグでの少年時代
父の破産と夜逃げ

タガンローグにて

ぼくが物心がついて、兄達を見ながら秤《はかり》の目盛を読めるようになった頃には、一番上の兄アレクサンドルは中等学校の五年生だった。他の三人ニコライ、アントン、イワンは二年ずつの間隔で小学生だった。当時ぼく達は、町のはずれとも言える、修道院通りと定期市横町の交差する角にあるモイセーエフの持ち家に住んでいた。中庭といくつかの建物からなる大きな二階建ての家だった。一階に父の店、台所、食堂と二つの部屋があり、上の階にぼく達全員と二人の下宿人、ガヴリール・パルフェンチエヴィチ（後で詳しく触れる）と中等学校八年生のイワン・パヴロフスキイが住んでいた。パヴロフスキイは後にペテルブルグへ行って医科大学に進むが、まもなく検挙され、かの有名な百九十三人裁判［一八七七〜七八。「民衆の中へ《ヴ・ナロード》」の運動家四千人の検挙に伴う裁判］で有罪判決をうけペトロパヴロフスク要塞に投獄された。シベリアへの流刑の最中アメリカへ逃亡し、一時ニューヨークで理容師として働いていた。このことを、当人が手紙でタガンローグの中等学校の校長宛に知らせてきたので、校長は大変失望し、教え子達に苦い思いを語って聞かせたという。

パヴロフスキイはアメリカからパリに移り、そこである新聞にペトロパヴロフスク要塞での獄中生活を小論として発表した。小論は、当時パリに住んでいたツルゲーネフの目に留まり、ツルゲーネフは彼の後見人となる。運の強いパヴロフスキイはフランス語とロシア語で著作し、やがて高名な文学者となる。「I・ヤーコヴレフ」というペンネームで新聞『新時代』の執筆者としてパリの世相戯評を連載し、有名なドレフュス裁判［一八九四年、フランスでおきたユダヤ人大尉ドレフュスに対する冤罪事件。ゾラをはじめとする知識人が軍部の不正に抗議の声を上げ、以後、フランスの国論を二分する大問題となる］について通信記事を書いていた。彼の筆になるものに、大著『小さき人々の大きな悲しみ』や大変面白い『現代スペイン探訪記』がある。年月を経て、有名な作家となったアントンがメーリホヴォに住んでいる時、恩赦を受けたパヴロフスキイがロシアにやって来て、兄を屋敷に訪ねた。二人はタガンローグのことや、わが家での下宿生活の思い出話をしていた。

ミトロファン広場での体刑

ぼく達の隣家に、ロシアに帰化したギリシャ人のマロクシアノ一家が住んでいた。両親と二人の娘と、アフォニャという少年がいた。ぼくとアフォニャは仲良しで、姉のマーシャ［マリア］は女の子達と仲良しだった。女の子の一人は、後に名の知れた革命家となり、裁判にかけられて徒刑に処された。兄アントンの話では、看守から侮辱をうけた彼女は看守を殴り、そのため体罰をうけてまもなく死んだということだった。

定期市横町はタガンローグの二つの広場、定期市広場とミトロファン広場を結んでいた。角にあるわが家の窓から両方の広場が見えた。ミトロファン広場には新しいバザールがあって、そこは犯罪者達に体刑を科す場所でもあった。黒い柱を組んだ台が作られていて、まわりに大勢の人だかりがしていた。太鼓の音と共に、わが家の横を車体の高い罪人用の黒馬車が通って行った。罪人は両手を後ろで縛られ、胸には罪名を書いた黒い板を下げていた。罪人を乗せた列が新しいバザールの体刑台に近づくと、罪人は台の方へ連れて行かれ、判決文が読まれた。罪人が貴族の場合は、罪人の頭上で剣が折られた。ぼく達はこれらを全部二階の窓から見ていた。母エヴゲーニアは罪人を哀れんで、いつも深い溜め息をついて十字を切っていた。母にとって罪人は、強い者に愚弄《ぐろう》され十分苦しんだ不幸な人達だった。ぼく達もこの考えで育てられたので、わが家では罪人や徒刑囚に対する哀れみの気持ちが強かった。ミトロファン叔父は自分の名の日にはいつも、徒刑囚の数だけフランスパンの入ったかごを徒刑場へ送っていたし、母エヴゲーニアは、ぼく達がモイセーエフの持ち家に住んでいる間は毎年、十月二十四日の聖堂祭に、徒刑場の教会へ朝の礼拝に行っていた。可能な限り、何が欲しいか囚人達に尋ね、また、何の罪で囚われているのか聞いていた。囚人の一人は、もう十六年も服役していた。なぜなら、自分のことはもう忘れられてしまったからだ、と言った。投獄された理由は、上司の許可を得ず教会を建てるための寄付を集めたからだった。

そのような十月二十四日のある夕方、母は徒刑場へ行ったまま帰って来なかった。礼拝が長引いたためだが、家では心配していた。ばあやのアガーフィアはぼくを連れて門を出ると、表通りでずっと待っていた。うす暗かった。通りの反対側を若い娘が歩いていた。家路を急いでいることは明らかだった。その時、馬車が走り去って行った。が、戻って来て、歩いている娘の横まで来ると止まった。中から二人の男が飛び出して来て、ぼく達の見ている前で娘をつかまえて馬車に押し込め、自分達も乗り込むと走り去った。娘は絶望のあまり、声を限りに叫んだ。「だれかぁ！　助けてぇ！」彼女の声は、ぼく達のいた所からそう遠くないステップの中についに消えてしまうまで、ぼくの耳にずっと聞こえていた。誰一人、通りへ飛び出して来なかったし、気にも留めなかった。ばあやは編み棒で耳の後ろをかきながら、「娘がさらわれた」と溜め息まじりに言っただけだった。まだ幼かったぼくには事のなりゆきが理解できなかったが、後になって、当時わが町ではトルコのハーレムに送るため若い娘の誘拐《ゆうかい》が流行っていた、ということを知った。

アントーシャとイライダ

一八七四年、ぼく達はうらぶれたエリサヴェチンスカヤ通りへ引っ越していった。祖父エゴールから譲られた土地に父が家を建てたからだ。父は事業家としては不向きで、もっぱら歌や社会的な活動にのめり込んでしまい、商売は赤字続き。従って、建てた家も見栄えのしない狭い家で、工事請負人は必要以上にレンガを積んで厚い壁にしたので、一つの工事に数千ものレンガ代を支払わなければならなかった。請負人達は住めないような家を建てておいて、父には不慣れな手形による借金をさせ、大儲けしたのである。四つの部屋に全家族が身を寄せ合って暮らした。地下に未亡人となった伯母フェドーシアと息子アリョーシャが住み、離れは、家計をやりくりするため未亡人サーヴィチに貸した。彼女には中等学校生徒の娘イライダと息子アナトーリイがいた。アントンはアナトーリイの勉強を見てやっていた。イライダは、どうも、アントンの初恋の人らしい。しかし、二人の恋は奇妙だった。痛烈な皮肉を言い合って、いつもいつもケンカばかりしていた。十四歳のアントーシャ少年は躾の悪い子だった、と言えなくもない。例えばある日曜日、教会へ行くイライダが蝶々のように着飾って離れから出て来て、アントンの横を通り過ぎようとすると、彼は地面に放り出してあった木炭袋で彼女の麦わら帽子を叩いた。黒い雲がわいたように、炭の粉が舞い上がった。またある時、庭の柵にもたれて何か物思いにふけっていたイライダが感動的な詩を作ると、アントンはすかさず、次のような四行詩をチョークで書いた。

スカートをはいた　庭の詩人さん
くちもとを　おふきなさい
詩なんか　書くより
お人形さんと　遊んでいなさいよ

父が築いた家庭は、半世紀前の田舎にはよく見られたごく普通の昔風の家だったが、教育に熱心で情操も大切にしていた。母が強く希望したからでもあるが、父パーヴェルも子

後列左からイワン、アントン、ニコライ、アレクサンドル、叔父ミトロファン、前列左からミハイル、マリア、父パーヴェル、母エヴゲーニア(1874年)

ども達にできるだけ多くの教育を受けさせたいと思っていた。とはいえ、一体何をどう学ばせたらよいか分からなかった。当時タガンローグの社交界の花形は金持ちのギリシャ人で、彼らは多額の金を浪費して貴族の真似をしていた。だから父には、子どもはギリシャ人社会に溶け込めるようにしなくてはいけないという信念があり、アテネの大学を卒業させたい、とまで考えていた。タガンローグには噂に名高いギリシャ学校があり、父は地元のギリシャ人にそそのかされて上の息子三人、アレクサンドル、ニコライ、アントンをその学校へ入れた。しかしこの学校の教育は、ギリシャ人だけを盲目的に信じている父から見ても馬鹿げたものだったので、昔からある地元の中等学校へ入れ直すことになった。兄達がギリシャ学校に在籍したことで、わが家の思い出に残ることは何もない。雑誌『ヨーロッパ通報』に載った亡き兄アレクサンドルの記述は、繰り返して言うが、慎重に読む必要がある。

ぼく達の教育

わが家の一日は労働に始まり、労働で終わった。家族全員が早起きだった。少年達は学校へ行き、帰ると宿題をやって、家の手伝いが全部終わってから自分の好きなことを始めた。長兄アレクサンドルは電池を組み立てる、ニコライは絵を描く、イワンは本に表紙をつける、未来の作家アントンは作文を書く……

夕方、父が売場から戻ると合唱が始まった。父は楽譜を見ながら正確に歌うのが好きだったので、子ども達にもそのように教えた。また、息子のニコライとヴァイオリンをデュエットで演奏したりした。まだ小さかった姉のマーシャがこれにピアノで伴奏をつけた。母はいつも忙しく、家事に走り回ったり、子どものものをミシンで縫ったりしていた。母は演劇がとても好きだったけれど、劇場にはたまにしか行かなかった。母は思いやりのある愛情深い人で、まだ年齢は若かったのに自分のことは考えず、全てを子どものために捧げて生きていた。何とか家事から解放されて劇場へ行く時は、帰途の安全を考えて兄達がついて行った。母は一階の平土間席に座り、兄達は母からそっと離れて座っていた。アントンは一幕終わるたびに、母の隣に座っているギリシャ人貴族と役者達を観客達の前に呼び出すので、ギリシャ人の方がきまり悪くなって途中で出て行く時もあった。

農奴制に絶対反対だった母は、地主による農民の迫害についてぼく達に話して聞かせた。ぼく達よりもっと身分の低い人達も、小さな鳥や動物も、弱いものは全て愛し尊敬するようにと教えた。「ぼく達の天分は父から、精神は母からもらった」とアントンは言う。ぼくとしては、母からも少なからぬ天分を授かっていると思うのだが。

フランス人のショペ夫人がぼく達にフランス語を教えに来ていた。父も母も語学は大切、という認識を持っていたからだ。ぼくが物心がつく頃は、上の兄、アレクサンドルとニコライはフランス語で自由に話していた。その後、国立銀行の地方支店に勤める役人が音楽教師として来るようになった。つまり、実際よりも良い生活をしようと背伸びした、いかにも当時の中流家庭らしい生活であった。

すでに書いたように、形式を重んじる父は特に教会の行事については徹底していて、ぼくら子ども達も土曜日の徹夜祷や日曜日の正餐への欠席は許されなかった。従って、アントンは教会の行事全般にわたり、とても詳しい（『聖夜』など）。ぼく達は、アレクサンドル一世が住んだこともあり亡くなった場所でもある宮殿の教会で歌ったことがある。この教会で礼拝が行われるのはキリスト受難週間〔復活祭直前の七日間〕と復活祭第一日目、聖霊降臨祭の第一日目だけだった。

ついでながら少しばかり歴史的なエピソードを紹介すると、アレクサンドル一世が住んでいたタガンローグ宮殿の庭に隣接して、パプコフ将軍の屋敷があった。この屋敷には当時宮廷を取り仕切って権勢を誇った大臣ヴォロンツォフ公が住んでいた。宮殿の庭と屋敷の庭は石塀で仕切られていて、塀にはしおり戸がついていた。このしおり戸は、アレクサンドル一世の命令で、ヴォロンツォフの住まいに直接通ずるように穴を開けてつけられたとされている。しかしながら、しおり戸をめぐる真相はこんな風だった——北部ロシアからやって来たぼく達の祖母アレクサンドラは、二人の娘フェーニェチカとエヴォーチカと一緒にこのパプコフ将軍の屋敷に住むようになった。その時タガンローグにはアレクサンドル一世もヴォロンツォフもすでにいなかったし、二人について語られることもなかった。宮殿には管理人のラゴフスキイという大佐が住んでいて、リュドミーロチカという娘がいた。女の子達は互いに親しくなり、塀の上によじ登っておしゃべりをするようになった。フェーニェチカ、エヴォーチカ、リュドミーロチカが塀に登らなくていいように、ラゴフスキイは塀の一部を壊してしおり戸を作るように命じた、と(これはエヴォーチカ本人から聞いたことである。エヴォーチカとは、つまりぼくの母エヴゲーニアだ)。

音楽への情熱に加え、教会通い、選挙の仕事と、父の時間はこれらに割かれていた。だから「店番」は自分の代わりに息子達にさせた。でもぼく達は、父親の代わりを務めながらも、ちゃんと年頃の男の子らしい楽しみ、都会の少年にとっては夢にも出てこないようなことをしていた……海に行って一日中ハゼを釣ったり、ラプター〔二組で闘うクリケットに似たゲーム〕をして遊んだり、家庭演劇をやったりした。家の生活規則は大変厳しかったし、当時では当たり前の体罰もあったけれど、ぼく達男の子は勉強や家事の手伝いの合間をぬって、結構自由を満喫していた。何よりもよく覚えているのは、誰にも許しを乞わず勝手に外へ遊びに飛び出して行っていたことだ。大事なのは食事にはちゃんと帰ること、家族の生活のリズムを崩さないことだった。勉強や自分の責任はきちんと果たした。父は商売人には不向きで、なんの情熱もなしに商いをやっていた。店を持ったのは、持たないでいては世間体が悪かったからで、子どもを店に座らせておくのは「見張り番」なしというわけにはいかなかったからだ。母の強い要望で、父は仕方なく第二級商人としての税金を払っていた。なぜなら、ぼく達息子が兵役義務を免れることができたからだ。一八七四年、身分に関係なく全市民に兵役義務令が発せられると、商人階級は自然消滅し、父は単なる小市民となった。子ども時代からきちんとした教育を受けていれば、父は聖歌隊の指揮者か、オペラの歌手になれたであろう。

クリニチカへの旅

子ども達のために両親が計画した遠出の旅を覚えている。タガンローグから七十露里離れたクリニチカ村への旅だった。旅の準備に、ながいながい時間を費やした。長兄アレクサンドルは、砂糖用の丈夫な紙袋でつばの広い帽子を作り、十五歳だった次兄ニコライは、どこからか折り畳み式のシルクハットを見つけてきて、これをかぶって行こうとしていた。これを茶目なアントンが散々物笑いにした。母エヴゲーニアは何か焼いたり煮たり、道中用にいろいろな食べ物を準備した。

荷馬車の御者をしているイワンを雇って、彼の馬車にクッションや毛布や絨毯《じゅうたん》を敷きつめた。御者を数に入れないと総勢七人が荷馬車に座って出発した。今思うと、七人が乗り込んで七十露里を往復するなんてよくできたものだ。想像することすら難しい。ニコライは道中ずっとシルクハットをかぶっていた。そして片目をすがめてアントンの冗談を聞いていた。彼は幼児の頃から、わずかではあるが斜視だった。顔を肩の方にちょっとかしげ、片目を細くして歩く癖があった。兄弟にいたずらを仕掛けたり、あだ名をつけたりするのが好きなアントンは、ニコライを始終からかっていた。

「おい、ガッチャ目くん、一服したいなあ！　タバコ持ってるかい？　なぁ、メッカチくん」

クリニチカにたどり着いたのは、夕陽が沈み始める頃だった。ありふれた普通の村で、教会には病気を治すと言われる冷たい水の湧く井戸があった。井戸のそばにバラックがあったので、バケツで水を運んで来て中で浴びることができた。今までニコライを延々とからかって落ち着かせなかったアントンは、クリニチカに着くとついに冗談だけでは我慢しきれなくなって、ニコライの頭からシルクハットを叩き落とした。ハットは馬車の車輪の下へ飛んでいき、押しつぶされて、中からバネが飛び出した。それでも、おとなしいニコライは何も言わず自分のかぶり物を拾い、横からバネが飛び出ている帽子をかぶって旅を続けた。アレクサンドルはアレクサンドルで、ありったけの声を張り上げて叫んでいた。

「おぉーい、女の子やーいッ！　お父さん達に知らせてくれェーィ！　大主教の音楽隊がやって来たぞォーッ！」

農家に着いて落ち着く暇もなく、アレクサンドルとアントンはすぐどこからか小さな引き網を見つけて来て、川へ魚捕りに出掛けた。小さなかます五匹とカニを五十匹ぐらい捕って来た。

クリニチカで丸二日過ごし、その後、祖父のいるクニャジャヤへ向かった。クリニチカからほぼ二十露里だった。ぼく達の祖父エゴールは、有名なアタマン［コサックの首領］の息子プラトフ伯爵の領地管理人をしていた。有名なアタマンは一八一二年［ナポレオン戦争］の英雄である。クニャジャヤは川に沿った大きな果樹園のある、住人のいない貴族の屋敷だった。

祖父と祖母は大きな屋敷の横に簡素な百姓家を建て、そこに住んでいた。豪邸に住むのを嫌ったからだった。ぼく達が到着すると、男の子達は大きい家の方に入れられた。十年以上誰も住んでいなかったにもかかわらず、ノミの大群でぼく達はぜんぜん眠れなかった。

アントンとアレクサンドルは、以前脱穀の時季にこの屋敷に泊まったことがあるので、よく知っている。だから二人はすぐ主人のような気分になっていた。鍛冶場、脱穀小屋、たくさんのハト、庭……といろいろ珍しくて面白かった。でも、なんといっても広々とした大地や、勉強や家の手伝いのない解放感がクニャジャヤでの最高の幸せだった。ニコライの帽子はクニャジャヤで不運な最期をとげることになる。彼は水浴びをする時も帽子を手放すことができなかった。帽子をかぶった裸のニコライが川の中でもがいていると、アントンが後ろからそっと近づいて行って帽子を叩いた。帽子はニコライの頭から落ちて、みんなが驚いたことに、水を吸い込み沈んでいった……

アントンは兄弟の中で一番頓智《とんち》の才能があった。でも一番不器用だった。ぼく達兄弟の中で、誰よりも肉体労働を嫌っていた。模擬講演会や芝居を考えついて、誰かを演じたり真似たりすることはあっても、他の兄弟のように本を綴じて表紙をつけるとか、時計を分解するとか、体や手先を使って働いているところを、ぼくは一度も見たことがない。

たしか一回だけ、手先を使う仕事をやる気になったことがある。一八七四年、タガンローグの郡学校に手芸教室が開設され、ポルムブという人が指導教官だった。何でもできる人で、ミシンの修理はする、靴は作る、裁縫も教えるという具合。あごヒゲがすごく長いので、靴を作っている時、膝の上に載せた台に散らばった革の屑を、そのヒゲで掃き落としていた。手芸教室の授業料は無料だったので、兄達はこの教室で勉強しようと意欲的だった。イワンは本の表紙製作を、アントンは裁縫を習い始めた。

未来の作家アントンが、いよいよ裁縫の腕前を披露する時がやってきた。なにしろ、兄ニコライの制服用のズボンを縫うところまでいったのである。アントンは博識の学者気分でこの仕立物に果敢に取り組んだ。当時は細いズボンが流行りで、おしゃれが大好きなニコライは、アントンが布地を裁っている間しつこくずっとそばに立っていた。

「うんと細くしろよ、アントン…… 今、みんな、細いズボンをはいてるぜ。なあ、できるだけ、細くしろよ！」

アントンは、そのとおり細く裁った。ズボンが出来上がって、ニコライがはこうとしたが、足が入っていかない。無理をして何とかはいたものの、まるでニットの下着のように肌にぴったりくっついていた。が、彼は編み上げ靴を履くと、遊びに出掛けて行った。

「おい、みんな、見ろよ！ ヘッ、靴はまるで船だぜ。ズボンはマカロニだ！」

浮浪児達がニコライを指さした。

かくして「ズボンはマカロニ」はわが家の伝説となった。

家庭演劇におけるアントンは、大立者、顔役であった。まだ子どもだったぼく達だが、ゴーゴリの『検察官』も上演した。ウクライナ語でチュプルンとチュプルニハの芝居もやった。チュプルン役はアントンがやった。彼の好きな即興物の一つは、祭日の式典に教会にやって来た市長が、絨毯が敷き詰められ、諸外国の大使が居並ぶ聖堂の真ん中に立つ場面であった。

長兄アレクサンドルは、この頃すでに家族と離れて暮らしていた。もう子どもではない、と家を出て中等学校の校長の家に住み、学校を卒業するとモスクワへ行った。この時（一八七五年）より以後、家族と一緒に暮らすことは終生なかった。兄ニコライもアレクサンドルと一緒にモスクワへ行ってしまったので、家庭演劇は打ち切られた。このようにしてチェーホフ家の若い世代は、末の三兄弟と姉だけになってしまった。これ以降、アントンは長兄としての尊厳を得るようになる。残った四人は別れ別れにならないよう運命づけられたようである。一八九〇年代の半ばまで一緒だった。

アントーシャの病気

一八七五年、アントンは重病にかかり、すんでのところでご先祖様のいるあの世へ行くところだった。最初の章で触れたが、わが家には商業裁判所に勤める下級役人ガヴリール・パルフェンチエヴィチが何年か下宿していた。彼は昼間裁判所で働き、夜は毎日クラブで大金を賭けてトランプをやっていた。運良く勝ちが続いたので十年後には馬を何頭か所有し、領地も持つようになった。彼には弟がいてイワンといった。やはりギャンブラーで、といっても別の意味での勝負師だった。お金は一銭もなかったが、何としても金持ちの花嫁を見つけよう、と探し回っていたのだ。そしてついに、運命の女神は彼に中年の未亡人を妻として贈った。彼女はドネツク炭田に数百デシャチナ［一デシャチナは一・〇九ヘクタール］の大きな屋敷を持っていた。このイワンがアントンを招待した時のことだ。彼の領地へ向かう時か、タガンローグへの帰途であったか、アントン少年は冷たい川で水浴びをし、風邪を引いた。

「ぼくと一緒にいてアントーシャは病気になったんだ。ぼくはどうしたらよいか分からず、とにかく旅籠屋まで連れて行って寝かせたんだ」

と、イワンは二十年の年月を経てぼくに語って聞かせた。

アントーシャが家へ運ばれて来た時のことをよく覚えている。瀕死の状態で横たわっていた。そばで中等学校の校医シトレムプフがドイツ語なまりで、「アントーシャ、もし健康でいたいなら……」と話しかけていた。

母は心配しながら、温湿布用の亜麻の種をフライパンで炒っていた。ぼくは丸薬を買いに薬局へ走った。驚いたことにその丸薬の一つ一つに発明者「Covin」の名前が刻印されていた。後年、すでに医者になっていたアントンが、あれはまったく広告倒れの丸薬だった、と言っていた。

この病気を経て、様々な思いが彼の中に残った。生まれて初めての大病であり、学生時代からひどい痔に苦しんだのも、これが原因だった。イワンがアントンを連れて行った旅籠屋の気のいいユダヤ人は、彼の作品『広野』でモイセイとその妻、そして弟ソロモンとして描かれている。ついでながら、病気がきっかけでデルプト大学の医学部を出たシトレムプフ医師と親しくなった。未来の作家チェーホフは、学校が終わったらデルプトへ行って医学の勉強をしようと夢見ていた。もし家族がモスクワへ行かなかったなら、彼はきっと長年の夢を実現していたに違いない。

兄達のモスクワ出立

上の二人の息子がモスクワへ行くにあたっては、父は何とかやりくりをした。しかし、父の事業はこれで完全に破綻した。自分達の持ち家で暮らしていたとはいえ、借金に苦しめられ、貧しさゆえ交際のない閉鎖的な生活が始まった。ぼく達少年は毎日毎日を労働に明け暮れた。夜はアントーシャが即興的に何かを演じてみんなを楽しませ、母や伯母フェドーシアがいろいろな物語を語ってくれた。それと、ぼく達がタガンローグを去るまで、ずっと一緒に暮らしたばあやがいた。自分が経験したたくさんのエピソードを、それは面白く語って聞かせる素晴らしい女性だった。

すでに書いたように、ばあやはアガーフィアといった。ロシア南部で高名なイロワイスキイ家の農奴だった。イロワイスキイ将軍の一人娘に女友達として付き添いを命じられ、娘と一緒にあちこちを旅して廻った。後に、娘が父の反対を押し切ってローゼン男爵のもとへ走るのを助けたため、彼女は別の領主に売られる。ばあやの話は神秘的で摩訶不思議、怖い、でも詩的で美しかった。アントンの作品『幸福』は、ばあやの話を聞いての印象を書いたものに間違いない。

マイホーム没収

一八七六年、父は完全に商売を閉じ、借金地獄から抜け出すため二人の息子のいるモスクワへ逃げて行った。二人のうち一人は大学生、もう一人は絵画・彫刻・建築美術学校で学んでいた。これでアントンが表向きにも家長ということになった。ぼくはよく覚えている。猛暑の夏だった。家の中では眠れないので、庭に小屋を建ててそこで寝た。中等学校五年生のアントンは、「いちじくの下のヨブ」だ、と言って自分で植えた野ブドウの茂みの下で寝ていた。掘っ立て小屋生活の朝はうんと早く、アントンはぼくを連れて毎朝一日分の食料を買いにバザールに行った。ある時、生きているアヒルを買い、家へ帰る道々アヒルを指でつついたり、叩いたりして大声で鳴かせた。

「わが家だってアヒルを食べるンだぞって、みんなに分かるようにネ」

バザールではハトをじっと観察し、博識ぶってその羽を点検して特徴を評価したりした。アントンは自分のハトを何羽か持っていて、毎朝鳩舎から出して世話をしていた。好きだったらしい。その後のぼく達の生活は、口減らしのためぼくと兄のイワンがクニャジャヤの祖父のもとへやられるほど、苦しくなった。そしてついに、ぼく達の家庭は破局を迎える。家が没収されたのだ。

この家を建てるために有り金を使い果たし、それでもなお足りず地元の信用組合の手形で五百ルーブル払った。信用組合に勤めるコスチェンコという人が保証人になった。手形は、父を最終的に支払い不能な債務者と認めざるを得なくなるまで、長い間、あちこちに引き回されていた。コスチェンコは手形の額を返済すると、父を商業裁判所に告訴した。当時、返済を怠った債務者は長期間投獄されていた。だから父は逃亡せざるを得なくなったのだった。父は、タガンローグの駅ではなく、人目につかない近くの小さな駅から汽車に乗った。コスチェンコが告訴した負債事件は裁判で審理されていた。この裁判所に、われらが友人ガヴリールが勤務していた。何という巡りあわせ。彼が父の負債を返済し、家が競売に掛けられないようにしてぼく達を救う、と言うではないか。

「ぼくはお母さんと妹のために、必ずやります」

母をお母さん、マーシャを妹と呼んでいた彼は母を励ました。ところが彼は自分に都合よく事を運んだ。競売の告知はまったくされず、家の所有者は彼であると商業裁判所が決定を下した。ガヴリールはわずか五百ルーブル払っただけなのに。

こうして、ガヴリールはぼく達の家へ家主として入って来た。一方コスチェンコは、利息分としてか、全ての家具を持ち去った。母の手には何も残らなかったので、ぼく達はタガンローグを去るよりほかなかった。母はぼくとマーシャを連れて、苦い悲しい涙にくれながら汽車に乗った。父と二人の兄のいるモスクワへ向かうぼく達は、この先どうなるか皆目見当がつかなかった。

タガンローグに残ったアントン

アントーシャとワーニャ［イワン］は、運命のなすがままタガンローグに置き去りとなった。家を管理するため、アントーシャは人手に渡った家に新しい家主が入ってくるまで残り、ワーニャは伯母マルファの所へ引き取られた。しかし、ワーニャはまもなくモスクワへ呼び寄せられる。アントンはタガンローグでただ一人、天涯孤独の身となった。アントンは中等学校の七年生だったので、ここで卒業する必要があったのだ。

ガヴリールが移り住んで来たとき、アントンは彼の甥で士官学校を目指しているペーチャ・クラフツォフの家庭教師として賄い付きで雇われ、この家に留まった。ペーチャは、かつてコーカサスで軍務にあたっていたドネツク地方のコサックの領主の息子だった。ペーチャの勉強を見ているうちに、アントンは彼とだんだん親しくなっていった。なんといっても、二人はほぼ同い年だったのだから。夏になると、ペーチャはアントンを自分の領地へ招待した。後にアントンは、草原で原始的に暮らす家族のもとに逗留した感動をぼくに語った。射撃を覚え、狩猟のだいご味をあじわい、手ごわい草原の雄馬を颯爽《さっそう》と乗りこなすことを覚えた。真夜中便所へ行きたくなって中庭に出る時は、誰かを起こさなくてはならないほど怖い犬が何匹もいた。エサを与えていないので、犬は自分で食べる物を見つけていた。食用の家禽《かきん》類も数えきれないほどいて、これも野性的だった。料理に使おうと思っても手で捕まえることができないので、銃で撃ち殺していた。この地方はすでに無煙炭採掘や鉄道建設がラッシュで、鉱山でははずれて落ちるバケットの音がしていたし（『桜の園』）、鉄道の道床も敷かれ（『ともしび』）、汽車からはずされた貨車がその辺に転がっていた（『恐怖』）。

ガヴリールの所には、地元の女子中等学校を卒業したサーシャという姪も住んでいた。ぼく達がまだモスクワへ行く前、この子はわが家の下宿人として姉のマーシャと一つ部屋で寝ていた。ぼく達男の子もすぐこの子と親しくなった。いつも黒地に赤い水玉模様の服を着ていたので、アントンは「てんとう虫」と言ってからかって彼女を泣かせた。ぼく達がモスクワへ発ってしまうと、サーシャはおじさんの方へ移って暮らしたが、やがて彼と一緒にぼく達の家に入った。十五年後、ぼく達がモスクワのサドーワヤ＝クドリンスカヤ通りのコルニェーエフの持ち家に住んでいる時、明るく朗らかな娘に成長したサーシャが遊びに来て、ウクライナの歌を口ずさんだりした。ひと月近くわが家に滞在した。アントンとイワンが彼女を「口説こう」としていたのは見え見えだったし、ぼくはぼくでアルバムに詩を書いて贈り、兄達には警告の風刺詩を送りつけてやった。ロシア南部にいる彼女の恋人が淋しがっているよ、と言ってからかったりもした。アントンは家にあった電報用紙の、エンピツで書かれていた部分を消しゴムで消し、別の電文を書いていたずらした。

「ぼくのエンジェル、心の人、ぼくはとても淋しい、早く帰って来ておくれ、ぼくは最愛の人を待っている。恋人より」

アントンは郵便配達が来たように見せ掛けるため、わざわざ玄関までお手伝いの人を呼び出してサーシャに電報を渡させた。彼女は電報を開封し、読むと、翌日、ぼく達がもっといてほしいと頼むのも聞かず南部の家へ帰ってしまった。電報はニセモノだよ、と言っても信じてもらえなかった。

後年、未亡人になってからメーリホヴォのぼく達の家へ来た時も、持ち前の朗らかさをぼく達みんなに伝染させ、ウクライナのロマンスを歌ったりした。作家アントンはサーシャの口真似をしてからかった。

「あのねッ、おばさんッて、お世話好きなのねッ！」

ゼムブラートフの領地への旅

タガンローグにただ一人残されていた時（一八七六〜七九年）、アントンは友人ゼムブラートフの領地へも遊びに行った。あだ名をつけるのが好きなアントンは、この太った級友を中等学校時代からマカールと呼んでいた（ギリシャ語で「至福」は「マーカル」、彼はこれを「マカール」と発音していた）。立派なドクターになってからも、ゼムブラートフは終生このあだ名で呼ばれていた。まだ中等学校の生徒だった頃、二人は一緒に楽しい夏休みを送っていたらしい。アントンはこの太った友達の屋敷で起こったある愛の物語を話してくれたことがある。残念ながら、この回想録ではその物語をお伝えすることはできないのだが。

ぼくが一八七六年にモスクワへ発ってしまい、アントンとは丸三年離ればなれになったこと、彼の生い立ちの記録においてこの三年がまったくの空白となってしまったことは、実に残念だと思う。この三年の間にこそ、彼は大人に成長し、個性を形成し、少年から青年になったのだから。

　ぼくの知る限りでは、七、八年生の頃の彼は、八年生の頃のぼくがそうであったように、女子生徒達に言い寄ったりして、ほのぼのとしたロマンスがいくつかあったらしい。彼自身から聞いている。大学生になってからのアントンは、偶然すれちがった女の子を見て、まだ中等学校の生徒だったぼくの制服を引っ張って、

「ほら、はやくあの子の後を追うんだ！　七年生にとっては掘り出しものだぞ！」

　などと、よく言ったものだ。

　アントンの死後、スヴォーリン［出版人、ジャーナリスト。アントンの終生の友人。一八三四〜一九一二］がアントンから聞いたというエピソードを話してくれたことがある。

　まだ中等学校生徒だったアントンは、誰かの領地のどこかの広野にぽつんとある井戸のそばで、水に映る自分の姿を見ていた。そこへ、十五歳くらいの少女が水汲みにやって来た。アントンが咄嗟《とっさ》に抱きしめてキスをしてしまうほど、女の子は少年チェーホフを魅了してしまった。二人はいつまでも、何も言わず、井戸の水面を見つめていた。彼はその場

所を立ち去ることができず、少女は水汲みのことを忘れていた。

スヴォーリンにこの話をしたのは有名な作家になってからで、エネルギーの平行性と一目惚れについて話している時だったという。

タガンローグでのこの三年間、彼はよく劇場通いをしていた。『コベリ殺害』のようなフランスのメロドラマや、『かあさんの息子』といったフランスのコメディが好きだった。読書もたくさんした。シュピルハーゲンの『絶体絶命』やヴィクトル・ユーゴー、ゲオルグ・ボルンの長編小説に感銘していた。自分でも本格的といえるドラマ『父なし子』や、ちょっとした軽喜劇『鶏は無駄に歌わず』を書いた。中等学校の生徒の頃から、新聞『祖国の息子』の抜き書きを作っていた彼は、モスクワにいる兄弟達が登場する手書きの風刺マンガ雑誌『吃り』を自作してぼく達に送ってくれた。

第三章

家を失った家族、モスクワへ移る
三年間に十二回の引っ越し
貧困生活
チェーホフの大学入学
初めての誌上掲載

モスクワへの移住

一八七六年七月二十六日、母はぼくと姉を連れてモスクワへやって来た。タガンローグは真っ直ぐな大通りと几帳面に建てられた建築物が並ぶ新しい都市だったし、町は至るところに植樹がされ、大通りにも横町にも並木道があった。モスクワももちろん同じように美しい町に違いない、ただし規模が違う、と想像していた。わが家には、ぼくが生まれるずっと前からロンドン、パリ、ヴェニスの絵が掛かっていた。ヴェニスの絵には大運河と両岸の宮殿やゴンドラが描かれていた。絵の下にはフランス語、ドイツ語、ロシア語の三か国語で「Vue de Venice」、「Aussicht von Venedig」、「Утро в Венедикте」[ヴェニスの眺め、またはヴェニスの朝]と書かれていた。だから、子どもだったぼくの脳裏には、どんな国も首都は上品で美しく、高い文化水準を満たしているもの、という印象が出来上がっていたのだ。

あの汚らしいクールスク駅に列車が着いた時の、ぼくの驚きといったらなかった。とたんに興味が失せた。タガンローグの駅と比べたらまるで物置小屋だった。目に入ったのは、剥げて、でこぼこになった舗装道路、ボロ服を着たようなずんぐりした建物、曲がりくねった不格好な大通り、見映えのしないたくさんの教会、タガンローグだったら笑い物にされるような壊れた馬車。実は、ぼくがモスクワにやって来た時には、もうクレムリンとかスハレフの塔のことを少しは知っていた。昔むかしも大昔、シチェルビナとかいう人が出した『蜜蜂』という作品集の挿絵で見ていたからだ。この本はぼく達の愛読書『グラント船長の子どもたち』と一緒に、いつも机の上にあったのだった。でも、ぼくはクレムリンにもスハレフの塔にも幻滅した。

父と兄ニコライが迎えに来てくれた。馬に乗る六コペイカ［一ルーブルは百コペイカ］すらなかったので、父とぼくはグラチョフカの家まで歩いて行かなければならなかった。父はまだ職についておらず、二人の兄も食うや食わずの生活をしているであろうことは、モスクワに着いた瞬間に分かった。母が持って来た銀製のスプーンやわずかな現金がすぐ役立った。兄弟三人、アレクサンドル、ニコライ、ぼくは階段下の物置場で寝た。一番やりきれなかったのは、南部小麦の白パンから黒いライ麦パンに変わったことだった。わが家には食料を生産する手段が何もないので、全てを物売りの小店で買わなければならなかった。やがてぼくは、使い走りの少年になっていった。十三歳の姉のマーシャは、家族全員の洗濯をしてアイロンをかける洗濯娘になった。幼いながらも、父や兄達のシャツに糊を利かせてアイロンがけしていた。広々としたタガンローグに慣れてしまったぼくには、走り回る場所がなかった。最初の三年間、わが家は貧乏のどん底で苦悩以外の何物もなかった。ぼくはタガンローグが恋しくてたまらなかった。家からは遠かったが、よくクールスク駅へ行っては南部からの列車を待ち、タガンローグから来た人達と話をして、思いを馳せた。

アントンからの手紙

タガンローグのアントンからは、よく手紙が来た。ユーモアと慰めの言葉がいっぱい書かれていた。これらの手紙はモスクワのあちこちのアパートの地下に埋もれてしまった。もし残っていれば、彼の才能と才能形成のあゆみを知る資料となったであろう。手紙でよくぼくに「なぞかけ」をしてきた。例えば「なぜカモは泳ぐのか?」とか「海中にはどんな石があるか?」とか。また、ぼくに調教したシメ（鳥）を持って来てくれると請け合ったり、タバコを詰めた長靴を送ってきたりした。兄達のために貯めてあったのだと思う。母がタガンローグを去った後に、少しばかり残った缶や鍋を売って得た小銭も送ってきていた。アントンは母と手紙で連絡し合って、これを実行した。句読点というものを理解しない母は、こんな書き出しで手紙を書いていた。「アントーシャ物置の棚の中……」。そこで彼は「捜索の結果、物置の棚の中にはいかなるアントーシャも見当たらず」と母をからかった。ぼくには、こういう本を読むといいよ、と読書を勧めた。ぼくと姉の教育問題は、モスクワへ来た時からの緊急課題だった。モスクワへ来た時、ぼくは中等学校の二年生、姉のマーシャは三年生だった。八月十六日には授業は始まっていたが、ぼく達は学費がないので家にいた。一人二十五ルーブルずつ即金で必要だったが、金策のあてもなかった。

ぼくの中等学校入学

八月、九月が過ぎ、例年より早く寒くなった。ぼくと姉はまだ家にいた。ついにぼくは危機を感じた。ガヴリーロフという商人の倉庫へ小僧に出す、という話が進んでいたのだ。ガヴリーロフは、チェーホフの中編小説『三年』に描かれている。父の甥がこの倉庫で働いていたので、ぼくをコネで就職させるのは難しくない。ぼくは震え上がった。それで誰にも告げず、ルビャンカにある第三中等学校へ逃げて行った。でも、受け入れてもらえなかった。まだモスクワの町を知らないので学校の住所なぞ分からず、ぼくは馴染みのクールスク駅の方角へただやみくもに走って行って、今度はラズグリャイの第二中等学校へ行った。思い切って建物の中に入ると、階段を上がって講堂へ行った。講堂の向こう側の端に、ラシャを掛けた机を前にして校長先生が一人座っていた。ぼくは広い講堂を先生のところまで進んで行った。教室の方からは声が聞こえていた。ぼくは先生のそばまで行くと、南部地方の訛《なま》りがとれない口調で、できるだけ丁寧な言葉を使って事情を話し、入学させてほしいと頼んだ。そして、倉庫に小僧に出されてしまいそうだけれど勉強がしたい、と言った。校長先生はヒゲを剃った顔を上げ、なぜ親が来ないのか、と聞いた。ぼくは、何かうまく答えた。先生はちょっと考えてから、

「よろしい、入学を許可しよう。明日から来なさい。ただ、誰か家の人に君の登録手続きに来るように伝えなさい」と言った。

学校から家までの三露里の道のりを、ぼくは走って帰った。ぼくがまた中等学校生徒になれることを知ると、家族全員がとても喜んだ。その時以来、「ミーシャは自分で就学の道を見つけた」とぼくの評判は高い。

冬の寒さは厳しく、薄っぺらなコートのぼくは行きの三露里、帰りの三露里がうらめしく、堪えがたい寒さによく泣いた。

授業料の問題は、うまい具合に解決した。父はずっと職が見つからず、臨時雇いだったが、チョープルイ街にあるガヴリーロフの倉庫の事務仕事が手広くなって、父はそこの臨時の記録係として採用された。ぼくは学校から帰ると、いつも父の手伝いに行った。ガヴリーロフの所へどこからか買い付けにやって来る商人が、ぼくを見ると話し掛けてくるようになり、いろいろ聞かれた。その人は、毎年五十ルーブルずつ教育費を払ってくれると約束して、亡くなってしまった。この商人の遺言執行者となったガヴリーロフは、ぼくにお金を渡すたび、教会へ行っているかとか、皇帝を崇拝しているかとか、社会主義者になりはしないかとか、うるさく問いただした。腹が立ったぼくは、自分でも稼げるようになった五年生の時、遺言の援助を断った。

アントンの来訪

一八七七年の復活祭には、アントンがモスクワにやって来て、ぼく達を喜ばせた。ぼくはクレムリンを案内するだけでなく、首都の町を見せて歩いてたっぷりサービスしたので、第一日目に彼を「くたくた」《砂糖漬け》にした。だから翌日は、踵《かかと》が痛くてズキズキする、と朝から晩まで文句を言われた。予想に反し、モスクワは彼に衝撃的な印象を与えた。帰途の汽車賃がなかったおかげで思いがけず長い滞在となった。長兄アレクサンドルを通して医者のヤブロノフスキイに疾病診断書を出してもらい、それを持ってモスクワを発った。アントンはタガンローグの学校のこと、友人達のいたずら、教師達とのまれなる友情について話してくれた。学校でつらい思いをしているぼくはとてもうらやましく、悲しかった。

当時、アレクサンドル二世の暗殺が頻繁に企てられ、革命家達の地下活動が活発になっていた。巷《ちまた》ではすでに声高に憲法制定が要求されていた。それに対する反動も広がりをみせていた。中等学校でも、低学年の生徒ですら「社会主義思想」摘発の対象にされた。教育省の中には、威《おど》しはやがて尊敬の念を誘発し、尊敬の気持ちは敬愛に変わっていく、という馬鹿げた論理がまかり通っていた。学校上層部は生徒に異常な恐怖をあたえ、恐怖が政府への敬愛を呼び覚まさせる、と考えていた。教師の中にはこの仕事に情熱を燃やす者もいた。ある者はお上の指示を遵守したいがため、ある者は無知ゆえ、またある者は単なる加虐趣味から生徒達を喰い物にした。P教師は最低の部類の人間だった。少年達を愚弄し、彼らが苦しむのを見て楽しんでいた。まったく役立たずの本を書いては、一部一ルーブル五十コペイカあるいは二ルーブルでぼく達に押し売りしていた。彼に稼がせるだけで、本は封も切られず転がっていた。授業中は生徒を相手にヒステリーを起こすのに、視学官が来ると急に子羊に変身して、平身低頭するのだった。学校の礼拝堂で、この卑怯者のために、カトリックから（東方典礼カトリックからでなく）ロシア正教への改宗式が盛大に行われた。大勢の生徒の運命と人生をメチャメチャにしたのに、である。こんなことがあった。彼が五年生のある生徒にあまりにもしつこく難癖をつけたので、同じ席にいた五年生のラコフは我慢できず、憤激して立ち上がり、怒鳴りつけた。

「おい、P、お前の方こそ卑劣じゃないか！」

ラコフは、当然、授業終了後即刻放校され、教育省にかくも忠実なPは、その後も長く古代語の教師をしていた。

別の教師は喫煙撲滅を口実に生徒達のポケットをあちこち触ってみて、銀製のシガレットケースを取り上げるとそのまま返さなかった。クルツィウスとキュネルという人の古代語の教科書で兄達もぼくも勉強したが、この教科書の有名な翻訳者クレメルが話してくれたことがある。彼の息子（ぼくと同い年だった）が卒業試験を翌日にひかえた真夜中の二時、古代語の教師である同僚がやって来て彼を呼び起こした。クレメルはガウンをはおって、ロウソクを手に階下へ下りて行った。

「あり金全部、すってしまった。今すぐ二十五ルーブル欲しいんだ」

風来坊は、いきなりそう言った。

「そう言われても、私にはありませんが」

「明日、ぼくがお宅の息子の試験をすることを忘れましたかね？」

クレメルはうろたえて二階に上がり、手文庫から二十五ルーブル札を出すと、また下へ下りて行って賭博で負けた同僚教師に素直に渡した。

何よりも驚くのは、こういった反動グループは、生徒が何か悪いことをするとすぐカッとなって髪の毛を逆立て、肉体的な拷問をすることだった。ぼくの同級生、YとNがチェルヌィシェフスキイの『何をなすべきか』を持っていると分かった時の、学校中の騒動をよく覚えている。その後、ジェリャーノフが教育相だった時、貧しい家庭の子は中等学校に入学させないという通達があった。貧乏なぼくはつぎはぎだらけの服を着ていたので、退学させられるのではないかと心配だった。教師達には生徒の私生活をも監視する義務があり、ぼくの家にも、家中が眠ろうとベッドに入った時でも、夕食の最中でも、かまわずやって来た。

このような恐怖政治はまだ南部の地方まで浸透していなかったようだし、くわえてタガンローグは別の教育管区（オデッサ管区）にあったので、モスクワへ来たアントンは快活で人生を楽しんでいた。教師達との親しい交遊の話なんか、ぼくにとっては作り話めいて聞こえた。ぼくの友達や同級生はみんなふさぎ込み、いつも周囲を気にし、何でも疑って見ていた。モスクワの教育界は、こんな風にして政府への敬愛の念を植え付けようとしていたのだ。

アントンはモスクワでいとこのミハイル［一八五一〜一九〇九］と初めて会い、親しくなった。すでに書いたが、このミハイルは、身代金を払って自由の身となったぼく達の祖父エゴールが、カルーガの製本所に見習いに出した長男ミハイル・エゴーロヴィチの息子である。彼は大変な美男子でしっかり者、素晴らしい家庭人だった。彼はアントンをまだ知らない頃、ぼくからアントンのことを聞き、かなり年の差があったのに（当時三十歳くらい）、自分からタガンローグのアントンに手紙を送った。友達になろう、と交友を申し出たのである。二人は手紙で交流を続けていたが、会うのは初めてだった。ミハイルは有名なガヴリーロフの倉庫に勤務し、彼から厚い信頼を得ていた。チェーホフの『三年』という中編小説の中で主人を「大農園主」と呼ぶ領地管理人が出てくるが、ミハイルはこの管理人と親交があった。ついでのことながら、ミハイルはいつも手刀を切るようなしぐさをして「そればかりでなく」と言う癖があった。

姉マリアの勉学

姉の勉強を再出発させる方がもっと難しかった。新学期が始まってから一度も授業に出たことはないし、空席もなく、受け入れてくれる学校がなかった。ひょっとすると、両親は他の心配事や雑事に忙殺されていたのかも知れない。あるいは、地方出の、何も知らない両親はどう対処してよいか分からなかったのかも知れない。でも、万事うまくいったのである。姉も自分で就学の道を開き、全科目にわたり家庭教師の肩書が得られる学校を卒業した。続いてゲリエの高等女学校に入学し、首尾よく卒業したのである。姉がクリュチエフスキイ、カレリン、ゲリエ、ストロジェンコといった錚々《そうそう》たる教授陣の講義を受けていたのを思い出す。当時のぼくは中等学校の最上級生で、がんじがらめの規則と面白くもない教科書に縛られていた。ところが、姉の代わりに講義録の書き写しをしているうちに、ぼくは未知の学問に没頭していったのである。姉の講義録に接したことが、後のぼくの教養を方向付けてくれた、と言える。姉がゲリエの高等女学校に在学したことで、わが家の生活も変わったように思う。姉は同級生達と仲良しになり、わが家に連れて来て、マルクスやフレロフスキイや、こっそり話すか内輪でしか話せないようなものを読んでいた。愛らしい乙女達は、皆粒よりの、魅力的で進歩的な女の子達だった。何人かとは今もなお、知人として交友がある。その中の一人、ユノシェワにアントンはなにかと世話をやき、家へ送って行ったり文学の手ほどきをしてやったりしていた。詩を送ったこともある。

瞑想的な　葉巻の紫煙のように
君は　ぼくの幻想の世界にやって来て
運命の　一撃をくらわせた
熱いくちびるに　笑みをうかべて……等々

別の女性、天文学者のO・Kとは晩年まで交友を続け、スヴォーリンにも紹介し、二人は共に彼女の生涯に深く関わった。ちなみに、アントンは彼女を（外見的なところだけ）中編小説『三年』のラスージナとして描いた。

わが家の貧困

二年にわたる職探しの結果、父はやっとあのガヴリーロフの所で月給三十ルーブルの事務職を得た。ザモスクヴォレーチエ［モスクワ川の南側］にある彼の家に食事付きで住み込み、他の番頭達と共に生活した。長兄アレクサンドルはすでに長年家を出ており、画学生ニコライは絵画学校で学んでいた。彼の親しい同級生に、後に有名な建築家でアカデミー会員となり、モスクワ芸術座の内部装飾をするシェフチェリがいた。兄イワンは村の教師になる準備をしていた。わが家にはもう一人、タガンローグから呼び寄せた伯母フェドーシアが加わった。ぼく達はつらい貧困生活の中、何の見通しもなく、どうにかこうにかやりくりしていた。モスクワに住んで三年の間に十二回も住まいを替え、一八七九年にやっと、グラチョフカにある聖ニコライ教会の建物の地下室に落ち着いた。天井下の窓から通行人の足だけ見える、湿っぽい臭いのする所だった。

一八七九年八月八日、タガンローグの中等学校を卒業したばかりのアントンが、モスクワの大学に入るため、この住まいに移って来た。丸三年アントンに会っていないので、卒業試験の終わる春から待ちわびていたが、タガンローグに何かやむにやまれぬ事情があったらしく、来たのは八月の初めだった。実は、高等教育を受ける地元出身者に対し、タガンローグ市当局は直前になって一名分の教育基金を設立したのだ。それで、アントンは月額二十五ルーブルの奨学金を得るために奔走していたのだった。従って、アントンはモスクワへ手ぶらでは来なかった。そればかりか、わが家の生活苦を知っているので、同窓生のゼムブラートフとサヴェーリエフを下宿人として連れて来た。アントンは二人より先に来た。ちょうどぼくが門の所に座って日向ぼっこをしている時だった。ぼくは彼が誰か分からなかった。背の高い、声の低い、私服の若い男が馬車から降りて来た。ぼくを見ると、「こんにちは、ミハイル・パーヴロヴィチ［「パーヴロヴィチ」は、父パーヴェルの名に由来する「父称」と呼ばれるもので、名前と父称での呼びかけは、相手への敬意・親愛を示す］」

と言った。

それでぼくはアントンと分かり、嬉しさのあまり大声を上げて母に知らせようと地下へ駆け下りて行った。

朗らかな青年アントンが入って来ると、みんな駆け寄って抱き合い、キスをした。ザモスクヴォレーチエの父に知らせるため、ぼくはすぐ馬車道の電報局へ走らされた。まもなくゼムブラートフとサヴェーリエフがやって来て、誰がどの部屋を使うか決めるのにてんて舞いし、ぼくは本当に頭がぼーッとした。その後、ぼく達は一団となってモスクワ見物に出掛けた。ぼくはガイドとして彼らをクレムリンに連れて行き、いろいろ見せて歩いたのでみんなぐったり疲れてしまった。夕方には父も来て、大勢で賑《にぎ》やかな夕食となった。こんなことはかつてなかった。翌日は、さらに思いがけない朗報が舞い込んだ。ヴャトカから知らない男の人が、女の子のように気だての優しい息子を連れて来た。誰かから、わが家はしっかり者の家族だと聞いたらしく、モスクワの大学に入学する息子を下宿させてほしいと母に頼みに来たのだった。大変な金持ちだったが、ぼく達の住居が粗末で暗い地下室なのも顧みず、息子の品行を案じてわが家に下宿させた。青年の名はニコライ・コロボフといった。彼はすぐアントンと仲良くなり、二人は晩年まで親しく付き合った。というわけで、狭いわが家にいっぺんに四人の学生が来たのである。四人とも同じ医学を学ぶ、とてもしっかり者のきちんとした学生だった。わが家の家計は楽になった。もちろん、下宿人を置くことで稼いだわけではない。母は彼らからわずかしか取らなかったが、お腹いっぱい食べさせようとしていた。だから、わが家の食卓が改善され豊かになったのは確かだ。

アントンの大学入学

学長宛の入学願書は、モホワヤにある古い建物の階段を下りて右にある見苦しい部屋で、八月二十日まで受け付けていた。アントンはモスクワをまだよく知らなかったので、ぼくが連れて行った。タバコの煙が充満する、狭くて汚い天井の低い部屋へ入って行くと、若い人達がいっぱいいいた。大学というからには、何か広大な場所を予想していたらしいアントンは、その光景に好い印象を持たなかったようだ。とは言っても、大学生活の大半を過ごしたのは、ロジジェストヴェンカにある解剖室とクリニックだったので、モホワヤの大学にはめったに行かず、最初の印象は消えてしまった。というより、アントンはそれどころではなかったらしい。彼は、モスクワでの第一歩から義務や責任を山ほど背負い込まなければならず、センチメンタルなことなぞ考える余地はなかったのだ。

その年の秋、ぼく達は、下宿人も含めて全員が、やはりグラチョフカにあるサヴィツキイの持ち家の二階へ引っ越した。ゼムブラートフとコロボフが一つ目の部屋へ、サヴェーリエフがもう一つの部屋、ニコライとアントンとぼくが三つ目の部屋、母と姉が四つ目の部屋、五つ目はみんなで使う応接間とした。父はガヴリーロフの所に住んでいたので、何の巡り合わせか家長の座をアントンが占め、主人代行となり、父の影は薄くなった。アントンの意思が基本となった。わが家には突然、これまでぼくが耳にしたことのない、短く手厳しい叱言が飛び交うようになった。「それは正しくない」とか、「公平にすべきだ」とか、「嘘は無用」等々だった。家計を助けるために家族全員が働くようになった。皆自分ができることをした。例えば、ぼくは毎朝五時に起きてスハレフカ近くまで行き、みんなの一日分の食料を買って帰り、お茶を飲むとすぐ学校へ走って行った。だからたびたび授業に遅刻したし、全身がカチカチに凍って、つららのようになった足で学校へ行ったこともある。

この家からアントンの文学活動が始まった。

すでに書いたように、兄アレクサンドルはぼく達と離れて暮らしていた。めったに会わなかった。いつ卒業するのだろう、と思うほど長い間在学していたが、この間一体何をしているのか、何を勉強しているのか、ぼく達は知らなかった。アレクサンドルには数学学部に二人の友人、レオニードとイワンというT兄弟がいた。二人はまったく身寄りのない天涯孤独な学生だったが、大きな遺産があった。遺言執行人は国民学校視学官のマルィシエフで、メシチャンスカヤ一番通りにある彼らの家に一緒に住んでいた。広大な庭園とライラックの木がたくさんある屋敷だった。兄弟は門の片側にある両親の大きな家に住み、マルィシェフは別の側にある離れに住んでいた。当時すでに成人していたが、二人はまだ乳くさい少年の頃、両親の残した領地と財産をマルィシェフから受け取った。乱痴気騒ぎがはじまった。兄弟は多額の金を浪費し、あやしげな女達をはべらせて遊んでいた。兄アレクサンドルは彼らと付き合っていた。兄はおとなしい弟のイワンを二人に紹介したが、イワンは距離をおいて自分を堅固に保っていたので、彼らの狂騒の中でとても浮いていた。これがマルィシェフの注意を引いた。親の財産が浪費されているのを見て、マルィシェフは嘆いていたに違いない。彼はイワンが気に入り、言葉を交わすようになった。イワン自身に問題はないのに経済的事情で中等学校を中退し、今は軍の師範学校に入る準備をしていると知ると、モスクワ県国民学校視学官の彼は、すぐ教区学校の教員試験を受けなさいと勧めた。イワンは（もちろんぼく達全員も）、この勧めをとても喜んだ。彼はズヴェニゴロドへ行って難なく試験に受かり、モスクワ県の小さな町ヴォスクレセンスクに職を得た。イワンがいなくなったので、わが家は家族が一人減った。だからぼくはサヴィツキイの家の家族に彼を数えなかったのだ。

アントン初めての出版

アントンはタガンローグからの奨学金を、毎月でなく、四か月ごとに百ルーブルずつまとめて受け取っていた。奨学金が兄の苦境を救ったわけではない。受け取った金はすぐ借金返済にまわされたり、コートを買ったり、授業料を払ったりで、翌日には手元に一銭も残らなかった。兄が初めてそんな大金を受け取った時、いろいろなユーモア雑誌をたくさん買ったのをよく覚えている。その中に『とんぼ』があった。やがてこの雑誌に何か書いて送るようになり、毎週のように新聞売りから買って、自分が書いた手紙の返事が雑誌の「郵便箱」欄に載るのをわくわくしながら待っていた。ぼくは鮮明に覚えている。大学からの帰途買った雑誌の最新号のページを、アントンはかじかんだ指でめくっていた。ついに返事が載ったのだ。「悪くないですね、今後の投稿を歓迎します」。そして一八八〇年三月『とんぼ』十号にアントンの初めての作品が載った。この時から、彼の文学活動が始まる。原稿の題名は『隣の学者への手紙』で、手紙のスタイルで書かれている。アントンはわが家に来客があると、みんなの前でこの手紙を読み、聴衆を前に自分の大発見を講義するしがない教授を演じてみせた。アントンの作品が公表されたことは、わが家にとって大きな喜びだった。ぼくにとって喜びは倍増した。ちょうど同じ時、ぼくがドイツ語から訳したリュッケルトの詩が雑誌『光と影』に載り、稿料一ルーブル八十コペイカもらったのだ。

すでに書いたように、兄ニコライはミャスニツカヤ通りの郵便局の真向かいにある絵画・彫刻・建築美術学校で画を学んでいた。この学校の夜間部に、遠くレフォルトヴォ〔モスクワの東の郊外〕から第三軍中等学校（陸軍幼年学校をこう呼んでいた）の絵の教師マカロフが毎日通っていた。彼はプロの画家になりたくて、退役して美術だけに没頭したいと思っていた。ニコライとマカロフは親しくなり、彼はわが家へちょくちょく来るようになり家族とも親しくなった。ぼく達もレフォルトヴォへ歩いて遊びに行った。ここで陸軍学校の教師ジュコフスキイと知り合った。芸術に関し、並々ならぬ鋭い感覚の持ち主で、後にニコライとアントンの熱烈な崇拝者となった。アントンの作品の一行一行を大事にし、ニコライの絵の断片を大切にして、まるで博物館でもつくるように保管していた。ニコライが大きな作品、例えば『五月一日の縁日。ソコーリニキ公園にて』とか『メッサリーナ、ローマに入る』を描く時は、校内にある自分の住居を提供したので、彼の部屋はイーゼルに載った兄の絵で占領された。自分からすすんでモデルになってポーズをとり、洋服のひ

ニコライの作品『五月一日の縁日。ソコーリニキ公園にて』

だを描く時は女性の服を着た。あごヒゲの青年の女装は、滑稽だった。『五月一日の縁日。ソコーリニキ公園にて』の前面で花束を抱えている青年は、ニコライは最初から彼を描く考えだった。一部の人達はアントンと思っているが、誤りである。

マカロフは望み通り軍の仕事から退いて、美術大学に入るためペテルブルグへ行った。しかしその秋、腸チフスにかかって亡くなった。従ってレフォルトヴォの友人はただ一人となり、ジュコフスキイと兄は終生友達だった。グラチョフカからレフォルトヴォまで歩いて行くのはかなり難儀だったが、彼の所へ行くのはとても楽しみだった。アントンとぼくは厳しい寒波も「強行突破」して出掛けて行った。ヤウザ川の橋を渡る時は特に不気味だった。橋の下では結氷しない水が音を立てていたし、あたりはわびしい荒野だった。有名な作家になってからも、アントンはこの橋のことを思い出していた。ジュコフスキイの嬉しいもてなし以外にも、挿絵のたくさん入った雑誌がぼく達を引き寄せた。彼が定期講読しているものもあったし、陸軍学校の図書館のものもあった。他の場所では見ることのできないものだった。時には雑誌を家に借りて帰った。厳寒の中、表紙のついたばかでかい二ツ折判の本を運ぶのはきつかった。かじかんだ手の指をこすったり、感覚のなくなった足を踏み鳴らしたり、耳に手を当てて温めたりした。

ジュコフスキイは陸軍幼年学校の幹部と仲違いし、まもなくモスクワの反対側の端のカルージスカヤ通りにあるメシチャンスク学校に移った。ここで管理官の職を得、食事付き住居が与えられた。チェーホフ兄弟はここへも行くようになり、彼の住まいは兄ニコライのアトリエに変わっていった。

ジュコフスキイがぼく達の親戚になりそうになったことがある。ぼく達の母には、シューヤの市長ザコリュキンに嫁入りしたいとこがいた。市長には前夫人との間に娘がいて、その人はリャドフとかいう人に嫁いだが、娘を残して亡くなった。で、ザコリュキン老夫妻はこの孫娘ユーレニカを養育していた。その頃ユーレニカは十八歳になっていた。彼女とジュコフスキイを結婚させてはどうか、と考えたわけである。ユーレニカは愛らしく、躾のよくできた娘だったし、持参金は四万ルーブルほどあったらしい。ジュコフスキイに異存はなく、彼は兄ニコライと一緒にシューヤの老夫婦の所へ向かった。アントンが一緒に行ったとする伝記がいくつかあるが、誤りである。結局二人の結婚は実現しなかった。

しかしながらニコライ、アントン、ユーレニカの父親リャドフ、彼の義理の弟グンドビンとの関係がこれで切れたわけではなかった。二人はよくモスクワへやって来るようになり、金持ち連中の例に漏れず、この街で大酒を飲み、陽気にやっていた。二人は兄達を「教育」しようというので、レストランや、当時有名だった「サロン・デ・ヴァリエテ」は言うに及ばず、あちこちの魔窟へ連れまわし、商人流の太っ腹を披露した。アントンはグンドビンに「ムフタル」というあだ名をつけた。シューヤの大先生は八十歳までこのあだ名で呼ばれていた。この二人のタイプは作品にちょくちょく登場し、チェーホフの短編のモデルとして大いに貢献した。リャドフとムフタルが、まだヒゲもない若い兄達とどんな風に交遊したかが、短編『サロン・デ・ヴァリエテ』の最後から二つ目のパラグラフに書かれている。短編は一八八一年、『見物人』十一号に掲載された。四人は実名で登場する。

アントンと雑誌『とんぼ』

アントンは活動の場所を『とんぼ』から『見物人』に移した。事情は次の通りである。

アントンが『とんぼ』に書いている頃、長兄アレクサンドルも時々ではあるが雑誌『目覚し時計』に書いていて、一度短編『カルルとエミリヤ』が掲載されて話題になった。ちょうどその頃『とんぼ』の編集部は、「郵便箱」にトゲのある返事を載せてアントンの小論をつき返してくるようになった。十編ほどの小論を載せておきながら、『とんぼ』の「郵便箱」は次のような返事をしてきたので、兄アントンの堪忍袋の緒が切れたのである。「開花せず、萎《しお》れてきています。残念です。批判的な目で書かないものは駄目です」

アントンは怒って別の雑誌を探した。『目覚し時計』と『娯楽』は信頼していなかった。しかし、自分が求める出版物が見つからなかった。出来事の順に誤りがなければ、ちょうどその頃、モスクワの作家グループが文学全集『悪魔』を出そうと計画していて、アントンにも誘いの声が掛かり、ニコライも画家として招かれた。ニコライはヤノフという画家と共に夢中で挿絵の仕事に取り掛かった。何か書こうとしていたアントン

ニコライ(右)とアントン

だが、結局書く気が起こらなかった。『悪魔』は彼の作品なしで出版された。アントンは無収入になってしまったが、まもなく『見物人』が彼を救った。後々、この雑誌は「チェーホフの」雑誌となる。なぜかというと、文学作品と装丁挿絵は全部チェーホフ三兄弟、アレクサンドル、アントン、ニコライの手になり、それぱかりか長兄アレクサンドルは『見物人』の事務部門を管理するようになったからである。編集部はストラスノイ並木通りのトヴェルスカヤ通りに近い、ワシーリエフの持ち家にあった。ぼくは授業が終わると毎日そこへ行った。

雑誌『見物人』

『見物人』を創刊したのはダヴィドフという人で、奥さんはモード工房を持っており、自分は小さな印刷所を持っていた。他に写真撮影と現像もしていて、ただならぬ熱情を持った人だった。彼の構想はいつも壮大で、そのスケールは桁はずれの大きさだった。何か考えつくと、両手を何度も振り上げ、四方につばきを飛ばし、フュッ、フュッ！という音を立てて夢中になって話した。

「今度はだね……フュッ！　こうして、ああして……事業を拡張する……フュッ！　うんと広げるから、悪魔が顔をしかめるぞ……フュッ！」こんな具合だった。

亜鉛版による印刷が導入され始めたばかりの頃だった。モスクワの挿絵入りの雑誌は全部石版印刷だったが、ペテルブルグでは『とんぼ』が亜鉛版印刷をしていた。（『とんぼ』の発行人は亜鉛版画家ゲルマン・コルンフェリド。）

ダヴィドフは亜鉛版を力んでつかむので、アントンに言わせれば大事な絵を損ねていた。彼は亜鉛版印刷工場を自分の手で作った。恐ろしく原始的なものだった。まず、松ヤニを塗った三つの箱。硝酸溶液がいっぱい入っているので、ダヴィドフは朝から晩まで、晩から朝まで硝酸の煙を吸っていた。もう一つは黒インクが入っているローラー。これで、亜鉛版に転写された挿絵にインクを塗っていた。なんと、これが亜鉛版印刷設備の全てだった。たったこれだけの設備で他に何もなく、『見物人』を創刊したのである。週三回出るはずだった（フュッ！）し、モスクワの他誌全てを圧倒するはずだった（フュッ！）し、年間講読料がたったの三ルーブルのはずだった（フュッ！）し、第一号から少なくとも二万部の予約講読を得るはずだった（フュッ！）。ダヴィドフの夢みたいな計画を、モスクワの銀行で働いていたセレツキイと弁護士の助手オゼレツキイが資金面で援助していたらしい。だから、チェーホフ兄弟と地方出の俳優ストルジキンに加えて、この二人も『見物人』の編集部で始終ぶらぶらしていた。ストルジキンは「キリ（錐）」のペンネームで詩を書いていたが、アントンは「キリは錐でも、先の丸いキリだね」と皮肉った。オゼレツキイには弁護士としての経験がなかったらしく、およそ非現実的な広告を考えた。彼の案では、アントンかアレクサンドルのどちらかが、ストルジキンにギターで頭を殴られたという訴状を調停判事に提出する。やがては高等裁判所での審理に発展する運びで、ユーモアの雰囲気も加味する必要があると考えた。アントンかアレクサンドルが裁判の経過を書いて発表するが、経過報告の中に「われらの才能ある、前途洋々の」弁護士オゼレツキイの陳述を載せる、というものであった。

『見物人』の編集部は、編集部というよりクラブのようなものだった。毎日毎日、皆自分の家のようにやって来ては、タバコをふかし、大笑いし、アネクドートを語り、正真正銘何もしないで夜更けまでだべっていた。雑用係のアレクセイはひっきりなしにお茶を運んでいた。郵便物の仕分け係のグシチンは彼らの話にうやうやしく耳を傾け、予約購読者の住所を方面別、地区別に集計していた。発送書に「ソルチル《クソ溜め》・グシチン」と書いていた［ソルチロフシチク＝仕分け係、を不正確に略したので「クソ溜め《ソルチル》」の意になってしまった］。だから、彼のあだ名は「WC」だった。

この頃、ダヴィドフの印刷所で笑い話のような出来事があった。ポーランドの作家クラシェフスキイの長編小説『王様とボンダリヴナ』を誰かが訳して、この印刷所で製本した。しかし翻訳家には印刷代も紙代も払うお金がなかったので本を買い取ることができず、二千部の本がダヴィドフの倉庫に残ってしまった。

本は何冊かをひとまとめにして梱包し、倉庫の隅に山積みされていた。夜警のアレクセイは本の山をベッド代わりに使い、編集部の夜番をしながらモルペウス《夢の神》に抱かれていた。夜番をするといっても、編集部には食事用のテーブルと安物の椅子があるだけで家具らしきものは何もなかった。件《くだん》の翻訳家は一年以上たっても現れなかった。だから『王様とボンダリヴナ』が引き取られることはないと見切りをつけ、目方で売ろうということになった。その時、中等学校生徒のぼくにある考えが浮かんだ。「予約購読者を増やすために、この本を景品にできないですか？」とダヴィドフに聞いたのだ。

アントンは賛成した。ダヴィドフは興奮して両手を振り上げ、口走った。

「なんてこった！　フュッ！　全部で二千冊だゾ。これ以上の予約購読なんて考えられない！　フュッ！　バラ売りプラス二千部の予約があれば、わしは百万長者だぞ、フュッ！」

案は受け入れられた。アントンが広告を書いた。が、『王様とボンダリヴナ』は夜警アレクセイのベッド代わりに積まれたままだった。予約はまったくなかったのだ。

兄ニコライは『見物人』の挿絵に熱中し、一生懸命描いていた。扉の飾りやたくさんの挿絵、カットも描いていたが、一号は読み物が精彩を欠き、失敗に終わった。アントンは第五号から執筆を始め、小論『体質』を載せた。以後雑誌はすっかり兄達の手に移っていった。ニコライは文字通り朝から晩まで描いていた。ダヴィドフは朝から晩までその絵を壊していたので、また描き直さざるを得なかった。アントンも骨惜しみせず書いていたが、週に三回出すのは難しかった。雑誌は発売日に間に合わず遅れて出るようになり、やがて読者の信頼を失っていった。壊滅寸前だった。何とか事態を収拾しようとしたダヴィドフは、画家のニコライ・チェーホフが目の病気でほとんど見えないため雑誌はしばらく中断する、と誌面に発表した。購読者からは、画家の一日も早い回復を祈るとか、しかしだからといって満足のいく雑誌を作らず、購読料を取るのは良くない、という手紙が相次いで寄せられた。

ちょうどその頃、まだ『見物人』が出ていた時、有名な女優サラ・ベルナールがモスクワ公演に来て、兄達に創作の種をたくさん残していった。

サラ・ベルナールのボリショイ劇場公演を、ニコライの素晴らしい挿絵をつけて『見物人』に見開きで報じたことがある。挿絵には実際の観客が描かれていた。左端からアクサコフ、一人おいてその隣にフィルハーモニイの支配人ショスタコフスキイ、最前列二番の席にギリャロフ＝プラトーノフ、二列目の一番が、すでに登場したしこれからも登場する、われらが尊敬する出版人ダヴィドフだった。

『見物人』の出現はモスクワの他誌に気合を入れることになった。競争の激しさに仰天して、『目覚し時計』は表紙を金色に変えた。やがて『見物人』が最期をとげると、兄アントンとニコライは『目覚し時計』に移っていった。ぼくが覚えている限りでは、アントンは『見物人』では一年間仕事をしただけで、雑誌が復活した時はもう執筆しなかった。『名誉の神殿』というタイトルで書いた抱腹絶倒の風刺物をダヴィドフに進呈したが、その後原稿がどうなったのかぼくは知らない。

『見物人』の編集者ドミートリエフも忘れてはならない。「ガルキン男爵」のペンネームで書いていた才能ある小説家・翻訳家である。『モスクワ演劇新聞』の編集者でもあり、ラニンと一緒に『ロシア急使』を出していた。本を書き出版し、戯曲も何本か上演していた。溌剌《はつらつ》として魅力的で、おもわず引き込まれてしまうような人だった。アントンの短編

『イワン・マトヴェーイチ』に使われたビホロク〔ルーマニアにある山地名〕のエピソードをアントンに話している時ぼくも同席したのだが、主人公イワンはぼくの兄イワンがモデルだと言った。まだ教師の職を得る前の兄イワンで、稼ぎに困った彼はモスクワの端から端まで歩いて、ソコーリニキに住んでいる作家ボボルィキンのもとへ口述筆記に通っていた。

第四章

雑誌『目覚し時計』、『破片』、『こおろぎ』など

雑誌『目覚し時計』とその幹部

雑誌『目覚し時計』は当時ウトキナが発行し、編集していたのはクレピンだった。この人はいつも「一体、なぜですか？　なぜなんです？」と質問に質問で答える癖があった。キチェーエフも『目覚し時計』で大きな役割を果たしていて、編集部はレオンチエフ横町のミチニェルの持ち家にあった。クレピンは『新時代』にもモスクワ世相戯評を書いていたし、キチェーエフも同じような世相戯評を、最初は『声』に、後に『ノーヴォスチ』に書いた。彼は演劇人としても活躍していて、演劇評論や時には戯曲も書いていた。ぼくはキチェーエフに仕事をもらったことがある。彼がポプドグロと二人で創作した『ドイツ人との戦争』という戯曲を、続けて四回も清書することになってしまった。芝居は重苦しく観客に受けなかったので、初演の後すぐレパートリーからはずされた。キチェーエフは、ぼくが授業料にとあてにしていた二十五ルーブルは払ってくれた。ところが兄ニコライとアントンが必要に迫られてこのお金を使ってしまったので、学校では支払い期限がせまると、生徒監がぼくに「明日から登校しないように」と言った。ニコライとアントンはあちこちの編集部を走り回り、しつこく頼んで稿料を集めて歩いた。二人は夜遅く帰って来て、寝ているぼくを起こし、重い包みを渡した。包みがあまりにも重くてぼくは落としそうになった。全部十コペイカ銀貨で、二十五ルーブルあった。後で知ったのだが、兄達は、雑誌を持って出た売り子達が一冊十コペイカの売上を持って帰って来るまで、編集部を動かなかったそうだ。二人は売上金全部をかっさらって来たのである。ぼくはこのお金をランドセルに入れて背負って行き、十コペイカ銀貨だけの支払いで生徒監を困らせた。どこから持って来たのか根掘り葉掘り聞かれたが、「知りません、両親がくれました」と言い逃れをした。

ニコライ・キチェーエフは優しい、教養ある人で、彼の話を聞くのは面白かったし、そばにいるだけで楽しかった。兄達の所へもよく来ていた。いつも素敵な香水の匂いがした。ぼくが『目覚し時計』の編集部へ行くと、いつもタールのように苦いお茶を御馳走してくれるので我慢して飲んだ。キチェーエフの戯曲の清書の仕事を勧めてくれたのはアントンだった。ぼくはすでに二回、兄の難解なドラマの清書をしたが、上演されなかった。タイトルは覚えていない。なんだかあり得ないような、馬泥棒とか銃撃戦とか列車に身投げする女性だとかが出てくるもので、中等学校生徒だったぼくはハラハラドキドキしながら清書した。

大学二年生のアントンは、このドラマをエルモロワの記念興行に上演してもらいたかったので、彼女の所へ直接原稿を持って行った。だが原稿は返されてしまい、ぼくの努力は無駄に終わった。戯曲は後年、中央古文書館から発行された。

キチェーエフについて書いたので、彼の同僚フョードル・ポプドグロについても簡単に触れたい。この人はモスクワの物書き連中に大変人気があった。何でも知っている古老で、この上なく誠実な人なのに、失敗ばかりしていて、かろうじて文筆で生計を立てていた。本屋に思うがまま利用されていた有名な庶民向けの小冊子作家、ミーシャ・エフスチグニェーエフは彼の仲間だった。市が立つ所ではどこでも、選り取り五コペイカの『五ルーブルの笑み』とか『ムッシュウ・フォン・ヘル・ペトルーシカ』といったエフスチグニェーエフの本がゴザの上に並べられた。彼の本のない家庭はなかった。彼は行商人と取引のある本屋のためにだけ書き、本一点につき五十コペイカから一・五ルーブルしかもらっていなかった。でも実は、後年大発展したスィチン［廉価の書籍を広めた出版人、教育者、革命後は国立出版所コンサルタント。一八五一〜一九三四］の事業のような出版業に道筋をつけたのは、ほかならぬエフスチグニェーエフと彼の本なのだ。

編集仲間

編集部で会ったポプドグロとアントンはすぐ意気投合し、アントンはなぜか夜ごと夜ごと「深夜の泥棒」のように彼を訪問していた。後に手紙にも書いているが、人目を避けての訪問だったのだ。ポプドグロは当時、寝込むほどではなかったが病気だったので、アントンが治療をしていた。最初から直腸ガンと診断し、やはり間違いではなかったと後で分かった。彼が亡くなり、アントンは打ち解けて話せる友を失った。遺言により彼の蔵書はアントンに譲られたが、アントンは未亡人に代価を支払った。本がぎっしり詰まった行李が届いたのを覚えている。ぼくと二人で整理して仕分けた。残念ながら古書店にも出せないガラクタで、カタログだとかエフスチグニェーエフの本だとか、値打ちのあるものはなかった。数十冊ほど抜き出し、他のものは焼却したのを覚えている。残したうち、ルィブニコフ採録の『民謡』とバビコフの『平穏無事な生活』は、現在もタガンローグの図書館にある。『船上の号令』は、チェーホフの軽喜劇『結婚式』の登場人物レヴノフ＝カラウロフを造形するヒントとなった。

『目覚し時計』には兄達の他に、画に「T.S.」と署名していたチチャゴフ、「エミリ・ププ」

のペンネームで書いていたセルゲーエンコ、その他ギリャロフスキイ（「ギリャイおじさん」）、詩人パリミンがいた。

セルゲーエンコは長い間外国に暮らし、やがてロシアに帰るといくつかのユーモア雑誌で働き、最後はトルストイ主義の泥沼にはまり込んでいった。トルストイの情熱的な読者である彼は、トルストイについての問題の本質にせまる本を書いている。ぼく達と同郷でもあり、「ぼく、君」の仲だった。鋭い知性の持ち主ではあったけれど、変人としても通っていた。彼にまつわるアネクドートがたくさんある。アントンの話では、彼は憲兵を侮辱するのが大好きで、とにかく警察というものを馬鹿にしていた。戯曲も二つ三つ出し、その中の一つはポタペンコとの共作のドラマで成功を収めた。一九〇二年には、「分厚い雑誌［文芸総合雑誌］」を一緒に出そうとぼくをそそのかし、ぼくはもうすっかりその気になったが、アントンがストップをかけた。セルゲーエンコの協力を得てチェーホフ作品集の出版権をマルクス社に売ろうとしていたので、その方が大事だったのだ。版権譲渡の話はあちこちで話題にされ報道もされたが、今ここでそのことを繰り返すのは不適当と思われる。

パリミンは猫背であばたがあり、ラ行の発音は不明瞭、身なりはだらしなく、見るも哀れだった。しかし心の優しい、他人の痛みが分かる人だった。特に動物を憐れんだ。わが家に来るたび、五、六匹の犬が彼と一緒に飛び込んで来たものだ。片足のない犬、目のない犬、血が出るほど引っ掻いた疥癬病みの犬等々。全部道々拾ったもので、自分の家で飼っていた。才能はあったが完全に堕落していた。かつては『読書のための図書館』に書いていたし、『イスクラ』とも親しくしていた。品のあるいい詩を書いていた。不幸にもビール（ワインでなくビールである）に溺れて全てを失う……　老人でもないのに腰が曲がってヨボヨボしていた。通りの裏手だとか、気味悪い名前の横町に住んでいたので、彼の所へ行くのは怖かった。アヴドーチアとかいうおばあさんと一緒に暮らしていた。アントンはおばあさんにフェフョーラ《うすのろ》とあだ名をつけたので、終生この名で通ってしまった。おばあさんも飲んべえで、パリミンをそそのかしては自分も飲んでいた。

「リオドル・イワーノヴィチ、ぼつぼつビールを飲む頃じゃないかい？」

　彼は言葉というものをよく知っていて、古典の翻訳もしたし、詩はいつも読者を満足させた。いつだったかアントンが、どこかの協会か団体の新しい規約を送ってほしいと頼むと、パリミンは詩を添えて送ってきた。何行か覚えている。

わが同輩　愛しい　アントーシャ！
約束どおり「規約」を　送ります
今　少し疲れて
髪の毛を　くしゃくしゃに掻きむしりながら
静寂の中で　一人ぼんやりしている
カラシニコフビールはというと
ひょうきんにおどけて
コップの底で泡をふいている……
「千鳥足」の韻《リフマ》をお許し下さい
数学の対数がすぐ出てくるように
自分の韻はいつでも見つかるのです
険しい暗礁《リフ》をいく船のように　ぼく達
詩人はどんな韻にでも手をのばすのです

まだ続く、が先は覚えていない。

詩人パリミンはチェーホフの文筆活動に偶然とはいえ、貢献している。彼は時々ペテルブルグの雑誌『破片』に詩を書いていた。発行者は有名なユーモア作家レイキン。ちょくちょくモスクワに来ていたレイキンは、一度パリミンをテストフのレストランに連れて行った。その帰途、通りを歩いていた兄ニコライとアントンを、パリミンが馬車の中から見つけてレイキンに教えた。

「ほら、あそこを行くのは才能のある兄弟です。一人は画家、もう一人は文学者です。ユーモア雑誌に書いていますよ」

レイキンは馬車を止めた。パリミンが兄弟を呼び止めレイキンに紹介すると、彼はその場でアントンに『破片』で仕事をするように勧めた。というわけで、アントンの文筆活動はモスクワからペテルブルグに移り、アントンの評判はだんだん高まっていった。

ギリャロフスキイ（「ギリャイおじさん」）

ギリャロフスキイについてはもう少し詳しく触れたい。ぼく達がモスクワへ移って来てまだ日の浅いある日、どこからか帰ったアントンが、「母さん、ギリャロフスキイという人がぼくに会いに来るんだ。何か御馳走ができるといいんだけど」と言った。

ギリャロフスキイの来訪はちょうど日曜日となり、母はキャベツ入りピロシキを焼き、ウォッカも用意した。ギリャロフスキイがやって来た。まだ若い中背の人だったが、その筋肉たるや隆々だった。狩猟用の長靴を履いていた。人生を謳歌《おうか》する快活さを四方に発散させていた。ぼく達をすぐ「君」と呼び、鉄のように硬い両腕の筋肉に触らせたり、一コペイカコインを丸めてみせたり、ティースプーンを螺旋《らせん》状に曲げてみせたりした。タバコもみんなに嗅がせてくれた。トランプの手品もすごく上手だった。他の人ではとても言えないような危険なアネクドートを言ったりして、強烈な印象を残して去って行った。この時以来わが家によく来るようになり、いつも何か特別の活気を吹き込んで行った。彼は詩を書いていた。他に『ロシア通報』の事件部の報道記者だった。報道記者として彼と肩を並べる者はいない。

ギリャロフスキイは当局の人間全員と顔見知りで、彼を知らない人はいなかったし彼もみんなを知っていた。彼はどこへでも鼻を突っ込んだ。伯爵、公爵から掃除夫、巡査まで、誰とでも無遠慮に、また対等に接した。どんな場所へも自由に入れた。他の人達が行けない場所にも行けたし、劇場では内輪の人間のようだったし、鉄道も無賃で利用していた。

乙に澄ましたイギリス・クラブでもヒトロフ市場の犯罪者の巣窟でも、彼は自由だった。ぼくが毛皮外套《シューバ》を盗まれた時も、まず彼の所へ行くと、人殺しや強盗しか住んでいないような場所にあちこち連れて行かれた。モスクワ芸術座がゴーリキイの『どん底』を上演する時は、俳優達に本物の「どん底」の逸材を紹介した。ギリャロフスキイが知らないアネクドートはなかったし、アルコールは底なしだった。と同時に、いつも礼儀正しくて分別のある人だった。

　ギリャロフスキイは怪力の持ち主で、よく自慢していた。怖いものなし、恐れるものなしだった。凶暴な犬を一度に何匹も抱きかかえたり、全速力で走っている馬車の後輪に飛びついて馬もろとも引き止めようとしたこともあった。「エルミタージュ」〔舞台、レストラン等のある遊興地〕の庭に、力自慢をして見せるための車が設置されたことがあった。ギリャロフスキイは、密かに付けてあった根っこごと車を引き抜いてしまった。彼が何か詩編を書こうとするといつも目の前に浮かんでくるのは、母なるヴォルガ、ヴォルガに出没する海賊、脱走農奴のコサック、へし折られた鼻……等々である。

　一八八五年五月、中等学校を終えたぼくは卒業試験の準備をしていた。そんなぼくを家に一人残して、アントン、姉、母はバープキノのダーチャ〔別荘〕へ行ってしまった。まもなく大学生になるぼくは、毎日スレチェンカの家からドルゴルーコフスキイ横町の学生食堂に歩いて通った。昼食代は二十八コペイカで、美味しかったけれど量が少なくて、家に帰るとまたお腹が空いた。

学食からの帰り、ボリシャヤ・ドミトロフカ横町を横切ろうとすると、誰かがぼくを呼んだ。「おーいッ、ミーシャ、どこへ行くんだ！」

ギリャロフスキイだった。彼は馬車でどこかへ取材に行くところだった。ぼくが駆け寄って、家へ帰るところです、と言うと、

「乗れよ、送って行ってあげよう」

と言った。ぼくは喜んで乗った。

しかしちょっと走ってから、彼は「エルミタージュ」でレントフスキイに会う用事を思い出したので、ぼくはスレチェンカの家へ帰る代わりにサモチェカのオペレッタ劇場に来てしまった。夏の興行は当時、五時開演だった。すでに五時を過ぎていたので開幕寸前だった。

「ここで待ってて、すぐ戻って来るから」

ギリャロフスキイはぼくを残してどこかへ行ってしまった。

幕が上がり、やがて何やらわけの分からない合唱も終わったのに、ギリャロフスキイは戻って来ない。ぼくはオペレッタを見ながらハラハラしていた。中等学校生徒は「エルミタージュ」に来てはいけないという規則があったのだ。座席係が来て切符を見せろと言った。もちろん切符なんて持っていない。無賃入場のぼくは腕をつかまれ、出口の方へ引っ張って行かれた。その時、まるで地中からわいて出たようにギリャロフスキイが現れた。

「どうしたんだ、何をしているんだ？」

「切符を持っているかって……」ぼくはもぐもぐ言った。

「切符だって？」ギリャロフスキイは座席係の方に向きなおって、

「ホラ、切符だよ、座席係クン！」

新聞を小さく破り取り、座席係に渡した。座席係は不満そうだったが、ぼく達二人を席の方へ通してくれた。しかしギリャロフスキイは座っていられなかった。

「行こう、時間だ」

ぼく達は「エルミタージュ」を出た。

「君を家まで送り届けることになっていたんだね。ところで馬車はどこだ？」

あたりを捜し始めた。入口にいた馬車はおまわりに追い払われて遠く離れた一角にいた。

待ちくたびれた御者は、御者台で頭を垂れて気持ちよさそうに居眠りをしていた。近寄ったギリャロフスキイが力いっぱい馬車を揺すったので、御者は台から滑り落ちそうになった。

「クソッ、馬鹿モン！　よだれなんか垂らしおって！　よく寝てられるモンだ！」

御者はわれに返り、ぼく達は出発した。

環状道路からぼくの家のあるスレチェンカに方角を変える時になって、ギリャロフスキイはまた何かリャザン駅に用事を思い出し、ぼくは無理やりそっちへ連れて行かれた。駅に着くと彼は御者に勘定を払い、ぼくを連れて中に入った。反対側から来る人達に歩きながらそそくさと挨拶をし、今にも動き出そうとしている列車に向かってどんどん進んで行った。そしてぼくに何も言わず、発車寸前の車両のステップに飛び乗った。列車はゆっくり走り出した。

「さらば、ミーシェンカ！」大声で言った。

ぼくは彼の乗った車両と並んで走り出した。

「手を出して！　お別れの握手だ」

ぼくは手を伸ばした。すごい力で握られたのでぼくは宙吊りになり、そして、思いがけず車両のステップに着地してしまった。

汽車はすでに全速力で走っている。ぼくはギリャロフスキイと一緒にどこかへ向かって走り出してしまった。大力漢のせいで道連れにされてしまったけれど、ポケットには一コペイカもなくとても不安だった。

ぼく達は車両の中に入り腰掛けた。ギリャロフスキイはポケットから新聞を出して読み始めたのである。ぼくは腹が立った。

「ウラジーミル・アレクセーエヴィチ、ぼくをどこへ連れて行くのですか?」

「もうどこだって、いいんじゃないのかね?」新聞から目を離さないで言った。

車掌が入って来て乗客の切符を調べ始めた。絶対身体検査をされる、と思った。切符もないしお金もない、罰金は二倍以上だろうから、ただではすまないだろう、とイヤな予感がした。

「切符を拝見します!」

ギリャロフスキイは新聞から目をあげず、劇場でやったように新聞を破って二つの紙片を車掌に出した。車掌はうやうやしく紙片にパンチを入れ、ギリャロフスキイに返すと先へ進んで行った。ぼくはホッとした。そしておかしかった。

ぼく達はリュベルツィかマラホフカで列車を降りて、大きな鬱蒼とした森の中をどこかへ向かって歩いて行った。去年からずっと郊外に出ていなかったので、松や若々しい白樺の匂いをかぐと心がはずんだ。薄暗くなっていたので足元がよく見えず、砂に足をとられた。二露里ぐらい歩くと集落が見えて来た。窓々に明かりが見えた。犬の鳴き声まで田舎っぽかった。ギリャロフスキイは柵で囲われた小さな家に近づいて行って、窓を叩いた。赤ん坊を抱いた女の人が出て来た。ギリャロフスキイは「マーニャ、お客さんを連れて来たよ」と、その人に言った。

ぼく達は家の中に入った。田舎の農家のように壁に沿って長い木の腰掛けがあり、大きなテーブルがあった。他に家具は何もなかった。ぼく達が到着する前に全部拭き清められていたように、それは清潔だった。

「ごきげんよう、マーニャ！　ごきげんよう、アリョーシカ！」

ギリャロフスキイは二人にキスをして、それから女の人にぼくを紹介した。二人は、奥さんのマリアさん［マーニャはマリアの愛称］と一歳になったばかりの息子アリョーシカだった。

「こいつはもう、アレイを持ち上げることができるんだ」

ギリャロフスキイは息子の自慢をした。テーブルの上に赤ん坊を立たせ、体操で使うアレイを二つ出した。小っちゃな坊やはほっぺをふくらませて、アレイを一つテーブルの上から持ち上げた。ぼくは愕然《がくぜん》とした。アレイを落としたら足を怪我するではないか！

「よぉーし、えらいぞ！」父親は感嘆の声を上げた。

というわけでぼくは思いがけず、考えもしなかったギリャロフスキイのクラースコヴォのダーチャに来たのだった。

その日はダーチャに泊まった。マリアさんは翌日もぼくをモスクワへ帰さなかった。ぼくもダーチャが気に入ってしまい、試験と試験の間はいつも通うようになった。そんなある時、ギリャロフスキイは大きな黒毛の馬を連れて来た。規格はずれの不良品として、ある連隊から二十五ルーブルで買ったのだ。しばらくしてから分かったのだが、馬は噛みつく癖があり、騎手を振り落としていたという。ギリャロフスキイは一向に気にせず、体力に自信があるので自分流に鍛え直そうと決めた。

「見ててごらん、ぼくはこの馬でモスクワを往復するようになるよ」

馬を小屋に入れたその日から、蹄《ひづめ》で壁を打つ音と、鍛え直そうと命令するギリャロフスキイの声が聞こえるようになった。小屋に入った彼は、後ろ手に戸を閉めて鍵をかけた。ぼくは、彼が馬に殺されるのではないかと心配だった。マリアさんも心配していた。ギリャロフスキイと馬は、取っ組みあいのケンカでもしているような凄い物音をさせた。ブツエファル［馬の名］の所から出てくる時はいつも血だらけの手をしていたし、汗びっしょりだった。が、馬に噛みつかれたとは言わなかった。

「奴の口元をおもいっきり殴ってやった。悪党め！　おかげで手が血だらけだ」

結局、どこかのお百姓がやって来て、屠殺《とさつ》するために曳いていった。ギリャロフスキイはこの馬を乗りこなすことを諦め、ただでくれてやったのだ。

彼はアントンと終生途切れることなく親交を続け、ぼく達家族にも温かくしてくれた。九〇年代は、メーリホヴォのわが家によく来た。必ずいつも何か面白いことをして怪力を見せ、ぼく達を驚かせた。一度などは、ぼく達全員を一輪車に乗せ屋敷じゅうを引き回した。アントンは彼のメーリホヴォ訪問についてスヴォーリンにこう書いている。

「ギリャロフスキイが来た。一体何をしたと思う？　なんと、わが家の痩せっぽち達全員を一人で曳き回すは、木によじ登るは、犬を脅すは、果ては丸太をへし折って力自慢をした」（一八九二年四月八日）

ギリャロフスキイはいつも少年のように溌剌としていて、それ以外の彼をぼくは知らない。でも一度だけ彼の人間性を疑いそうになったことがあった。それは……

かつてモスクワのザリャージエに仕立屋ベロウーソフが住んでいた。彼の息子イワンは後に有名な詩人になり、翻訳家になり、ロシア文学愛好者協会会員になった。当時はまだ彼も仕立て職人だったので、仕事の合間にひそかに詩作をしていた。父親は可愛い息子に嫁をとらせようとしていた。どこかの小料理店店主が持っているザモスクヴォレーチエの「運河の傍」を貸し切ってオーケストラを呼び、知り合いも知り合いでない人も招いて結婚式を挙げた。招待客は、見たところ百人以上。当時ぼくの兄イワンはメシチャンスクの学校に勤務していたが、ベロウーソフはこの学校の何人かの教師の服を仕立てた。その時ありがたいことに、ぼくの服も仕立ててもらった。それでぼく達チェーホフ兄弟が全員招待された。でも出席したのはアントン、イワン、ぼくの三人だけだった。ギリャロフスキイも一緒に行った。

この席で新郎の友人チェレショフと知り合った。若くてハンサムなチェレショフは新郎の介添人の役で、宴の最中ずっとシルクハットをかぶったまま踊っていた。この人は後に有名な作家になった。明け方近くぼく達は帰途についた。アントンとイワンとぼく、チェレショフ、ギリャロフスキイも一緒だった。ぼく達は喉がかわいて何か飲みたかった。あたりは明るくなり始めていた。まだ眠りから覚めていない所もあれば、すでに開店を準備するスタンドや御者相手の居酒屋があった。そんな場所を通りかかった時、アントンが、「皆さん方、お茶でも飲んでいきましょうか！」と声をかけた。

で、ぼく達は入った。フロックコートを着た五人が汚いテーブルについた。居酒屋はたった今眠りから覚めた、という感じだった。洗顔をすませた一部の御者は朝のお祈りをしていたが、お茶を飲んでいる人もいたし、ぼく達を輪になって囲みジロジロ見ている者もいた。ギリャロフスキイが洒落を言って、ちょっと不味《まず》い言葉を口走った。アントンとチエレショフは文学の話をしていた。御者の一人が突然「旦那方、不作法ではありませんか……」と言った。

もちろん御者の言うことは正しかった。ところがギリャロフスキイはもっとふざけたくなったらしく、席からさっと立って御者を凝視した。

「なんだ、なんだ？　俺達もお前と一緒に徒刑場を脱走して来たとでも言うのか？」と悪い冗談を言った。

そこで何が起こったか！　御者達は一斉に椅子から立ち上がり、不安げな顔で途方に暮れていた……　ギリャロフスキイを押さえつけて警察に連行するか、仲間の御者の方を警察に売り渡すか、全て揉み消した方がいいのか……　しかし、まもなく自然におさまった。

ギリャロフスキイが何か冗談を言って、御者達に嗅ぎタバコをふるまった。件のモラリストの御者はどこかに姿を消そうとしていたので、ぼく達も席を立った。チェレショフはこの出来事を覚えているだろうか？　アントンと夢中で話していたから、恐らく何の注意も向けていなかっただろう。

クランクの雑誌『モスクワ』

アントンは一八八二年には『目覚し時計』に執筆しながら、同時にクランクの所でも書いていた。クランクはリトグラフ作家だった。リトグラフでは収入がなかったらしく、三流雑誌に風刺画を描き、生計費の補てんとリトグラフの仕事を維持するため、一八八二年に大判のイラスト付き雑誌『モスクワ』の発刊を計画した。全てのイラストをカラーにする予定だった。当時としては大変勇気のある計画で、独創性があった。美術部門の著者として兄ニコライ、ボガトフ、レヴィタン等が迎えられ、文学部門にアントンが入った。初期の何号か、クランクはとても頑張った。要求の高い読者を除けば、芸術的評価はあった。確かに、何点かのカラー挿絵はよいものだった。兄ニコライも大画『五月一日の縁日。ソコーリニキ公園にて』の自家石版を出した。他にも味のある面白いイラスト『彼はしたたかに飲んだ』を出した。アルコール中毒に苦しんだ兄アレクサンドルがモデルであって、アントンがモデルとして報じられているのは誤りである。アントンはなぜか『モスクワ』誌では創作は書かず、評論だけを載せていた。がその後、好意で短編『緑の岬』を提供した。ニコライが素晴らしい挿絵を付けている。しかし資金不足で良い広告が出せなかったり、読者の無関心がたたって『モスクワ』は意気軒昂ならず、まもなくすっかりしおれてしまった。何か思うところがあってかクランクは『波』と誌名を変えたが、その甲斐なく廃刊となった。ぼくはかなり長い間、アントンの代わりに編集部に稿料を取りに行っていたが、いつももらえるわけではなかった。クランクはたった今、裏口から出て行きました、と事務所の少年ワーニャに言われたものだ。

稿料はアントンに代わって大概ぼくが受け取っていた。兄は忙しくて時間がないので、ぼくは兄の代行を務めたわけである。冗談めいてはいるが、次のような委任状をぼくに託した。

医学証明

本証明書は、帝室モスクワ大学学生ミハイル・パーヴロヴィチ・チェーホフ、二十歳、ロシア正教徒、に付与されるものである。当人は一八六五年、私の弟として生まれ、今ここに私に代わり編集部にて金銭収受の権利を有する。署名と捺印により、ここにこれを証明し、委任する。

モスクワ、一八八六年一月二十五日

医師A・チェーホフ

この証明書を持って『日日新聞』へも稿料をもらいに行っていた。ああ、思い出すのもつらい日々！　ぼくは編集部へ行って、新聞の売り子達が売上金を持って帰って来るまでただひたすら待っていた。

「まだ待っているんですか？」やっと主《あるじ》が聞いてくれた。

「あの、三ルーブル受け取らなくてはならないのです」

「ないンですよ。ところで劇場の切符はどうです？　新しいズボンは？　仕立屋のアロントリヘルの所へ行ってぼくの勘定でズボンを作って下さい」

『日日新聞』

『日日新聞《ノーヴォスチ・ドニャ》』、いや、アントン流には『日日醜聞《パーコスチ・ドニャ》』はリプスケロフが発行していた。新聞を出す前は、地方裁判所の、抜群とは言わないまでも優秀な速記者の一人で、法廷での陳述を記録していた。当時鋭い陳述で名を上げていた弁護士プレワーコが彼を各地方の裁判所に同道させ、リプスケロフはプレワーコの陳述を漏れなく記録した。記録はやがて首都の新聞に掲載されるようになった。

プレワーコとリプスケロフについては、こんな話がある。ある時どこかの地方都市で有名な裁判の審理が行われた。プレワーコはこの裁判で、弁護人でもなく原告でもない立場で演説する予定だった。彼はリプスケロフを伴って裁判の前日に当地へ向かった。一日に一回しか列車は来ないし夕方着くので、二人が望むと望まざるとにかかわらず、一泊しなければならなかった。吹雪の中、夕方六時に到着し、地方都市の薄汚いホテルに入った。都会の物音や喧騒《けんそう》に慣れた二人はすぐ退屈してしまい、今始まったばかりの夜をどう過ごしてよいか考えあぐねていた。外は雪が降り続いている。二人はルームサービス係を呼んだ。「ねぇ、どこかいい劇場とか、レストランはないかね？」

「ハイっ！　○×通りに、市営劇場がありますでございます！　土曜日以外は毎日やっておりますでございます！」

　プレワーコとリプスケロフは外套を着ると劇場へ向かった。馬車がなかったので雪に足をとられながら「メルポメネの神殿」〔メルポメネはギリシャ神話のミューズの一人、悲劇をつかさどる女神〕まで何とか行った。ところが何と！　劇場の切符売場には「悪天候のため上演は中止となりました」と掲示があった。が、切符売場に明かりがついている。こんな天気でも、もしかしたら誰か来るかも知れない、と切符係はいたのだ。プレワーコは切符売場の窓口に頭を突っ込んで、

「ひょっとして、今日芝居をやるってことは、ないですか？」

「無理ですねぇ、いま俳優さん達は来たんですけど。こんな天気ですから、まだ一枚も売れてません」

「全席分、いくらですか？」

「四百五十八ルーブル五十コペイカです……」

　プレワーコは分厚い札入れの中に手を入れると、あり金を全部出し、切符係に差し出した。

「切符代を全部払うから、俳優達を集めて芝居を始めてもらいたいんだが」

アッラーよ！　こんな幸せは、かつてないこと。一度に全席分だって！　一文も期待できないこんな悪天候に。切符係はあわてふためいて、守衛の一人を興行主の所へ、別の一人を俳優を呼びに行かせた。なんと、上手い具合に俳優全員が近くのしがないホテルに泊まっていた。

……しばし時は流れ、あの「高貴な外国人」はどこかへ姿を消した。

照明係が来て電気を入れた。観客席がパッと明るくなった。続いて白髪の指揮者がやって来た。彼の後、次から次へと楽師が来て調音を始めた。

トラン　トラン　トラン……ボロン　ボロン　ボロン……ピピピ……トゥトゥトゥ……

幕の中で足音や話し声がし始め、楽屋の方も活気づいた。誰か役者が、こんな日に来る気違いじみた観客を見ようと、幕の穴に目をあてて見たが客席には誰もいない。ロビーで幕が開くのを待っているのだナ……

やがてオーケストラがマーチを演奏し、その後何かの序曲と共に幕が上がった。芝居が始まった。空っぽの客席を前に、第一幕が終わった。第二幕も終わった。俳優達はとまどい始めた。人っ子一人いない空間に向かって演ずるのは、張り合いがない。観客はロビーにも客席にもいなかった。

ところが驚いたことに、一番上の階の桟敷から突然拍手とブラボー！の声が聞こえてきたのだ。プレワーコとリプスケロフの拍手と歓声だった。

全席を買い切った気前のよいモスクワっ子達は、一番遠い席に鎮座するという洒落を好んだのだ。

ぼくが週に三ルーブルずつ受け取りに行っていた『日日新聞』の編集部が、当時どこにあったか覚えていないが、トヴェルスカヤ通りの新聞横町あたりだったと思う。編集部はたった一部屋で、そこで購読受付もしていて騒々しかったが、ピアノが置いてあり、リプスケロフの姪だか奥さんの妹だかが音階の練習をしていた。女の子のそばに音楽の先生が立っていて、編集部の人達の声にかき消されないようにさらに大きな声で、

「いち　にい　さん　し……いち　にい　さん　し……」

と言いながら足でリズムを取っていた。こういう喧騒の中で三ルーブルを待ち続け、ああ早く家へ帰りたい！と何度思ったことだろう。

ともあれ『日日新聞』は軌道に乗った。噂によると、次のレースでどの馬が勝つか、かなりの確率で当てていたらしい。掛け率計算機はうまく作動し、かつての失敗が成功と入

れ替わった。赤門《クラースナヤ・ヴォロータ》そばの『日日新聞』編集部は御殿となり、社主は血統馬に乗って町を駆け巡っていた。

大長編小説『狩場の悲劇』はアントン初めての長編ではない。以前『目覚し時計』に長編『無益な勝利』が載った。偶然から生まれた作品である。アントンと『目覚し時計』の編集者クレピンは長編小説について意見が対立した。アントンは、外国で出たものをロシア語に翻訳するより、外国生活を直接ロシア語で書いたほうが良い、と考えていた。クレピンは否定した。しかしアントンは長編に着手し、その代わり小説が気に入らなかったらクレピンはいつでも掲載を中止する、ということで合意した。しかし、大変面白い小説となり、読者を満足させて完結した。ぼくの覚えているところでは、この長編小説はヨカイ・マヴルのものじゃないですかとか、フリードリヒ・シュピルハーゲンのものじゃないですか、というような質問の手紙が編集部に来た。

プシカリョフの雑誌『光と影』

兄ニコライとアントンが仕事をしていたモスクワの他の雑誌は『光と影』と『世間話』で、

両誌ともプシカリョフが出していた。この人は大変なインテリで、あらゆる分野に教養があった。またかつてはネクラーソフ風の詩人・風刺家としてとても人気があった。彼の暴露詩『卑劣、不快、下品』とか『箸にも棒にもかからない』、『三国の三人ばあや——酵母も三様』はいろいろな軽喜劇に取り上げられ、彼の詩編は人々の会話の中にちょくちょく出てきた。が、おそらく誰の詩か知られていたわけではないと思う。ロシア全国で、彼の詩を舞台で朗読したことがない俳優は一人もいないだろう。彼は戯曲も書いた。『クセニアと偽ドミートリイ』が上演されている。

プシカリョフは進取の気性に富んだ人で発明家でもあった。モスクワの旅団長通りの自宅には活版印刷所、石版印刷所、編集部と大きなアパートを持っていた。彼の最初の雑誌は『モスクワ時評』である。小さな判型で週刊だった。当時のモスクワのインテリ層を動揺させたセンセーショナルな裁判を描いた、シクリャレフスキイの犯罪小説『舞踏会の翌朝』を載せていた。

その後ユーモア雑誌『光と影』を興すと同時に『モスクワ時評』を『世間話』と改め、一緒に出版し始めた。社会問題、政治問題全てに反応する大変敏感な雑誌で、二度にわたり厳罰を受けている。最初は一年間の刊行停止処分、二度目は長期間にわたり小売販売を禁じられた。もちろん世論はプシカリョフ側についたが、資金源は根こそぎもぎ取られた。特に一八八一年三月一日以降掲載された、『焦眉の問題を解くわれらの武器』というタイトルの絞首台を描いた挿絵のせいだった。

しかしプシカリョフは負けてはいなかった。もっとページ数の多い週刊誌『ヨーロッパの図書館』を創刊し、印刷全紙［十六ページ相当］にして十二〜十五枚使い、小型の判型で出した。毎号外国の作家の長編小説をロシア語に訳して載せていた。『ヨーロッパの図書館』の名誉のために言わなければならないのは、エクトル・マロ、カール＝エミール・フランツォース、A・ドーデ、A・テリエ、E・ゾラ、ピエール・ロティといった外国の作家を初めてロシアの読者に紹介したということだ。一年間にあれほど多量の紙を使ってたくさんの本を出したことは、当時の状況から考えて驚くべきことである。『ヨーロッパの図書館』は、たしか一年半存続して、廃刊となった。予約購読者にはそんなにたくさんの本を読む暇がなかったのだ。年間十二冊で十分なのに、なんと五十冊発刊されたのである。『世間話』はコールリッジの『老水夫行』にギュスターヴ・ドレの素晴らしい版画をつけて掲載し、良い思い出を残した。

雑誌『世間話』にアントンは中編小説『咲き遅れた花』を掲載し、ニコライは挿絵と漫画を『光と影』に描いていた。兄ニコライをよそおって、ぼくの挿絵も載せたことがある。付録としてぼくの判じ絵が載ったのだ。『ヨーロッパの図書館』にはぼくの翻訳でモリッツ・ハルトマンが載るはずだったが、編集部の意向と関係なく検閲で不許可となり原稿が戻されてきた。中等学校生徒に訳せる（ドイツ語から）ものがそれほど有害だなんて、ぼくは思ってもみなかった。もし発行されていたなら、学校の幹部はあわてふためいたに違いない！

雑誌『世間話』に、ぼくも参加

その頃のぼくは文士稼業というものに憧れていたので、長編小説の構想をきちんと書いて『A・ガッツク新聞』に持って行った。難しい注文を付けない新聞なので掲載できることになったが、新聞の方が店じまいをしてしまった。ぼくは社会派の文学をたくさん読んでいた。雑誌の仕事の影響かも知れない。自分用に時計まで買った。当時中等学校生徒が懐中時計を持ったり、プルードン［フランスの社会主義者］のようなけしからぬ本を読んだりするのは、自由思想の極致と考えられていたのだ。アントンはぼくをそっとしておいてくれず、しょっちゅうからかった。

「ガックと付き合い、プルードンに対抗して、時計を持ち歩いている……」

そういえば、アントンは懐中時計を持っていなかった。

プシカリョフは学問でも芸術でも文学でも、あらゆる新しいものに非常に敏感な人だった。有名な催眠術師ロベルトがモスクワに来た時、公共の場で催眠術を見せることは禁止されたので、プシカリョフは彼を自宅に招き、モスクワの報道関係者や教授を呼んで催眠術を見せた。高名な教授オストロウーモフを招待したのは、プシカリョフの命を受けたわが兄達であった。

ロベルトは教授達が信じられないような、驚くべき不思議なことをした。人を眠らせるだけでなく、体内の血液の循環も止めたのである。尖った物を静脈に刺したり、ナイフで体を切っても血が出なかった。心臓は鼓動をやめ、肺は活動を停止した。何よりも不思議だったのは、そしてオストロウーモフ教授を唸らせたのは、体中の血液循環を止め心臓を止めても被験者の脳の働きはやまず、ものを見ること聞くこと、質問に答えることができた時だった。その結果、どうしても不可解な疑問がわいた。心臓と肺が完全に麻痺している状態で、人間の頭脳がなぜ正しく機能するのか？

「そうだ、そこですよ！」オストロウーモフが大声を上げた。

ロベルトは、今度は被験者を強縮状態にした。石か丸太のように体が硬直すると、頭を椅子の上に、足をもう一つの椅子に乗せて仰向けに寝かせた。そこへ三人の大人がベンチに座るように腰を下ろした。しかしその人は何も感じず、催眠を解いて全てを聞かされ、びっくりしていた。何もかも初めてのことで、さすがの教授達も「わけが分からん！」と心底感嘆していた。

プシカリョフは、生まれつきどの分野にも天賦《てんぷ》の才があったが、すぐ飽きる性格だったらしい。あるいは彼の天性というのはあまりにも広大なので、何か一つのことにとどまっていられなかったのかも知れない。彼は釣りキチでもあって、魚が食いついた時に自動で竿を合わせる装置みたいなものを発明した。今では店で売っているが、プシカリョフが考案したということなど誰も知らない。ルビャンカに写真館を開いたこともある。その後は、彼が発明したプシカリョフ点火プラグの仕事に全身全霊で打ち込んだ。点火プラグは、後に外国人が二束三文で利用し、地球上のあちこちで普通のガソリンバーナー、アルコールバーナーとなり、コーヒーをわかしたり髪にパーマをかけたりするのに使われている。しかしながら、これらの事業や雑誌の失敗でプシカリョフはついに破産し、やがてひどい貧困の中で死んだと言われている。

雑誌『こおろぎ』

アントンが関わった雑誌の中からもう一つ、『こおろぎ』に触れておきたい。このフランス風のユーモア雑誌は、エヴゲーニイとミハイルというヴェルニェル兄弟が出していた。長い間外国暮らしをしていた威勢のいい若者達で、外国で商売に精を出していたが、今度はロシアで「本物の」事業を興そうとやって来たのだった。二人は雑誌『世界めぐり』を創刊し、ルイ・ブッセナル、スティーヴンソン、ライダー・ハガード等の作品を紹介した。中等学校の生徒なら誰でも予約購読する面白い雑誌だった。二人の事業は好調なスタートを切った。カリンスカヤからアルバート通りの大規模な印刷所を買い入れ、事業を拡張していった。『世界めぐり』の他にユーモア雑誌『こおろぎ』と児童向け雑誌『子どもの友』を出していた。ところが思わぬ障害にあって失敗した。

『世界めぐり』が読者の嗜好と需要をうまく汲み取ったとすれば、ユーモア誌と児童誌はその点が弱かった。確かに『こおろぎ』の装丁にはオリジナル性があった。が、パリの雑誌と瓜二つ、コピーであった。ヴェルニェル兄弟の名誉のため言っておくと、石版刷でなくステンシルを利用して、水彩絵具でイラストを彩色するやり方を初めてロシアに持ち込んだのは二人である。しかしながら『こおろぎ』は内容面で生彩を欠いていたし、『子ども の友』は(ぼくも関わっていたが)まるで面白くなかった。子どもに人気がないので、イストミナの『子どものじかん』のようないい加減な雑誌とも競争ができなかった。

ただ、ヴェルニェルの印刷所へ一回でも行った者は、いきなり外国に迷い込んだ気にさせられた。活気にあふれ、機械はゴォーゴォーッ、ガスエンジンはパシッ、パシッ、ポッ、ポッ、ヴェルニェル兄弟も腕組みして殿様然ともうけが出るのを待っているのでなく、労働者のように青い作業服を着て、一瞬も手を休めず働いていた。

二人は軽い読み物も出していた。アントンの短編何点かをまとめた『罪のない話』も、ニコライの描いた表紙で出版された。二人が出す出版物はどれも個性と品の良さで他を引き離してはいたが、社会状況さえもっと良ければ、兄弟はさらに大きな事業ができたと思う。肝心なのは、二人が自ら現場の仕事にどっぷり浸かっていたことだ。だが仕事を離れると二人は生粋のヨーロッパ人に変身し、最新モードのお洒落をして社交界に出現した。レイキンの雑誌『破片』に作品『モスクワ生活の断片』を載せたアントンは、その中で二人をちょっとからかった——「雑誌を出すのは簡単だとお思いですか？　馬の模様のチョッキを着るのとはわけが違うのですよ」。アントンが書いたとは知らないヴェルニェル兄弟は、自分達に対する悪ふざけだと言ってアントンに嘆いたそうだ。

ヴェルニェル兄弟もやがて破産する。『世界めぐり』はスィチンに譲渡され、『こおろぎ』と『子どもの友』は廃刊となった。二人はまた外国へ行ったという。

第五章

初めての患者
『かもめ』のモチーフとなるレヴィタンの恋

日曜日、兄イワンの所で

一八七九年十二月、すでに書いたように、中の兄イワンは教員試験に合格してモスクワ県のヴォスクレセンスク市に赴任した。この町からわずか一露里の所に、有名な修道院「新しいエルサレム」があった。総主教ニコンがロシアの聖地巡礼者のために、エルサレムまで行かなくてもすぐそばで聖地巡礼ができるようにと建立したものだった。修道院はパレスチナにあるエルサレム神殿を完全に模倣したものだった。ゴルゴタの丘も「神の柩《ひつぎ》」礼拝堂もゲッセマネの園もケドロンの谷も、聖書に出てくる山、タボルとエルモンもあった。特に選ばれた場所に建てられていた。ヴォスクレセンスクは当時まだほんの小さな都市で、学校はただ一つ、教区学校だけだった。兄イワンは主任をしていた。

監督官は有名なラシャ工場主ツリコフで、金を惜しまず良い環境を作っていた。イワンにも独身の教師用宿舎でなく、家具も備え付けられた広い家族用宿舎が与えられた。モスクワで窮屈な貧乏暮らしをしていたチェーホフ一家にとっては、まさにもうけものだった。ぼくと姉のマーシャの進級試験が終わるとすぐ、母エヴゲーニアも「大地から得られる糧」に惹かれて一緒にヴォスクレセンスクに行き、新学期が始まるまでずっとそこで過ごした。

モスクワにうんざりしていたぼくと姉にとって、ヴォスクレセンスクはまさに緑の楽園、素晴らしい郊外だった。キノコもいっぱいある。チェーホフ家は全員、キノコ狩りが大好きである。

この町には、活動的で交際好きな陸軍大佐マエフスキイが率いる部隊が駐屯していた。国民会議召集の問題で尽力したゴロフワストフも、当時ここに住んでいた。背が高く、黒い頬ヒゲ、額からうなじにかけて白髪の混じる黒髪の彼は、頭を低く垂れて体を左右にふりながらよたよたと歩いていた。いつも何か考えごとをしているので、うっかり自分の家を通り過ぎてしまうことがあった。そうならないようにアヴォチカという少女がついて歩いた。アヴォチカは後に養女となる。彼は古代史の研究を重ね動乱《スムータ》時代について多くの発見をしている。また時の大臣イグナチエフと共にロシアに憲法のようなもの、ただし古代の国民会議風なもの、を導入しようと考えていた。彼の言葉は古代ロシア語だった。書くのも話すのも古代の年代記の言葉で、彼が自分で単語を考え出すこともあったが、それはまるで三階建ての家の周りに鬱蒼としている大きな森のようで、重かった。さっぱりとして気取らず面白い人だった。博学でみんなを驚かせた。部屋の中を行ったり来たりしながら話をした。夫人のオリガさんは作家だった。ドラマ『悪には悪を』とか、有名なドタバ夕調の『乗りかかった舟』が作品にある。

ヴォスクレセンスクには面白い家族がまだ二、三いたが、やはり中心はマエフスキイ家だ。アーニャ、ソーニャ、アリョーシャという可愛い子ども達がいた。アントンはこの子達と親しくなり、短編『子どもたち』を書いている。トルコ戦争で負傷した将校トィシコもいて、いつも黒い絹の帽子をかぶっているので、アントンは彼のことをある手紙の中で「帽子のトィシェチカ」と書いている。アントンはここで将校達と知り合い、軍隊についての知識も得た。これは後に戯曲『三人姉妹』の創作に役立っている。駐屯部隊の陸軍中尉エゴーロフはチェーホフ兄弟の大変親しい友人となり、アントンは短編『緑の岬』に彼を登場させた。エゴーロフは『三人姉妹』のトゥーゼンバフ男爵のように「仕事、仕事、仕事」に憧れて退役し、一八九二年にはニジェゴロド県の人々のために大きな貢献をした。アントンはニジェゴロドの彼のもとへ行き、二人は農民が役馬を持てるようにする仕事に参加した。

ククエヴォの惨事、叱責されたアントン

アントンは、ヴォスクレセンスクへぼく達とすぐ行くようになったわけではない。雑誌の仕事で稼がねばならず、ダーチャどころではなかった。ソコーリニキとかボゴロツキイとか、『色とりどりのお話集』の中で面白おかしく描写しているモスクワ郊外のダーチャ村へ出掛けるくらいで、夏もずっとモスクワで働いていた。暑苦しいモスクワで退屈していたわけではないらしい。全ロシア大博覧会が開かれていたし、続いて一八八一年にはロシアの全インテリゲンチヤを興奮させたプーシキン像の除幕があった。アントンはこの頃、新しい知人も得て文学界に入り、新聞と雑誌の仕事だけに完全に切り換えていた。ところで、大博覧会では、アントンが叱責を受け大変動揺するという一幕があった。

この年の夏、モスクワから南へ出ている郵便物を運ぶ駅逓列車が、多くの乗客を乗せたまま、モスクワ~クールスク線のチェルニ駅とバスティエヴォ駅の間、ククエフカ村の近くで転覆事故を起こした。土手から転げ落ちた列車の上に、盛り土が崩れて乗客全員を生き埋めにした。事故現場の地名からククエヴォの惨事と呼ばれている。記者として派遣されたのは前述したギリャロフスキイで、大惨事の原因究明にあたった。

大ロシア博覧会には定期刊行物の部門があり、雑誌『光と影』のコーナーもあって、知人のイパーチエワが担当していた。アントンが彼女と雑談している時、突然大惨事のニュースが会場に飛び込んできた。号外を持った少年が走り回った。関心を持ったアントンは号外を買って読み、心痛した。

「こんな事故が起こるのは、豚のような暮らしをしているわがロシアだけだね」

彼は、イパーチエワに声に出して言った。

この時、青いつば付き帽子をかぶった白い肩章の将校が走り寄って来て、いかめしくこう言った。

「若い人、今、何と言ったのですか？　もう一度言ってみたまえ！『豚のような暮らしをしているわがロシア』ですって！　貴方の名前は？　一体、何者ですか？」

アントンは当惑した。

「いいでしょう、貴方は責任を取ることになるでしょうから」

そう言って将校は足速に去って行った。

アントンは今にも検挙されてブティルキに連行されるだろうと思った、が、運良くその将校は戻って来なかった。

大ロシア博覧会には音楽の特設会場があり、いろいろな会社が楽器を展示していた。主にグランドピアノやヴァイオリンだった。各社は楽器の宣伝のため、ヨーロッパの高名な奏者を招いてコンサートを開いていたので、無料で素晴らしい演奏を聴くことができた。奏者の一人、指揮者であり音楽協会の養成所創設者でもあるショスタコフスキイが、博覧会の会場で、どこかの会社のピアノを使って、初めてリストの有名なラプソディーを演奏した。アントンはすっかりラプソディーに魅了され、このとき以来、わが家では一日に何回もニコライの弾くラプソディーが聞こえてきた。二人は後にショスタコフスキイと知り合いになり、彼の家に気軽に遊びに行くようになった。

とても気だてのよい思いやりのある人で、それはそれは礼儀正しい人だった。彼を知っている人は誰でも演奏家としての彼を高く評価し、人間としての彼を愛した。しかし、彼は、自身が畏敬の念を抱く音楽に関しては、この世の全てを忘れてライオンに豹変《ひょうへん》することもあったし、オーケストラ奏者は些細なミスでも木っ端微塵《みじん》に叩かれた。わずかな誤りも聴き漏らさず、指揮棒で台を叩き演奏を止めた。

「君みたいなろくでなしがいると私のアンサンブルが壊れてしまう。出てってくれ」

ある時、ぼくの親しい知人でフルート奏者のイワネンコは、文句が自分に向けられたので、威厳をもって聞き質した。

「貴方のお言葉は、ピョートル・アダモヴィチ、私に対するものと考えてよろしいのでしょうか？」

「いや、君ではない、君にではない、その棒ッ切れにだ！」

ショスタコフスキイは泣き声で言った。

太鼓のG氏の場合はこうだった。

指揮者のタクトを待って物思いに浸っていたが待ちくたびれてしまい、肝心の出番で一瞬早く打ってしまった。

ショスタコフスキイは指揮棒を置いて、演奏を止めた。

「そういう態度を続けるなら、耳を引きちぎってやる」。太鼓奏者に向かって言った。

腹を立てた太鼓奏者は、これ見よがしな態度でステージから降りて行った。

しかしリハーサルやコンサートが終わると、誰もショスタコフスキイに腹を立てなかった。みんな彼の性格を知っていたし、オーケストラの成功を喜んでみんなをねぎらうことを知っていたからだ。

アントン・チェーホフが短編『二つのスキャンダル』で描いた指揮者は、ショスタコフスキイをモデルにしているはずだ。この短編は一八八四年に出版された最初の短編集『メルポメネ物語』に入っている。この本は「ついていなかった」。この本は、売上を即返済に回すという条件で費用を出してもらって、レヴェンソンの印刷所で出版されたのだが、結局出版費用もまかないきれなかった。理由は、『メルポメネ物語』を委託された本屋の店主達が劇場向けの短編とは知らず、子ども向けのお話だと思い込んで児童書コーナーに置いたからだった。そのせいで一悶着おきたことがある。ある大佐が「新時代」という書店の責任者に、子ども用として不道徳な本を売っているとクレームをつけたのだ。その後『メルポメネ物語』がどうなったか、ぼくは知らないし、著者自身も知らない。他にも不運に見舞われた本がある。印刷されて綴じられたのに、表紙がつけられなかった。この本には『俳優の妻たち』と『飛ぶ島』が入っている。『俳優の妻たち』はその後『メルポメネ物語』に収録される。兄ニコライの挿絵がとても可愛らしかった。なぜ出版しなかったのか、ぼくは理由を知らない。その後のことも分からない。

ヴォスクレセンスク

大学生活の最後の夏、アントンは初めてヴォスクレセンスクにやって来た。ここで信頼できる仲間の輪ができる。黒いインバネスにつばの広い帽子をかぶった背の高いアントンが、散策の仲間に加わるようになった。午後になると毎日、大勢の仲間で散歩をした。子ども達はキノコを探して前方を駆けて行き、大人達はずっと後ろの方で時事問題についてリベラルな討論をしていた。話すことはいくらでもあった。当時みんなが夢中で読んだサルトィコフ＝シチェドリン以外は、「分厚い雑誌」は全部みんなで共同出資して予約講読していた。特に人気があったのは『祖国雑記』、『ヨーロッパ通報』、『歴史通報』だった。作家としてのチェーホフは、ヴォスクレセンスクで何かひらめきをつかみたかった。ひたすら作品のモチーフを見つけようとしていた。医者をめざす者としては、医療の臨床経験も必要で、ここでの生活はその面でも大変役に立っている。

二露里ほどの所にゼムストヴォ〔県議会、郡会などの地方自治組織〕が病院用に買い取った、大きな池のあるチキノの屋敷があった。屋敷の管理をしていたのは、県の医師達の間でも、医学文献の世界でも名の知れたアルハンゲリスキイだった。チキノの病院は模範病院と言われていた。アルハンゲリスキイ自身とても人付き合いのよい面倒見のよい人で、まわりにはいつも若い医師達が集まっていた。この中の多くは、後に医学界の権威となっている。アントンはここでシロチニン、タウベル、ヤーコヴレフといった医学界に足跡を残す人達と知り合った。一日の仕事が終わると、よく独り者のアルハンゲリスキイの所に集まっては自由闊達《かったつ》に論じ合い、新しい文学作品についても批評し合った。サルトィコフ＝シチェドリンを語り、ツルゲーネフを中毒にかかったように夢中で読んだ。『教えてよ、かの僧院を』のような民謡を合唱したり、ネクラーソフの詩を朗読し、じっくりと味わった。中等学校の生徒だったぼくは、ここで初めて、ミーシャでなくミハイル・パーヴロヴィチと呼ばれ、自分でも自信を感じるようになった。夕べの集いは、ぼくにとって、政治的、社会的教育を受ける学校であり、国民としての自覚が形成された所である。

「アタマン」アシノフのエピソード

一八八四年、アントンは大学を卒業し、チキノの病院へ見習い医師として赴任した。ここで短編『脱走者』、『外科』のモチーフを見つけ、ヴォスクレセンスクの郵便局長アンドレイ・エゴーロヴィチと知り合って『官等試験』の構想が生まれた。

同じ病院でも、ヴォスクレセンスクに近いイワノヴォ村のラシャ工場（ツリコワ所有）付属病院はまったく別物だった。建物はお金をかけた立派なものだったが人気がなかった。院長のツヴェタ―ーエフは、診察の時に患者が臭いと嫌なので患者を近寄らせないという、変わった心理の持ち主だった。が、こんな医者でも活字に名を残している。「アタマン」を自称するコサックのアシノフがいた。コロンブスのように何か大陸を見つけて、ロシアの居留地をつくりたいという夢を持っていた。

第一章に書いたぼくの叔父ミトロファンの若かりし頃、一人の若者が叔父の所へやって来て仕事をさせてくれと頼んだことがあった。タガンローグでのことである。叔父は室《むろ》を掘るよう命じた。若者は熱心に働くうえ、なかなか賢く、叔父は興味をもって彼と話すようになった。話せば話すほど叔父はこの土堀人に惹かれ、ついには感化されてしまう。土堀人の思想がその後の叔父の生涯に刻印を残した。後に、この土堀人は、有名な修道司祭パイシイだったことが分かった。

ツリコワの病院のツヴェターーエフは、後に医者をやめて修道生活に入った。

ちょうどその頃、「アタマン」アシノフがどこからかやって来て、新大陸を発見したと発表した。報道機関は彼を嘲笑し、ペテルブルグ市当局は彼を信用しなかった。だから彼は未知なる冒険に自ら取り組もうと決意する。声明を発表し、幸福と広い天地を求める者は彼と一緒に新天地へ出掛けようと呼び掛けた。百世帯ほどが集まった。アシノフはみんなが心のよりどころを失わないように、新居留地における正教会の長として修道司祭パイシイを、医者および神父としてツヴェターエフを招いた。

アヴァンチュリストの一行は、オデッサで船に乗り約束の地へと出帆した。アシノフは紅海で全員を下船させ、フランス人居留地オボクを占領して「新しいモスクワ」と命名し、ロシア旗を掲げると宿営地として陣取った。

フランス政府はロシア政府に照会状を送った。ロシア政府は、アシノフも「新しいモスクワ」も政府と関わりがなく、危険も冒険も承知で「アタマン」が勝手にしたことであると回答した。

フランス政府はオボクへ巡洋艦を送った。アシノフには、即刻ロシア旗を下ろし海岸から撤退せよ、と伝えられた。彼は、本国の援助を期待してか、断固拒絶した。それで巡洋艦は「新しいモスクワ」に向けて砲撃し始めた。大勢の女性や子どもが殺され、ある者は巡洋艦に連行された。だがアシノフとパイシイがどうなったか、ぼくはもう覚えていない。

医者だったツヴェターエフは、人跡未踏のアフリカのダナキル砂漠を越えてエチオピアに渡り、エチオピア皇帝メネリクに迎え入れられて関係を結び、後にこの放浪の旅を書いた。ぼくの記憶に間違いがなければ、放浪記は『ヤロスラーヴリ県通報』に載ったと思う。修道生活ではエフレムと名乗っていた。

『死体』、『解剖』等の作品を生んだズヴェニゴロド

一八八四年の夏半ば、アントンはぼくを連れてズヴェニゴロドへ向かった。休暇中の医師ウスペンスキイに代わり、ここの病院の責任者として勤務することになり、辺鄙《へんぴ》な田舎住まいを余儀なくされた。病人を診察し、郡当局の要請で、やはり休暇中の郡医に代わって解剖をした司法鑑定人として法廷にも出なければならなかった。ズヴェニゴロドには行政施設が全部入っている建物がある。チェーホフ作品の主人公の台詞に「ここには警察がある、ここには交番がある、ここには司法機関がある、……良家の子女の学校もある」というのがある。ズヴェニゴロドの印象から、短編『死体』、『解剖』、『サイレン』が生まれた。

夕方になると、ぼくと兄はガムブルツェワという親切でお客好きの住人の別荘へ行き、

可愛らしい娘達とダンスをしたり歌や演奏を聴いたりした。病院には堂々として立派な准医師セルゲイ、薬局助手の青年ネアポリタンスキイがいた。この青年はアントンが書いた処方せん通り調合できたためしがなく、ぼくは兄の命により、このズヴェニゴロドの錬金術師のすることを監視せねばならなかった。

ズヴェニゴロドの郡病院に来てまもないある日、包茎かん頓症にかかった五歳ぐらいの男の子が連れて来られた。たいしたことではない、と田舎では注意も払わなかったが、閉塞部ゆえ水疱ができ、壊疽《えそ》の兆候が出ていた。もしこのまま放置して町の病院で手当てを受けなかったら、かわいそうに坊やは性器を除去せねばならないだろう。アントンは初日から手術をしなければならないハメに陥った。ところが子どもは大声で泣きわめき、狂ったように足をバタバタさせるので、なかなか手術を始めることができない。男の子を連れて来た農婦まで声を上げて泣きじゃくるし、手術に興味がある二人の准医師とネアポリタンスキイ、それにぼくがしつこくそばから離れないので、アントンはますますあがってしまった。で、彼は郡医師ロザノフのもとへ、「病院へ来て少年を診てほしい」と走り書きを持たせて使いを送った。尊敬するドクターは数分と経たないうちにやって来た。坊やは落ち着いて静かになり、母親は子どもを連れて村へ帰って行った。あんまり簡単にスラスラッといってしまい、ぼく達観衆は、なんだそんなことだったの、と、がっかりしたくらいだ。

ドクター・ロザノフ

アントンと親愛なるドクターが知り合ったのは、もし間違いでなければ、たしかヴォスクレセンスクだった。この人が医師アルハンゲリスキイを訪ねた時、兄と会い、それ以来親しくなって文通していた。ロザノフは科学者で、医学雑誌に頻繁に登場していたし、ピロゴフ［ロシアを代表する医学者］大会でロシアに国民健康省を設けようと最初に提案した人である。彼のかねてからの夢は、専門的な内容ばかりでなく日常生活のことや社会評論も扱う医療新聞あるいは医療雑誌を出すことだった。しかし、兄アントンは彼を思いとどまらせた。

「雑誌はあなたをボロボロにするだけです。老け込みますよ。一緒にやる人は見つからないでしょうから、結局あなた自身が書くことになると思います」

アントンは彼の結婚式で羽目をはずし、このときの「痛飲ぶり」をよく思い出していた。

医師ウスペンスキイも一緒だった。結婚式の宴を出ると二人は「モスクワ中を渡り歩き」、気がついた時は有名なキャバレーにいた。アントンは朝方になってやっと帰宅した。

ガムブルツェワの家

学生だったぼくは、すでに触れたガムブルツェワの家へ行くのが好きだった。冬の間だけモスクワで住む家がドイツ人通りにあった。常時若者が集まって芸術に親しみ、楽しかった。夏の間誰も住んでいないこの家に、ズヴェニゴロドかヴォスクレセンスクから帰って来たアントンが何泊かしたことがある。ある土曜日の夕方、ぼくはここでまだ少年っぽさの残る陸軍幼年学校の生徒を見かけた。みんなの談笑の輪には加わらず、ピアノのそばに座って片手で鍵盤をポロンポロンと弾いていた。

ダンスの後、女主人が言った。

「サーシャ、何か弾いてちょうだい」

陸軍学校の生徒はさっと身を起こし、「ユグノー教徒」の主題によるリストの有名な協奏曲を弾き始めた。大変難しい、だが音楽院の生徒やピアニストには馴染みの曲だった。

なんとこの人は、後に高名なピアニストで作曲家となるスクリャービンだった。あの時仲良しになっていれば！と残念に思う。

ガムブルツェワには二人の姪、マルガリータとエレーナという名のマルコワ姉妹がいた。簡単に言うとリータとネッリ。リータは有名な鉄道技師のスペングレル男爵と結婚していて、ネッリは中等学校を卒業したばかりだった（ついでのことながら、姉妹の母親の所には「ンガッ、ンガッ、ンガッ」と吠える小さな室内犬がいた。アントンは作品の中でこの犬を書いたことがある）。スペングレル家はいつも若者が集まり賑やかで、ぼく達チェーホフ兄弟もよくノーワヤ・バスマンナヤのこの家に遊びに行った。当時アントンは医者としてまだ一年目で、医学に従事するか文学に進むか迷っていた。スペングレル家には小さな子ども達がおり、アントンの最初の患者となったのはこの子達だった。治療代として、夫妻はリラと呼ばれるトルコ金貨の入った財布をアントンに進呈した。リラは後でたびたびアントンを苦境から救った。アントンから預ったリラでぼくが質屋から十ルーブル借りてくると、アントンのポケットでしばらく小銭がジャラジャラ鳴っていた。ネッリは、と言うと、わが兄、画家のニコライがおおっぴらに追っかけていた。

アントンの二番目の患者となったのはヤノフ一家だった。ここでアントンは「容赦なく打ちのめ」され、文学の道に進む決心をする。

　モスクワにヤノフという画家がいた。兄ニコライと一緒に絵の勉強をした縁で、チェーホフ家とヤノフ家は知り合った。ヤノフは後にコルシ座の主任舞台装置家となり、さらに、ペテルブルグのアレクサンドリンスキイ劇場に移る。しかしぼくが今書いている頃のヤノフは、母親と幼い妹達と貧しく暮らしていた。この母と妹達が時を同じくして腸チフスにかかったことがある。ヤノフはアントンに治療を頼んだ。若くてまだ経験の浅い、だが病人のために身を捧げようとする医師アントンは、ずっと看病しなければならず、へとへとに疲れてしまった。病気はますます悪化し、ついに母親と娘一人が亡くなった。娘は断末魔の苦しみの中でアントンの手をぎゅっと握りしめて、息をひきとった。自分の非力と罪の意識に苛《さいな》まれ、亡くなった娘の冷たい手の感触がいつまでも去らず、アントンは医療に従事しないことを決心し、完全に文学の道へ転身した。二人の姉妹は病気から回復し、わが家にもちょくちょく来るようになった。一人の娘は金糸で刺繍《ししゅう》したアルバムを作り、アントンに進呈した。「私をチフスから救ってくれた記しに」と書かれていた。二人の名字がヤノワだったので、アントンは二人を一緒にしてヤーシェンキと呼んでいた。不思議なことがあった！　お昼にりんご《ヤーブロコ》で作ったデザートを出す日に限って彼女達が来るのだった。

だから、テーブルにりんごのデザートが出てくると、

「おォ、今日はヤーシェンキ達がくるぞ」

とアントンが言ったものだ。

本当に呼び鈴が鳴って、階下の玄関に二人のヤーシェンキの声が聞こえた。

ここで話はちょっと別の方角にそれる。

アントンが臨時で代理を務めたウスペンスキイは、ズヴェニゴロドの診療所の医者ペルシツキイの後継者となった。ペルシツキイは、当時だからこそまかり通った理由で病院をやめさせられた。

ズヴェニゴロドから二、三露里、モスクワ川の絵のような絶景の中にサヴヴィノ・ストロジェフスカヤ修道院がある。修道院はレヴィタンとかクフシンニコワとかステパーノフ、アラジャロフといった画家達を魅了してやまない場所であったし、毎年一回二十六露里離れたヴォスクレセンスクへ向けて十字架行進が行われ、この日に合わせて市も立って大きなお祭になっていたから、ヴォスクレセンスク住民に馴染み深い場所だった。

一八八三年、チキノの病院のアルハンゲリスキイ医師の下で実習していたヤーコヴレフ、シロチニン、タウベル、ソビニナといった若い医師達が、サヴヴィノの修道院へ徒歩で行

こうと計画した。別の何人かとチェーホフ兄弟も加わった。全二十六露里を元気に歩き、修道院には日没よりかなり早く着いた。周辺を散策し終わった若い医師達は、ズヴェニゴロドの病院を任されている同僚ペルシッキイを訪ねるのも悪くないね、ということで実行した。もちろんペルシッキイは喜んでお客を迎え、庭でお茶を振る舞った。一休みして話もはずみ、若者達は学生時代を思い出して合唱を始めた。『荷揚げ人夫の歌』や『教えてよ、かの僧院を』を歌っていると、突然警官が現れて調書を取り始めた。ペルシッキイは、ここにいるのは自分の客であり、自宅に誰を招こうと、歌を歌おうと自由である、禁止されるようなことではないと主張した。だが何の効果もなかった。

調書は効力を持った。これに対しペルシッキイは『ロシア通報』編集部へ公開状を送った。しかし、効き目はなかった。両首都に大きな人脈を持つヤーコヴレフはモスクワ県知事を直接訪ねて訴えたが、知事はこう答えた。

「もしペルシッキイが『ロシア通報』に公開状を出さなかったなら、もちろん我々は彼の側に立つ。しかし今となっては警察の側につかざるを得ない。我々が『ロシア通報』に脅されているとか、報道の言うなりになっていると勘ぐられる口実を与えたくないからね」

ドクター・ペルシッキイはズヴェニゴロドを去らなければならなかった。

チェーホフ作品の中のバープキノ

兄イワンが教師をしているヴォスクレセンスクからほぼ二十五露里の所に、パーヴロフスクという大きな村があり、砲兵旅団が駐屯していた。ヴォスクレセンスクに住んでいるマエフスキイ陸軍大佐率いる部隊もこの旅団に属していた。何かの折、このパーヴロフスク村で旅団舞踏会が催され、ヴォスクレセンスク部隊の将校も全員が出席しなければならなかった。彼らと一緒に兄イワンも出掛けた。ところが舞踏会が終わると、兄を誘った将校達はそのまま村に残って夜を明かすと言い出し、朝からヴォスクレセンスクの学校の仕事がある兄を驚かせた。冬でもあり、歩いて帰るのは到底無理だった。ところが幸運なことに、ヴォスクレセンスクへ行く招待客の一人が舞踏会から出て来た。三頭立ての馬橇《ばそり》がすでに待っていた。途方に暮れているイワンを見ると声をかけてくれ、ヴォスクレセンスクまで送ってくれた。この人はヴォスクレセンスクから五露里のバープキノに住んでいるキセリョフだった。パリ駐在ロシア大使キセリョフ伯爵の甥だった。伯爵自身はニースの自宅で亡くなり、莫大な財産や領地を三人の甥達に残した。財産の一部がバープキノにあり、甥の一人であるアレクセイ・キセリョフの所有となった。アレクセイは妻帯していて、夫人はモスクワの帝室劇場の有名な支配人ベギチェフの娘で、マリアといった。夫妻にはサーシャとセリョージャという子どもがあり、二人はチェーホフの回想録に何度も登場している。このようにして道々知り合いになったキセリョフは、兄イワンを家庭教師として自分の家へ招いた。かくしてチェーホフ家とバープキノの縁が生まれたのである。兄イワンを通してキセリョフと知り合った姉マーシャはマリア夫人と親しくなり、バープキノへ遊びに行き、続いて一八八五年の春からはチェーホフ家全員がバープキノのダーチャへ移って行った。

たびたび繰り返している通り、バープキノはアントン・チェーホフの才能を磨くのに大いに貢献している。大きなイギリス庭園や川や森、草原のある美しい自然は言うまでもなく、バープキノには粒よりの人達が集まっていた。キセリョフ家の人々は、ロシアの

バープキノの屋敷。1934年にミハイルが記憶をもとに作成した模型。

古い習慣を守りながら高い知性を保つことのできる、まれな一家だった。キセリョフの岳父であるベギチェフは、ボレスラフ・マルケヴィチの長編小説『四半世紀前』に「アシャニン」の名で登場する、とても魅力的で、芸術や文学的感性に優れた人だった。ぼく達チェーホフ兄弟は、女性的なインテリアの彼の部屋で、ロシアや外国の旅の話を何時間も聞いたものだった。チェーホフの短編『役人の死』(モスクワの劇場で実際にあった話)や『ヴォロージャ』は、ベギチェフのおかげで書けた作品である。『カワメンタイ』も現実にあった話だし(水浴場建築現場でのこと)、『アルビオンの娘』は全てバープキノの風景である。

マリア夫人は出版人としても有名なヒューマニスト作家ノヴィコフの孫で、彼女自身もいくつかの雑誌に書いていた。無類の釣り好きの夫人は、アントンやマーシャと何時間も釣り糸を垂れながら文学について語るのが好きだった。庭園は、アントンの表現を借りれば、一年前までバープキノに住んでいたマルケヴィチの亡霊がそぞろ歩きしているような雰囲気で、アントンはここで『奈落』を書いている。かつては有名なテノール歌手だったヴラジスラヴリョフもここに住んでいて、ロマンスやオペラのアリアを終始口ずさんでいた。この人は人気のあったロマンス『川向こうの丘で緑の森がさわぐ』を歌う時、「ああ！」

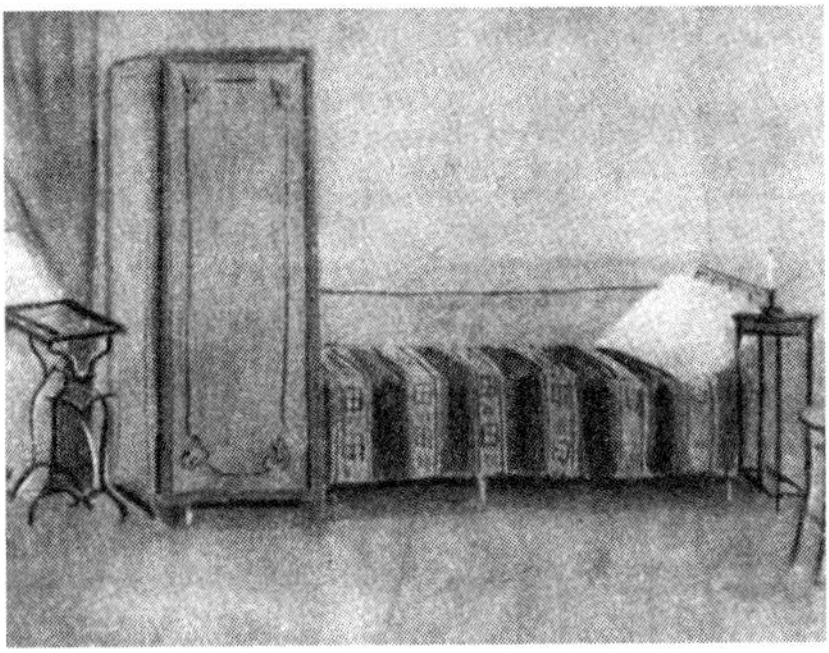

バープキノの離れ。アントンの部屋（ミハイル画、1885年）

という歌詞のところで出す高音の「レ」を一分間も出し続け、この曲をさらに有名にした。マリア夫人も歌が上手だったし、エフレーモワは夕方になるといつもベートーヴェンやリストのような大作曲家の曲を弾いてくれた。キセリョフ家はダルゴムィシスキイやチャイコフスキイ、サルヴィーニと親しくしていた。当時、ちょうどチャイコフスキイがオペラ『エヴゲーニイ・オネーギン』を発表したばかりで、バープキノ中が興奮していた。それゆえしばしば音楽や作曲家、演劇についての話が持ち上がっていた。愛らしい子ども達は手入れの行き届いたイギリス庭園を走り回り、アントンの冗談に何か言い返したり賢い警句を発して溌剌としていた。猟師は皆そうだが、大ぼらふきの猟師イワンと、何でも「ボタニカ《ほんもの》」と「トラピカ《異国もの》」に分けてしまう庭師のワシーリイ、水浴場を建てた大工やお百姓達、治療にやって来た農婦、そして大自然。全てがアントンの作品のモチーフとなり、名作を誕生させた。

　バープキノではみんな早起きをした。アントンは七時頃にはもう、大きな長方形の窓から雄大な景色を眺めながら、ミシンを机がわりにして書いていた。当時彼は『破片』と『ペテルブルグ新聞』にバープキノの印象をたっぷり書いている。昼食も早めで一時だった。アントンはキノコ狩りに熱を上げていたが、森の中を歩いていている時によく作品の構想を思いつくのだった。地主のダラガンの森の近くにぽつんと一つ、ポレフシチンスク教会が建っていて、いつも作家チェーホフの注意を引いていた。教会では年に一度カザンの日にだけ礼拝が行われ、守番の打つものうげな鐘の音が、バープキノまで夜じゅう聞こえてきた。郵便道路の脇に建つ教会と守番の小屋が、おそらくアントンに『魔女』や『不気味な出来事』を書く気にさせたのではないか。

森から帰るとお茶を飲んで、また執筆を続け、クロッケーのゲームで遊んでから、夕方八時に夕食を取った。夕食後、キセリョフ家の大きな母家へ行った。とても楽しかった。あのような夕べの集いは二度とないだろう。キセリョフとベギチェフはテーブルでトランプ占いをやっていた。エフレーモワの伴奏でテノールのヴラジスラヴリョフが歌い、チェーホフ家の者達は皆マリア夫人を囲んで、チャイコフスキイやダルゴムィシキイ、ロッシ、サルヴィーニについての話に聞き入っていた。

アントンの音楽への愛が深まったのはこの頃だと、ぼくは断言する。文学、芸術についても語られ、ツルゲーネフやピーセムスキイの作品に聞き惚れた。読書もたくさんした。「分厚い雑誌」は全て、新聞もたくさん送られてきていた。マリア夫人が隠しもせず語ったところによれば、娘時代、チャイコフスキイがとても好きだったし、彼も彼女を愛していたのに、チャイコフスキイのプロポーズが遅かったのだという。チャイコフスキイはマリア夫人をうっかり他の男に取られてしまったというわけだ。事は次のような次第（ぼくは夫人から聞いた言葉そのままを述べる）。

前述したように、ベギチェフは帝室劇場の支配人をしていた。妻に先立たれた彼は当時有名だった歌手のシロフスカヤと再婚する。ベギチェフの娘マリア、絵に描いたように美しい二十歳の女性は突然継娘となり、継母と一つ屋根の下で暮らすことになった。シロフスカヤは継娘に大変な嫉妬心を持っていた。ベギチェフ家はモスクワ中から人が集まって来る開放的な家で、主な客は演劇関係、音楽関係、その他各界の名士達だった。その中の一人がチャイコフスキイであった。客達は多くがさわやかな若者達で、彼らがこの家の若い女主人のまわりに集まってくるのは自然なことだった。一方のシロフスカヤはもう成人した息子（息子の一人、シロフスキイは「月は夜空に浮かび……」の歌詞で始まる有名なロマンス『虎の子』の作者）を持つ年齢。嫉妬はここから生じる。マリアは自分の家での生活が次第につらくなっていった。ドラマが展開された。継娘のまわりに集まってきた青年達には、継母と娘の関係はおのずと察せられ、もはや誰の目にも明らかであった。ある日、盛大な午餐会の席で何か恥ずかしい思いをさせられたマリアは、とうとう我慢しきれず泣き出して、テーブルを立つと別の部屋へ出て行ってしまった。食卓に同席していた客の一人、キセリョフが彼女を追って行って、求婚した。彼女は決断した。「今よりましだわ」。つまり求婚に同意したのである。まさにこの時、キセリョフの後から入って来たチャイコフスキイも求婚した、が、時すでに遅し……

幸せはこんな近くにあったのに、手に入りそうだったのに……〔『エヴゲーニイ・オネーギン』の中の一節〕

文学と音楽鑑賞の世界、チャイコフスキイがわが家に

『エヴゲーニイ・オネーギン』の音楽と、マリア夫人から聞いたプロポーズのエピソードのおかげで、ぼくの想像の中のチャイコフスキイは、ある種特別な魅力をまとっていた。一八八九年十月半ば、わが家にチャイコフスキイが来た。何という幸運、チャイコフスキ

イを間近に見るなんてただごとではない。彼は気さくにやって来て、ちょっと時間を過ごし、ポケットから写真を出すとアントンに進呈した。「崇拝者より、A・P・チェーホフ殿へ。一八八九年十月十四日　P・チャイコフスキイ」と書かれていた。二人は音楽について、文学について語り合っていた。ぼくが覚えているのは、チャイコフスキイが取り組もうとしていたオペラ『ベーラ』の台本の話だった。チャイコフスキイはレールモントフの作品をもとに、アントンに台詞を書いてもらおうと望んでいたのである。ベーラ＝ソプラノ、ペチョーリン＝バリトン、マクシム・マクシムィチ＝テノール、カズビチ＝バス、という構成だった。

「ただですね、アントン・パーヴロヴィチ、マーチの行列がないようにして下さい。正直言って、私はマーチが嫌いなんです」

とチャイコフスキイは言った。

そしてわが家を後にした。彼の魅力はこの訪問でますます強烈になった。アントンは写真の返礼として二冊目の著書『不機嫌な人びと』をチャイコフスキイに進呈した。一冊目の著書『たそがれに』は、よく知られているように作家グリゴローヴィチに献じられたものだが、その理由は次の通りである。

グリゴローヴィチの来訪

一八八六年早春、ぼく達がボリシャヤ・ヤキマンカのクリメンコフの持ち家に住んでいた頃、アントンはグリゴローヴィチから手紙を受け取った。「……貴方の才能は本物です。才能が、貴方を新しい文学界の代表として強く前面に押し出すでしょう。ごらんの通り、私は待ちきれなくてこうして貴方に両手を差し伸べているのです」

老人はアントン・チェーホフの天稟《てんぴん》を誰よりも早く真剣に見抜き、彼が成し遂げるべき献身的な偉業を祝福した。手紙はもちろん、アントンにとっても、ぼく達家族にとっても突然で、兄の才能を元気づけ自尊心をくすぐる内容だったので、あまりに嬉しくて気が遠くなったほどだった。アントンはすぐ机に向かい、有名になったあの返礼の手紙を書いた。「私の尊敬する、そして私が心より熱く愛するブラゴヴェスチーチェリ《福音を告げる者》、貴方のお手紙は稲光のように私に衝撃を与えました。……一八八六年三月二十八日」。引き続きグリゴローヴィチより、自画像に「老作家より若き才能へ」と署名をしてアントンに送ってきた。

こうして、老作家と若き才能の間に交友が始まった。アントンはペテルブルグへ行くとグリゴローヴィチの所へ立ち寄るようになり、あまりに優しい心からの歓待を受けたので、北のパルミラ［ペテルブルグの美称］から帰った彼は、熱にうかされたようにぼうっとしていた。スヴォーリンも彼の所で仕事するようアントンを招聘《しょうへい》した。これからは仕事もうまく行きそうだし、つらく厳しいことも少ないだろうと思われた。

　ぼくは当時もう大学生になっていた。意気軒昂な毎日を送っていた。姉のマーシャは魅力的な女性に成長し、感受性の強い、教養ある娘になっていた。アントンは二十六歳。わが家は若さでむせかえるようだった。リーカ・ミジーノワ、ダーシャ・ムーシナ＝プーシキナ、ワーリャ・エベルレといったチャーミングなお嬢さん達に、若い音楽家、音楽や文学の愛好家達が集まって始終歌ったり演奏したりしていた。アントンは階下にある書斎で、若者達の話し声や音楽を楽しみながら執筆していた。少し書くと上へ上がって来ては、何か冗談を言ったり議論したりした。日中、皆それぞれに用事があり誰も来ていない時は、ぼくの所へやって来て、

「ミーシャ、何か弾いてくれないか。どうも書けない……」

　と言った。

　ぼくは兄のためにすぐさまピアノに向かって、色んなオペレッタの混成曲を、血気盛んな大学二年生だけができるような奮闘ぶりで、延々三十分弾き続けた。

夕方になると毎日若い人達が集まって来た。ある時、前触れなくひょっこりグリゴローヴィチが現れた。高価なネクタイを無造作に結んだ背の高いスマートな美男子グリゴローヴィチは、若者達がわいわい騒ぐ中に飛び込んだと思ったらすぐ溶け込み、お嬢さん達をエスコートする老ドンファンとなった。真夜中までわが家にいて、すっかり彼の虜になったダーシャ・ムーシナ＝プーシキナを彼女の家まで送って行った。

ぼくが彼と二度目に会ったのはペテルブルグのスヴォーリン家だった。彼はわが家での夕べがよほど楽しかったとみえて、夫人に、

「チェーホフ家の夕べで何があったと思います？　それは愉快だった！」興奮して息をはずませ、早口に言った。

両手を高く掲げ絶叫した。

「バッカスの祭り、そうそう、あれこそ本物のバッカスの祭りです！」

バープキノのアントン、レヴィタン、マルケヴィチ

バープキノに戻っても、生活を謳歌する地元の人達のおかげで、アントンはじめ家族共々

楽しく暮らした。アントンは執筆を続けた。酔っぱらってどこか塀の下で野垂れ死ぬだろう、というスカビチェフスキイの予言もあったが、評論家達はアントンを賞賛し、アントン自身も自分の才能を信じ、まだ健康だった。時には馬鹿げたこともした。ある夏の午後、アントンはブハラ風の長いうわっぱりにターバンをまき、顔に煤をぬって銃を手に川の方へ下りて行った。やはりブハラ風の上衣のレヴィタンがロバに乗って行き、地面に絨毯を広げてイスラム教徒のように東に向かって祈り始めた。すると突然灌木《かんぼく》の茂みからベドウィン族役のアントンが忍び寄り、空砲をあびせた。レヴィタンは仰向けに倒れる。舞台は東方である。かと思うと、レヴィタンを法廷で裁く設定もあった。キセリョフが裁判長、アントンは検事、メーキャップもしている。二人とも、キセリョフとベギチェフの所にあった金糸の制服を着ていた。アントンが述べる罪状は、おかしくておかしくて、みんな死ぬほど笑いこけた。またアントンが歯科医になり、ぼくは召使の恰好をさせられたこともある。「患者達」が何だかんだとぼくにからむので、ぼくは役どころではなく吹き出してしまい、みんなの顔に唾を飛ばしてしまった。

バープキノでは、以前作家のマルケヴィチが住んでいた離れにぼく達は住んだ。彼や彼の夫人や息子とは、一八八四年の夏、ぼくがキセリョフ家へまだ友人としてではなくお客として招かれた時知り合った。白いふさふさの髪、白い頬ヒゲ、何でも白い、その上白い靴のマルケヴィチは中世の騎士団長みたいだった。ぼくは彼の小説『四半世紀前』が好きだったが、彼の噂を耳にしたゆえ、われ知らず距離をおいていた。勤め先から二十四時間で追い出されたとか、ぼくが崇拝するツルゲーネフの敵だとか、ツルゲーネフは彼の中傷に対して『ヨーロッパ通報』に公開状を載せて反論したとか。マルケヴィチが『モスクワ通報』の出版方針を支持していることは知っていたし、作家として、特に名文家としてぼくは好きだった。バープキノでは彼は退屈をもてあましていた。首都の喧騒は届かないし、ましてや新聞や雑誌が毎日届くはずがない。誰よりも早く読みたいマルケヴィチは、遠くの森まで行き、そこで郵便局から戻って来る使用人のミケシカを待ち伏せていた。ミケシカから新聞を受け取ると、こっそりどこか人目のない所へ行き、隅から隅まで全部読んでいた。

秋近い八月ともなると、北部ロシアの日暮れは早まり、陰鬱になってくる。ダーチャの住人達もいつもの生活に町へ戻って行った。マルケヴィチは森へ出掛けて行ってミケシカの行く手をはばみ、新聞全部を奪った。ぼく達が外でクロッケー遊びに夢中になっているのを幸い、マルケヴィチはキセリョフ家の大テーブルの前に座り込み、石油ランプの明かりの下で読み始めた。上下白一色の彼は、金縁鼻眼鏡をかけ、新聞がよく見えるようにランプの方に背をまわし、ランプの火を強くしてから新聞に没頭した。やがてランプの明かりが弱くなると、新聞から目を離さずランプに片手を伸ばして明るくした。また火が消えそうになると明るくした。すっかり暗くなってしまっても、相変わらず新聞から目を離さず手を伸ばし、明かりを強くしようとしていた。

クロッケーから戻ったぼく達の目に入った光景――ランプは火山のように煤だらけ、大きなテーブルクロスは真っ黒け、マルケヴィチは白髪の老人から黒ぐろとしたブリュネットになっていた。服は上下白ではなく黒一色。部屋の中には煤が雲のように浮いていたので、みんなびっくりして立ちすくんだ。

風景画の名手レヴィタン

バープキノは、ロシア風景画の名手レヴィタンの創作にも大きな貢献をしている。レヴィタンとは、兄ニコライがミャスニツカヤのモスクワ絵画・彫刻・建築美術学校で一緒に学んでいた頃からの古い知り合いである。二人は親友で、仕事の上でも互いに協力し合っていた。トレチャコフ美術館にある、レヴィタンの秋のソコーリニキ公園をゆく婦人の画では、ニコライが婦人を描き、ニコライの『メッサリーナ、ローマに入る』では、レヴィタンが空を描いている。

バープキノのダーチャでの初めての夏、それほど遠くない所にレヴィタンが住んでいると分かった。川の方角に向かって三露里くらい、大クリン街道にマクシモフカという村があった。村には陶工のワシーリイという、飲めるものなら何でも飲んでしまう大酒飲みがいて、女房のペラゲーヤは身ごもっていない時はなかった。スケッチにやって来た画家レヴィタンは陶工の家に居つくようになった。ご存知の通り、レヴィタンは時々ふさぎの虫の発作に見舞われる。彼は銃を持って一週間あるいは二週間どこかへ行ってしまい、生きる喜びが見つかるまで帰って来なかった。でなければ暗い顔をして無言で部屋に閉じこもるか、頭を垂れ両手を組んで、まるで追放された者のようにとぼとぼさまよい歩いていた。

何日か雨が続いた。憂鬱なわびしい雨は、頭にこびりついて離れない妄想のようにしつこく降っていた。体の具合が悪い陶工の女房がマクシモフカからやって来た。そして、「テサク」さん［レヴィタンのこと］が住んでいると話したのだ。レヴィタンがバープキノ近くにいるというのは、チェーホフ家にとって嬉しいニュースだった。夕食後も雨がバケツをひっくり返したように降っていたので、キセリョフ家の集いはなかった。長い夜を家で過ごさなければならない。

「ねぇ、どうだろう、今からレヴィタンの所へ行こうじゃないか！」

アントンが言った。

ぼく達（アントン、イワン、ぼく）は暗闇にもかかわらず、長靴をはき、ランプを下げて出発した。坂道を下りて行き、川に架かった橋板を渡り、水びたしの草むらをぴちゃぴちゃといつまでも歩き、さらに湿原を抜けて、やっと鬱蒼としたダラガンの森に入った。闇の中で、ランプの明かりの方へ伸びる動物の手のような樹齢百年以上のもみの木の枝や灌木がうす気味悪かった。雨はまるでノアの洪水みたいに降り続き、雨足は腕と同じくらい太く感じた。マクシモフカに到着した。陶工の家が見つかった。壊れた陶器のかけらがあたりに散らばっていたので分かった。戸も叩かず、声も掛けず、いきなり侵入して行って、レヴィタンをランプで照らしてやろう。

レヴィタンはベッドから飛び起きるとぼく達に銃を向けた。が、ぼく達と分かると眩《まぶ》し

画家イサアク・レヴィタン（自画像、1880年）

そうに顔をしかめた。

「ちフしょうめ、何たることだ！　バハ者めが！　まフしいぞ、その明かり……！」

ぼく達は声を上げて笑った。アントンはずいぶん洒落を飛ばしていた。レヴィタンもぼく達につられて陽気になった。

やがてレヴィタンはバープキノのぼく達の所へ引っ越して来て、離れの小さな建物に住むようになった。レヴィタンと一緒に住んだらどうか、というアントンの強い勧めでぼくも離れへ移り、彼との共同生活が始まった。チェーホフ兄弟の一人が次のような内容の詩を書いている。

ほら　あれが　レヴィタンの住む離れだ
ここに　愛すべき画家が　住んでいる
朝　それはそれは　早起きで
起きたと思ったら　もう　お茶を飲んでいる……等々

レヴィタンの顔は、思わずため息が出るほど優雅だった。こんな美しい顔は滅多に見たことがない。表情豊かな目、まれに見る目鼻立ちの芸術的な調和。彼の鼻は大きかったが、顔全体の釣り合いの中では目立たなかった。女性達には彼の美しさが分かっていたし、彼もそのことを知っていたので、女性の前ではかなり思わせぶりな態度を取った。画家ポレーノフは『キリストと姦淫《かんいん》の女』を描く時、レヴィタンの顔をモデルにした。レヴィタンはキリストの顔のモデルになり女性達を悩殺したが、自分も並みはずれて惚れっぽかった。彼の恋は激しく、人目をはばからず、決闘を含め愚かなことをいろいろしでかした。一目惚れした女性がモスクワを去れば、全てを投げうって追いかけて行った。公園の並木道でも、よその家でもどこでも、女性の前に跪くのに何の抵抗もなかった。一部の女性は彼の態度に気をよくしていたが、自分の評判が落ちるのを気にして彼を警戒する人もいた。しかしぼくの知る限りでは、警戒はしてもこっそり好意を持っていた。ある女性を追っかけている時、交響楽の集いの、よりによって演奏中に彼は決闘を言い渡された。コンサートの休憩時間、ぼくは動揺した彼から立会人の依頼を受けた。このような恋愛問題の一つに絡んで、アントンとレヴィタンが絶交しそうになったことがある。

モスクワにクフシンニコフという警察医がいた。夫人はソフィアといった。モスクワ消防団の火の見櫓《やぐら》の下にある官舎に住んでいた。クフシンニコフは朝から晩まで仕事で、ソフィアは彼の留守の間、絵を描いていた(ついでながら、彼女の絵はトレチャコフ美術館にある)。特に美人というほどではないが、天性を感じさせる興味深い女性であった。布の切れ端で上品な洋服を縫いあげ、いつも素敵に着こなしていたし、物置のようなしょぼくれた住居も、美しくかつ快適にする幸運な才能の持ち主であった。彼女の家は全てが贅沢品で気品があるように見えた。が実際は、トルコ風ソファーの代わりに石鹸箱の上にマットレスを置いて、上から絨毯をかぶせてあった。レースのカーテンの代わりには、ただの魚網が掛けてあった。

クフシンニコフの家にはいつもたくさんの客、医者、画家、音楽家、作家などが来ていた。チェーホフ兄弟も自由に出入りしていたし、もちろんぼくはここへ来るのが好きだった。騒々しい話し声や音楽や歌が聞こえる夕べの集いの最中、なぜか主人の姿を見たことがない。だが真夜中近くなると、いつも決まったように客間のドアが開き、ナイフとフォークを両手に持ったドクターの大きな体が現れて、麗々しく告げるのだった。

「皆さん、どうぞお召し上がり下さい」

全員が食堂へなだれ込んで行った。テーブルの上には所狭しと前菜が並んでいた。自分の夫に感嘆の声を上げ、ソフィアは彼に駆け寄り、彼の顔を両手ではさんだ。

「ドミートリイ！　クフシンニコフ（彼女は夫を名字で呼んでいた）！　皆さん、見て下さい、なんて嬉しそうな顔、なんて素晴らしい顔ですこと！」

二人の画家、レヴィタンとステパーノフもこの家に出入りしていた。ソフィアはレヴィタンに絵画を習っていた。

モスクワの画家達は、夏にはいつもヴォルガ川流域か、ズヴェニゴロド近くのサヴヴィノの村にスケッチに出掛け、丸々一か月共同生活を送っていた。この時もそうだった。レヴィタンはヴォルガの方へ出掛け、彼と一緒にソフィアも出掛けた。彼女は夏中ヴォルガで過ごした。翌年もまた、弟子として、レヴィタンと一緒にサヴヴィノの町へ出掛けた。ぼく達友人・知人の間では、二人のことは他言しない方がいいね、ということになっていた。ところで、ソフィアは旅から帰ると必ず夫のもとに飛んで行き、無邪気に彼の顔を両手ではさんでは、歓喜の声を上げるのだった。

「ドミートリイ！　クフシンニコフ！　あなたの誠実なお手々を握らせてちょうだい！　皆さん、見て下さい、なんて気品に満ちたお顔でしょう！」

医師クフシンニコフと画家ステパーノフは次第にみんなから遠ざかり、二人は酒をちびりちびりやりながら互いに心中を吐露し合っていた。夫は、気づいていても黙ってじっと耐えていたようである。アントンも心中ではソフィアを非難しているようだった。結局彼は我慢しきれなくなり、短編『気まぐれ女』を書いた。実際に関係あった人達を全員登場させた。作品の中でドィモフが死ぬのは、もちろんフィクションである。

短編が発表（雑誌『セーヴェル』）されると、関係者の間に論争が持ち上がった。一部の人達は仄《ほの》めかしとしてもあからさまだとチェーホフを批判し、他の人達は面白おかしく笑っていた。レヴィタンはふさぎ込んでしまった。アントンは冗談を言って彼を慰めた。

「ぼくが書いた気まぐれ女はなかなかベッピンさんだよ。ソフィア・ペトロヴナはそれほど美人じゃないし、若くないじゃないか」

レヴィタンがアントンに決闘を申し込もうとしている、と噂に聞いた。仲たがいが続いていた。もし、シチェープキナ＝クペルニクがレヴィタンをアントンの所へ強引に引っ張って来て仲直りさせなかったなら、どういう結末になったことだろう。

『かもめ』のモチーフ

レヴィタンはその後も相変わらず、恋愛を繰り返していた。チェーホフの『かもめ』は彼の恋愛と無関係ではない。

『かもめ』のモチーフがどこから生まれたのか、ぼくは正確には知らない。ぼくが知っている事の次第はこうだ。

どこか北部の、鉄道沿いにある金持ちの屋敷のダーチャにレヴィタンが住んでいた。三角関係の最中にあり、ピストル自殺をするか自殺を装うかしなければならない羽目になった。彼は頭に向けて発砲したが失敗、弾丸は頭蓋に達せず頭皮を通過した。動揺した恋愛のヒロイン達は、アントンが医者でありレヴィタンの友人であることを知っていたので、急いで電報を打って治療に来てほしいと頼んだ。アントンは気が進まなかったが、それでも出掛けて行った。向こうで何があったかぼくは知らない。アントンの話によると、血で黒くなった包帯を巻いたレヴィタンが兄を迎えた。彼は二人の婦人を前に釈明を始めたが、突然包帯をむしり取って床へ投げつけると、銃をつかんで湖の方へ行ってしまった。戻って来た彼は、女性達の足元へぐったりした一羽のカモメを投げ出した。何の理由もなく撃たれたカモメだった。この二つのモチーフが『かもめ』に採り入れられている。ソフィアは後に、この事件は彼女との間に起きたものでヒロインは自分だと言っていた。しかし真実は違う。亡き兄から直接聞いたことであり、今書いていることの信憑性をぼくは断言する。兄がぼくに嘘を話すとは考えられないし、嘘をつく意味がないではないか。しかしひょっとすると、レヴィタンは同じような事件を他にも起こしていたのかも知れない。それに反論する気はない。

第六章

バープキノの生活
コルシ座で『イワノフ』公演

モスクワ大学

初めてバープキノで夏を過ごした年、ぼくは大学に入った。制服とか懲戒房とか学監とかいった「ポベドノースツェフ体制」の「数々の魅力」を備えた新制下の大学に、ぼくは足を踏み入れたわけである［ポベドノースツェフは法学者、元老院局長］。教授達は学生達に、ロシアとは特別の国であり、皇帝陛下は国家における全権の合法的起源であることを即理解させねばならなかった。憲法なんていうものは、これに関連する諸制度を含め、田舎の俗物のようにつまらぬことに血迷っているヨーロッパと同じ運命をたどるだろう、ということも説かねばならず、またデモクラシーというのはロシアの国民魂や気質に合致しないことも示す必要があった。こういった教授連に拍手喝采を送る学生は自由思想が分かる優秀な者とされ、支持しない学生は学監の手で教室からつまみ出され、懲戒房に送られた。で、神の僕《しもべ》たるぼくも、合点がいかぬまま懲戒房に入れられた。合点がいかぬ、というのは、教授コワレフスキイの講義には一度も出たことはないのに、彼の講義に拍手が起こった翌日、懲戒房に送られたからだ。専制君主の学監パヴロフはいきり立っていた。ぼくの在学中、学内は騒乱状態にあり、半年間閉校された。するとパヴロフは突然大学の真向かいにある警察分署の署長に転身した。ある時皇帝の一家が大学を訪問した。ぼくはたまたまこの目で目撃したのだが、モスクワ学区の監督官であるカプニストは、よだれで濡れた唇を押しつけて皇帝の手にしつこく接吻《せっぷん》していた。皇帝は嫌悪感から手を引っこめようとしたが、彼はまた素早くつかまえて接吻し、うっとりしていた。皇帝の大学訪問は学長ボゴレポフに出世をもたらし、無能大臣ジェリャーノフの後を承けて教育大臣に任命された。そしてまもなく殺された。

ある日、バープキノから大学へ戻るぼくを見送る時、ベギチェフは古びた不用品の中から剣を取り出し、ぼくに差し出した。大学の新規定では学生も帯剣の義務があったのだ。

「羽ばたきたまえ、ミーシャ、そして敬虔《けいけん》の念を抱きたまえ！」

厳かに、そして冗談めかして言った。

「これはアレクサンドル二世と、劇場のボックスで同席した剣なんだ」

彼独特のユーモアを交えながら、モスクワ宮廷劇場の支配人だった頃の体験談を話してくれた。

「アレクサンドル二世がクリミアへ行く途中、モスクワへ立ち寄った。皇帝が劇場訪問をするとは宮廷大臣は告げてこなかったので、ということはつまり、訪問はあり得ない、と信じ切っていたんだ。ぼくは家で友人と飲みながらくつろいでいたよ。正直に言うと、プリャースカでも踊ろうか、それともジプシーの所へ繰り出そうか、というほどへべれけだったわけさ。八時を過ぎていた。突然特命を受けた者が飛び込んで来てあわてて言うには、予期せぬことに皇帝がバレエをご所望である、ついては貴殿も皇帝と同席せよと宮廷大臣が命令している、と。どうしよう。ぼくは立っているのがやっとなのに、劇場へ行かなきゃならないとは。それどころか皇帝と話さなければならないかも知れない。どうもこうもない、と自分に気合を入れて、軍服とこの剣を着けて劇場へ向かった。遠くなくて良かったよ。皇帝はすでに席にいた。まわりにはお付きの供がいる。休憩時間になった時、宮廷大臣がぼくを皇帝に引き合わせた。が、ぼくには何もかも揺れて見えたんだ。ちゃんと立っているのが精一杯で、わけが分からなかった。あぁそうだ、アレクサンドル二世はよく分からない話し方をするよ。次の幕が始まって、ぼくが皇帝の後ろに立っていると、始終ぼくの方を振り返って何か言うんだ。七面鳥みたいにクワッ、クワッ、クワッ！ってね。さっぱり分からない。また、クワッ、クワッ、クワッ！ ぼくに何か聞いているんだろうか、ただ単に話しているだけなのか。ぼくは仕方ないから、うやうやしく頭を下げていたよ。皇帝が劇場を去るまでちゃんと立っていたかどうか、もう覚えていない。その夜、宮廷大臣から報せがあった。皇帝陛下は、ぼくにもバレエにも大変満足して愛顧の意を表されたそうだ。というわけで、青年よ、この歴史的な剣を受け取っていただきたい。誇りをもって着けておくれ、ドン・キホーテのように！」

学生達に政治的な檄文《げきぶん》を印刷させないため、新規定では講義録の発行が禁止された。教授連は課せられたポベドノースツェフのカリキュラムに従わず、結局従来通りの講義をしていたので、半年もしないうちに障害が生じた。当時法学部の学生数は非常に多く、二、三週間の間に全員が（国家試験の）予行演習をするのは不可能だった。まるで気晴らしみたいな期末試験に貴重な一か月を費やすのも意味がない。混乱が生じた。学生であるぼく達自身、何が要求され何が要求されないか、分かっていなかった。試験の前の個人面接は形ばかり行われた。道路の轍や大穴にはまってガタガタ、ヨロヨロ通っていく馬車と同じように、何とか大学の全課程を通過したぼく達は、修了証書を受け取り、いよいよ国家試験に臨んだ。結果は惨憺《さんたん》たるもの。国家委員会がぼく達に要求する知識は、教育省のカリキュラムにうたわれているもので、大学がぼく達に教えたものではなかった。つまりぼく達は、課程を二つ――大学の教授の講義と、教育省のカリキュラムに相応する学外の著者の教科書――を学習しておけば良かったということだ。三百四十六人の受験者のうち、免状を授与されたのはわずか四十九人だった。

国家委員会の議長に、モスクワ最高裁判所の検事ムラヴィヨフが任命されたのは意図するところがあったらしい。ほかならぬ彼が、三月一日事件［「人民の意志」組織のテロによるアレクサンドル二世暗殺］の裁判で検事を務めている。彼は最初から受験者の側に立っていた。試験の時は、ぼく達がいる前で大臣ジェリャーノフに電報を送り、特典やら何やら申請していた。思いがけず、教育省がこれに応じたのである。最終試験では委員会の議長も委員も同席せず、教授自身が自分のカリキュラムに沿って一人で試験をやった。一か月にわたる長期の試験に疲れたぼく達は、難しくてしかも広範な教会法の試験は厳しくしないでほしい、と教授パヴロフに陳情に行った。

「厳しいですって！　君達全員を合格させよ、と命じられているんですよ。厳しいどころじゃない！」老人は言った。

彼はよく考えもせず、試験もしないで全員に「可」をつけた。

接待日、「熊の宿」

ぼくが大学に入学した時、アントンはすでに丸一年医者としてのキャリアを積んでいた。ぼく達は当時ヤキマンカに住んでいて、兄の部屋には外からの入り口もあって、ドアには「医師A・P・チェーホフ」という表札がかけてあった。文学一本でやっていけるか、医者として医療に専念するか、まだ迷っていた。劇場から遠くて、とにかく町の中心から離れているので退屈だった。知人達と交流するため、われらがドクターは毎週火曜日を接待日とした。大したお金はないので、客への一番のもてなしはスズキの煮こごりだった。母のこの料理はプロ級と言える。

モスクワのボリシャヤ・ニキツカヤ通りとブリュソフスキイ横町の角、ちょうど音楽院の前に古びた家があり、一階は家具付き貸し部屋になっていて「熊の宿」と呼ばれていた。モスクワの赤貧中の赤貧、多くは音楽院の生徒達や学生達が住んでいた。みんな仲よしで結束していた。例えば誰かの所へ客が来ると、その客が知り合いであろうとなかろうと、全員でお金を出し合い御馳走した。ボヘミアンのような彼らの所に、正真正銘ヒッピーの代表みたいな「サービス係」が紛れ込んで来た。住人全員から集めた四十コペイカなにがしのお金で、なんとあらゆる食料を仕入れてくるのだった。どもるのも個性的で、彼との会話は面白かったけれど理解するのが大変。

「おい、ピョートル、一体何を買ってきたんだ?」

「エーヒィ、ヒィ、ヒィ……ニィシンの塩漬けと、アーカァ、カァ、カァ……キ、キ、キュウリ二本と、ウォ、オ、オ、ォトカ半ボトル」

画家の兄ニコライはこのアパートに引っ越し、みんなとすぐ仲良くなった。アントンの接待日の初日、彼は「熊の宿」の新しい友人達を連れて来た。友人達とは——アザンチェフスキイ(後に有名な作曲家でマエストロ)、チュチュンニク(後にボリショイ・オペラのバス歌手)、セマシコ(後にボリショイ・オペラのチェロ奏者)、ピアニストのドルゴフ、そして愛すべきフルート奏者のイワネンコだった。このようにしてヤキマンカのアントンの所はコンサートサロン風な集いが定着していった。

歳月が流れ、やがて「嵐が巻き起こり、かつてあった夢は吹き飛んだ」——サロンに来ていた若者達も結婚して家庭生活に入り、運命を定めてそれぞれの道を歩み始め、地平線から消えて行った。フルートのイワネンコだけが、アントンがヤルタへ移るまでわが家と交流を続けた。『桜の園』のエピホードフにイワネンコの特徴が描かれている、とぼくは思う。

リントワリョーフ家のダーチャ

一八八八年三月、ヤキマンカではなくサドーワヤ＝クドリンスカヤ通りに住んでいる時、夏のダーチャはどこにしようという問題があった。厳しい冬も終わり早春だったので、家畜が牧草地の草を求めるように自然に惹かれた。バープキノでなく別の場所へ行きたかった。アントンにとって新しい場所、新しい作品の構想が必要だったのかも知れない。それと、彼がおかしな咳をするようになったので、南部地方やハリコフ県のスヴャトィエ・ゴールィ、あるいはタガンローグに近いカランチナのダーチャが頻繁に話題になった。イワネンコが相談にのってくれた。彼はハリコフ県スウミ生まれのウクライナ人である。アントンの希望を知ると、頬杖をついて何度も頷《うなず》きながら自分の故郷を絶賛して勧め、スウミ近くのルカに住むリントワリョーフ家の地主の名を挙げた。アントンの問い合わせの手紙に、まもなく良い返事が返ってきた。ウクライナへ行こう、と決めはしたが、最終決定ではなかった。ダーチャについても持ち主のリントワリョーフ家についても詳しいことを知らず、遠くまで家族を連れて行くことがためらわれたのである。

　ぼくは大学の三年生だった。講義録の転書と自作の童話が採用されて八十二ルーブル稼いだぼくは、南部地方のタガンローグとクリミアをお金の足りる範囲で駆け足旅行し、そのまま真っ直ぐ北部へ向かう計画を立てていた。ウクライナのダーチャへ行きたいとは思わなかった。バープキノに馴染み、地元の人達と親しくなっていたからだ。四月十七日、ぼくがモスクワを発つ日、行程を変更してクールスク駅からキエフ経由でヴォロジビまで行ってほしい、とアントンに言われた。そこからスウミに転じてリントワリョーフ家に立ち寄り、ルカのダーチャをきちんと見て詳しく知らせるようにとのことだ。計画にはない旅程だったが、ぼくはこの行程で出発した。

　粋で洒落たバープキノを知っているぼくには、ルカはひどくしょぼくれた印象だった。屋敷は荒れ放題、庭の真ん中に汚らしい水溜まりがあり、アヒルが泳ぎ、大きな豚が寝そべっていた。手入れをしない庭園はまるで野生の森で、庭園の中に墓もあった。それにリントワリョーフ家のリベラリスト達にとって、学生服姿のぼくは保守反動の印象を与えたらしい。一言でいえば、ぼくにとってもルカの印象は良くなかった。スウミで夏を送る件は急いで決めないように、とぼくは旅先から手紙を出した。

だがぼくがタガンローグに滞在し、クリミアに行っている間に、アントンはルカのダーチャを賃借してしまった。五月の初め、母と姉を伴って移って行ったのである。

南部からルカに行ったぼくは、アントンを訪ねた詩人プレシチェーエフに会った。このペテルブルグから来た老人は、「偉業を成した人」と呼ぶにふさわしい年寄りだった。ルカの住人達は奇跡をもたらすイコンのように彼に接していた。リントワリョーフ家には善良な老齢の母親と、成人した五人の子どもがいた。娘二人は医者、三人目の娘はペテルブルグのベストゥジェフ女子大学生、息子は立派なピアニスト、もう一人の息子は政治活動をして大学を追放されていた。どの人も希有の善人で、親切で同情心に厚い、しかし幸せとは言いがたい人達だった。アントンの滞在やペテルブルグ大学時代に崇拝していたプレシチェーエフの訪問は、彼らにとって記念すべき出来事だった。プレシチェーエフが大きな家に入って来ると、祖父の時代からの古めかしいソファーに座らせ、彼を取り囲んで座り、固唾を飲んで彼の話を聞いた。聞かないでいられようか！　老人には澄んだ心と、素朴で無垢な子どものような純真さがあり、高齢に至ってもなお若者を愛し奮い立たせ、自分自身も若者と共に燃えていた。目は輝き、顔は紅潮し、両手はジェスチャーのため思わず振り上げられた。彼が自作の有名な詩『友よ、前進しよう、英雄的偉業のために、恐れず、疑わず、前に進もう！』を朗読すると、執拗な懐疑派や悲観論者さえ「聖なる贖罪《しょくざい》の夜明け」がすでに大空を染めていると信じるほどだった。

プレシチェーエフの話

ペトラシェフスキイ事件［一八四九年の革命事件。ドストエフスキイはこれに連座して流刑にされた］に関与した時の彼の話は、聞く者の心臓を揺さぶった。一八四九年、検挙された彼はペトロパヴロフスク要塞に投獄され、絞首刑の審判が下った。罪人用馬車でセミョーノフ練兵場の絞首台に運ばれ、白かたびらを着せられた。死刑執行人が彼の首に縄をかけようとした時、処刑責任者の将校が突然小声で言った。

「あなたは赦免されました」

そこへ馬を走らせてきた使者が伝えた。ニコライ一世は寛大なるお慈悲にて死刑よりトルケスタンへの流刑を命じられ、兵卒への格下げを命じた、と。丸八年、プレシチェーエフはアク＝メチェチ近くで自由のために闘いながら流刑生活を送った。やがてアレクサンドル二世の恩赦を受け、故郷のペテルブルグへ戻った。過酷な苦難に耐えてきたにもかかわらず、プレシチェーエフは相変わらず元気で若々しく、常に誇りをもって頭上高く自分の旗を掲げ、若者達を惹きつけていた。一生が貧乏暮らしだった。詩を書き、編集者の代理として働き、こっそり翻訳もやっていた。ルカに来た時でさえ詩を書いていた。彼のために一部屋が提供され、娘さん達が花で飾っていた。毎朝早くから机に向かい、一行一行声に出して読みながら詩を作っていた。人がそれを、誰かを呼んでいる、何か用事があるのだろうと勘違いして彼のもとへ駆けつけると、彼の方がびっくりした。

プレシチェーエフは粉を練ったものが好きだったので、母エヴゲーニアはワレーニキ［水餃子のようなもの。甘い具もある］やピロシキをよく作った。満腹するまで食べては、お腹が痛いと言って仰向けになって唸っていた。アントンは湯たんぽを持って駆けつけ、食べ過ぎを厳しく注意した。だが老人はすぐ忘れ、同じことを繰り返していた。生涯貧乏でいつもお金に困っていた彼が、予期せぬことで急に金持ちになった。亡くなる一年半くらい前に何百万という遺産を受け取り、パリへ行った。シルクハットをかぶってめかし込んだ彼を見たと噂された。しかし、運命にもてあそばれ翻弄されたのだ。本物の遺産相続人が見つかり、全財産はプレシチェーエフから取り上げられ、彼はまた以前と同じように貧乏になった。その後まもなく、一八九三年九月、パリで亡くなった。遺体はモスクワに運ばれ、ノヴォデヴィチイ修道院の墓地の、後にアントンが葬られる場所の近くに埋葬された。

リントワリョーフ家の家族とは、とても楽しい素晴らしいお付き合いをした。バープキノと同じように音楽や文学の話題が多かった。特に、前述したチェロ奏者のセマシコがルカへ来た時は楽しかった。魚やカニを捕ったり丸木舟で製粉所の方へ行ったり、川岸づたいに白樺林へ行ってカーシャを作って食べたりした。アントンはよく書いていた。しかし、なぜかウクライナの生活は、バープキノほどは作品に表れなかった。ウクライナの生活を楽しんではいたが、それはプラトン的な関心だった。女教師のリジア・ミハイロワの「ピラミッド形のポプラ並木から菩提樹の小道が」とか「いちご菓子の中のチェルケスの公爵は戯評の中」というような表現が彼を楽しませていたが、生活への関心が創作活動を停滞させていたように思われる。ルカでのチェーホフは北部から持って来た、すでに構想が出来ているものを書いていた。ここでは人々の生活習慣を観察しているだけだった。

プレシチェーエフがまだルカにいる間に、作家バランツェヴィチがやって来た。おとなしい、まだ老人と言うには早すぎたが髪の毛がほとんどない人で、終生額に汗して働き、終生貧乏暮らしをした人だった。ぼくが聞いたところによると、貧乏はレンガ商いの番頭時代から始まるという。その後書くようになってまもなく頭角を現し、「チェーホフ、バランツェヴィチ、コロレンコ」トリオと言われて評論家の注目を浴びるようになった。しかし貧困、大家族の扶養、ペテルブルグ馬車鉄道会社勤務の生活苦が彼を文学から引き離した。徐々に文壇から退いて行った。毎朝四時に起きて、五時には職場に行き、車掌達に切符を配らなければならなかった。児童雑誌を出版したこともある。たしか『赤い明星』という名前だったと思うが、外見の貧弱な雑誌で成功しなかった。パルゴロフとオゼルキより遠くへは行ったことのないバランツェヴィチが、急に決断して元気を出し、ペテルブルグからウクライナまでやって来た。彼がルカでどんな気分だったかよく分かる。ちょっとセンチメンタルで、楽しい話し相手だった。変に几帳面なところがあって、自分は望まないのにしぶしぶ馬車鉄道会社に戻って行った。実はズボンを忘れていったので、忘れ物をしたからには、彼はいつかは戻って来る、と待っていた。しかし来なかった。

バランツェヴィチの後、ルカに来たのはスヴォーリンと俳優のスヴォボージンだった。二人との交友関係は、アントンの『イワノフ』をペテルブルグのアレクサンドリンスキイ劇場で上演した時から始まっている。スヴォーリンとは『新時代』で一緒に仕事をして知り合いだったが、ルカ訪問でさらに友情が強まった。「距離」のようなものがなくなった。『新時代』に対する見解は違っていたが、アントンはスヴォーリンを尊敬していたので、新聞とは切り離して友情を大切にしていた。何年にもわたり、彼は終生の持論や悩みを吐露した心のこもる手紙をアントンに送った。老評論家と若い作家の親しい間柄を示すものである。

ぼく達が住んでいた場所から一露里半の所に、ローラーが十六機ある製粉所があった。樫の古木が繁るプスロの詩的な場所にある。チェーホフとスヴォーリンは丸太をくり抜いた簡単な小舟で魚釣りに行った。二人は製粉所の横で何時間も釣り糸を垂れ、文学や社会の問題について語り合っていた。農奴だった人の孫であり、平民出の二人は、才能を持って生まれ、高い教養を身につけ、互いに好意を感じていた。たくさんの書簡の交換を生んだ。書簡の交換は長年続いたが、ドレフュス裁判の時打ち切られた。スヴォーリンの新聞『新時代』がドレフュスを告訴した側についたからだった。

スヴォーリンの自伝

老人スヴォーリンは生涯を通してチェーホフを愛していた。しかし若いチェーホフの方から冷やかになっていった。冷めた関係はドレフュス裁判が進行中で、チェーホフが国外滞在中だった時に始まり、ロシアに戻ってからも続いた。いきなり交友を絶つことはせず、チェーホフはスヴォーリンへの手紙を徐々に少なくしていった。二人を遠ざけている距離と時間がこれを加速し、優れた考えや二人の卓越した見解を見て取ることができる書簡、チェーホフを思想家として性格づける役割を果たした書簡の交換は、完全に打ち切られた。文学、法廷、行政、社会生活……といった、アントンが強く関心を抱き、興味を深めていたあらゆることを、スヴォーリンとの書簡交換の中に見て取ることができる。

ボロジノ戦［ナポレオン戦争］で戦った一兵卒の息子スヴォーリンは、教区学校師範の試験に合格し、ボブロフとヴォローネジの郡学校の仕事に就いた。文学を好み詩や軽い散文を書き、首都ペテルブルグのいろいろな雑誌に投稿、六〇年代初め、有名な伯爵夫人サリアスが出す『ロシアの言葉』の常連執筆者になるまで続けていた。モスクワには移って来なかった。当時の思い出話が好きで、ぼくによく話してくれた。部屋の中を行ったり来たりして話す癖があり、彼の後をついて回ったぼくは疲れたことを覚えている。本当に面白かった。話が具体的でユーモラスで、思考が次々変わってしばしば脱線した。やがてモスクワに移って来て、貧乏のどん底に落ちた。文学での稼ぎはあてがはずれ、住む場所もモスクワではなく七露里離れたマジロヴォ村だった。靴が傷むのを恐れて、毎日はだしで市内にある編集部へ通った。奥さんが妊娠した時も、産婆用の費用が一銭もない。ところが出産日は日に日に迫ってくる。金策のあてがつかず困りはてた彼は、疲労困憊《こんぱい》してスレチエンスク並木通りのベンチにへたり込んでしまった。これより先は、兄アントンの言葉をそのまま記す。

スヴォーリンがベンチに座っていると、大きな包みを脇にかかえた青年が来て横に腰を下ろした。二人は言葉を交わした。スヴォーリンの苦境が青年の胸を打った。青年はポケットに手を入れると、五か所を蝋で封印した封筒を取り出した。

「母さんが十五ルーブル送ってくれたんです。今、局で受け取ったばかりです。もし必要なら、使って下さい」

スヴォーリンにとって救いの神だった。借りっ放しにならないように、青年の名前と何をしているかを聞いた。

青年は絵画・彫刻・建築美術学校の学生ブレーニンと分かった。後に、有名な風刺時評作家となり、『新時代』の評論家となる。その後、スヴォーリンはモスクワからペテルブルグに戻って、コルシの『サンクト・ペテルブルグ通報』の中心的な執筆者として「ボブロフスキイ」あるいは「匿名《ニェズナコーメツ》」というペンネームで書くようになった。ジャーナリストとしての最盛期である。彼の書く時事評論はよく読まれた。彼は、いわゆる歯に衣着せず書くので、刑期六か月の判決が下されたこともあった。この世に敵なしの勢いだった。言い掛かりをつけられないように巧みに暴露記事を書いた。官報だった『サンクト・ペテルブルグ通報』は、スヴォーリンの時評にけちがついてコルシの手から取り上げられ、賄賂を使った別の発行人の手に移された。「匿名《ニェズナコーメツ》」は首になった。それで彼は『証券取引通報』に移り、今度は日曜時評を始めた。バルカン半島にヘルツェゴビナ蜂起が勃発し、やがて露土戦争［一八七七〜七八年］へと波及していく一八七五年まで、日曜時評は続いた。スヴォーリンは新聞『新時代』の出版権を破格で買い取りこれを妻に託し、自分は通信員として戦場へ向かった。そしてセルビアのミラン公爵の司令部にうまく入り込んで人脈を作り、会戦の詳細を最前線から入手すると、妻にこれを送って『新時代』に掲載した。妻は出来上がった新聞を小包にして戦場へ送る。新聞はロシア将校達が買い求め、三十分ぐらいで売り切れる、という具合であった。将校達は自分達の戦場の情況を知るばかりか、勝ったのか負けたのかを知るのもこの新聞以外になかった。これが成功の基礎となった。五、六年も経たないうちに軍人や官僚が主たる購読者となったので、紙面もおのずと特殊な内容を持つようになっていった。

そうこうするうちに、スヴォーリンは年をとり、最初の妻の子ども達も成人したので、新聞の発行は完全に彼らの手に移った。スヴォーリンは新聞の事業から手をひき、紙面にある「小さな書簡」欄にのみ、かつての「匿名《ニエズナコーメッツ》」を思わせる血気盛んな文を載せていた。が、やがて動乱期《スムータ》の研究や軽文学、文学史、演劇の分野に没頭するようになり、ちょうどこの時期にチェーホフと知り合っている。書籍をこよなく愛するスヴォーリンは書籍出版の事業を手広くし、非常に安価な本を出した（例えばプーシキン作品集全十巻が一ルーブル四十コペイカ）。時が経つにつれ、彼の名を冠した新聞紙上に少数民族に対する憎悪が書かれるようになった。ユダヤ人どころか、フィンランドやポーランド、バルト地方に対する訳の分からない激高は、無関心層ですら眉をひそめた。苛烈《かれつ》な憎悪は一八九八年、全欧米世界の知識層の見守る中、パリで始まった有名なドレフュス裁判の時期にさらに激しくなった。

アレクセイ・スヴォーリン

コーニと知り合いに

スヴォーリンを通してぼくは崇拝するコーニ［法律家、社会活動家。一八四四〜一九二七］と知り合った。ペテルブルグの書店でぼくと会ったスヴォーリンは突然何かを思い出し、ポケットから包みを取り出して頼んできた。

「ミーシャ、お願いだ、すぐコーニに届けてほしいんだ、ぼくからの手紙だと言って！」

コーニの父親の作品は、ずいぶん前から軽喜劇などを観て面白くて好きだったので知っていた。しかし、コーニについては、彼の法廷活動や学術文献、文学書を通して尊敬はしていたものの、個人的には知らなかった。ぼくはコーニと彼の書斎で会った。自分が誰かを名乗ってから、ぼくはスヴォーリンの包みを渡した。当時アントンはすでに科学アカデミーからプーシキン賞を受賞していた。コーニも審査員の一人だったので、彼はそのことに触れた。ぼくが帰ろうとするとコーニは強く引き止め、話はプーシキン賞からプーシキンそのものに移って行った。驚いたことにコーニはプーシキンの作品を全部諳《そら》んじていて、時々片手を上げながら朗々と朗読した。その後、話はまたアントンに戻った。コーニは声を震わせ目を潤ませながら兄について語った。イギリスのクェーカー教徒のような頬ヒゲの、きれいにカミソリをあてた柔和な顔に、まさに生粋のロシア人の表情が表れるのであった。

「あァ、何という才能でしょう！　何と希有な、素晴らしい才能の持ち主なんでしょう！」

後に、ぼくが本腰を入れて文壇にデビューすると、ぼくの著書『随想と短編』を科学アカデミーに上申してくれ、この本は［プーシキン賞の］名誉賞を受賞した。予期せぬ出来事だった。

俳優スヴォボージン

俳優スヴォボージンはルカのわがダーチャに何度か来たことがある。アントンの『イワノフ』とスヴォーリンの『タチアナ・レーピナ』が、一八八九年、ペテルブルグで上演されて以来、芝居に出演したスヴォボージンとアントンは親しくなった。パーヴェル・マトヴェーエヴィチ、あるいはぼく達は冗談めかしてフランス風に「ポール・マチヤス」と呼んでいたのだが、彼とアントンは非凡なユーモリストで、ルカの住人達をわさびの利いた洒落で笑わせていた。燕尾服にシルクハットのスヴォボージンが登場する爆笑魚釣りを仕組んだりして、頓才は尽きるところがなかった――田舎、葦が密生した岸辺、白い胸当て飾りに白いネクタイ、燕尾服にシルクハット、白手袋をした彼が神妙に魚を釣っている。かたわらを、百姓達が木をくり抜いた舟で通り過ぎる。釣り人と百姓達の一団がド田舎の町アフティルカにやって来て、ホテルに投宿する。伯爵になりすましたスヴォボージンと下僕のアントンが宿の召使を大変困らせる、という設定である。スヴォボージンは俳優だけあって自分の役どころを実にうまく演じた。

彼は亡くなる直前までメーリホヴォに来て、楽しい思い出を作ってくれた。ぼく達の家族を愛し、言いたいことは何でも言って、本物の家族のような気がした。晩年はとても温和で優しく、この世にわが家族以上の親しい人はないというくらいだった。彼にそっくりな息子ミーシャも連れて来た。お父さんのように立派な俳優になると言っていたが、少年の運命は悲劇に終わった。彼がまだ学生の時、どこかの階段でピストル自殺をした。好きだった女性の家の玄関前だったという。スヴォボージンは一八九二年秋、ペテルブルグのミハイロフスク座の舞台の上で致命的な心筋梗塞を起こし亡くなった。オストロフスキイの『ひょうきん者』を上演中のことで、まさに演技をしている最中、メイクをして衣装も着けたままであった。

アントンの構想で、スヴォーリンはウージェーヌ・シュー（『永遠のユダヤ人』）やデュマ（『モンテクリスト伯』、『三銃士』）の出版を考えたことがあるらしい。アントンは長編小説、特にデュマの作品は、不要な部分を省略して出版するよう勧めた。不要な部分が、話の展開に何の関係もなく読者を苦しめているし、本の値段も高くしている、と。スヴォーリンはこの考えに同意したが、大それた省略をやる勇気は誰にもあるまい、と実現を躊躇《ちゅうちょ》した。その役をアントンが自ら買って出た。五〇〜六〇年代に出版されたデュマ作品が、メーリホヴォのアントンのもとに送られてきた。アントンは、行でびっしりのページを、書き込みも入れず次から次へと削除して、凄まじい省略に取り掛かった。ちょうどスヴォボージンが来ている時だった。愛するポール・マチヤスはそっと隅の方へ行き、トルコ風ソファーに座ったアントンが本に残酷な制裁を加えているのを見ながらマンガを描いた。『モンテクリスト伯』を手にしたアントンが、エンピツを持ってページを丸ごと削除している。その後ろに立っているデュマの目から悲しい涙が本の上に落ちていた。アントンはこのマンガを紙にはさんで大切にしていたが、今どこにあるかぼくは知らない。いつだったか、スヴォボージンがメーリホヴォへ来た時、アントンは、後に『無名氏の話』というタイトルで出した中編小説を書いていた。書き上げた原稿をいつまでも送らないで迷っていたが、スヴォボージンに読んで聞かせた後、やっと送った。庭で読んでいたのを覚えている。昼間だった。スヴォボージンが深刻な顔をして聞いていた。何か指摘した。最初小説は『ある患者の話』とタイトルがつけられたが、スヴォボージンが変えるようアドバイスしたのだった。読んで聞かせた、ということに、ぼくはとても驚いた。アントンは一度も人に読んで聞かせたことがなかったし、そういうことをする書き手を批判していた。

スヴォボージンと時を同じくして、ルカのリントワリョーフ家にハリコフ大学の若い教授チモフェーエフが遊びに来た。外国出張から帰ったばかりの彼は、ドイツ人の教授達を鮮やかに表現した。人生を謳歌する愉快な青年は、アントンと一緒になって、リントワリョーフ家の人達が恐怖に肝をつぶすほど、まるで無茶飲みする学生ばりに痛飲した。リントワリョーフ家の人達は、ウォッカが家の中に持ち込まれるのを火のように恐れていた。チモフェーエフがルカにもっとしばしば来たなら、あるいはもっと長く滞在したなら、アントンと親友になったに違いない。

ある日、ぼく達はプショールへ泳ぎに出掛けた。スヴォボージンも一緒だった。チモフェーエフが履物を脱ぐと、驚いたことに片方の踵が黄色っぽかった。ヨードチンキを塗ったのか、生まれつきなのか、ぼくは知らない。アントンも気がついて、真顔で尋ねた。

「ウラジーミル・フョードロヴィチ、タバコを吸う時、踵をちゃんと遠くに離していますか？」

みんな腹を抱えて笑った。スヴォボージンは特に、笑いが止まらなかった。

コルシ座での戯曲『イワノフ』

戯曲『イワノフ』が、初演から手を加えてペテルブルグで上演された。初演は一八八七年十一月十九日、モスクワのコルシ座だった。思いがけず生まれた作品で、よく考えず大急ぎで書かれたものだった。コルシと彼の劇場で会った時、チェーホフは戯曲一般について話しただけだった。その頃劇場にかかっていたのは軽いコメディや軽喜劇で、深刻なものは流行っていなかった。チェーホフがユーモリストと知ったコルシは、彼に戯曲を依頼した。好条件と思われたので、アントンは取り組んだ。サドーワヤ＝クドリンスカヤ通りの薄暗いコルニェーエフの持ち家の書斎で、幕から幕へとどんどん書き進め、仕上がった分から検閲とリハーサルのため、すぐコルシに届けられた。こんな風に急いで書き上げた作品ではあったが、『イワノフ』はすぐに世間の注目を集めるようになった。モスクワの最も洗練された観衆が関心を持った。劇場は超満員。一部の観衆は『破片』に載るチェーホフの短編のような愉快な笑劇を期待し、他の人達はチェーホフの何か新しいもの、何か考えさせるようなものを期待していた。期待に誤りはなかった。波瀾にみちた成功だったのだから。野次を飛ばす人もいたが、多くは盛んに拍手を送り、作者を舞台に呼び出した。しかし『イワノフ』の本質はおおむね理解されず、その後、長きにわたり主人公の性格や人物像について新聞紙上で話題にされた。作者の斬新な思考とドラマチックな手法が関心を呼び、この時からアントンの劇作家としての活動が始まった。『イワノフ』初演後、アントンは兄アレクサンドルに書いている。「君には恐らく想像もつかないと思うよ、一体何が起こったか？　誰も知らない屑のような、ちっぽけな戯曲がこんな騒ぎを起こそうとは……　怒鳴るは叫ぶは、拍手は起こるは野次も飛ぶは。ビュッフェでは取っ組み合いが始まりそうだった。後ろの方の席の学生達が誰かをつまみ出そうとしていたが、結局警官が来て二人連れて行った。みんな興奮していたよ。妹は卒倒寸前だったし、ジュコフスキイは動悸が激しくなりどこかへ行ってしまった。キセリョフはむやみと頭を掻きむしり、『ぼくは、これからどうすればいいのだ！』と絶叫していた。俳優達は神経をピリピリさせていた……　翌日の『モスクワ新聞』には、ぼくの戯曲を無恥、冒涜《ぼうとく》、良心に欠ける屑

だと評するピョートル・キチェーエフの劇評が載った」（一八八七年十一月二十四日）

ぼくも公演を見たので、コルシ座で起こったことはよく覚えている。席から飛び出して行って拍手をする観客がいるかと思えば、野次を飛ばし口笛をピューピュー鳴らす観客や、我慢できなくなって足をバタバタさせる観客がいた。桟敷の椅子や補助席は動かされて列がメチャクチャになり、山と積まれたので、自分の席はもう見つからなかった。ボックス席の観客は、不安になってこのまま座っていようか出ようかと迷っていた。後ろの方の席で何が起こっているか、ぼくには想像もできなかった。野次を飛ばした人達と拍手を送った人達の間で、血を流す取っ組み合いがあったのだ。だから、公演の二週間後、アントンがペテルブルグから次のように書いてきても驚かなかった。

「コルシはレパートリーからぼくの戯曲をはずした方がよい。何のためにいがみ合う必要があるだろう？　もうたくさんだ！」

公演の翌日、アントンのアパートに有名な劇作家のクルィロフ＝アレクサンドロフがやって来た。彼の芝居はマールイ劇場のレパートリーに入っている。フェミストクルの名声はミリチアドを眠らせてはおかなかったわけである〔いずれも紀元前五世紀のアテネの司令官〕。『イワノフ』にあふれる独創性を素早く嗅ぎ取り、将来大成功するだろうと予感した彼はアントンに協力を申し出た。部分的に変えたり補筆したり、彼が手直しする。つまり共同執筆者となり、ギャラを折半しようというものであった。申し出はチェーホフをとても不愉快にした。しかし彼は自分の気持ちはおくびにも出さず、丁寧に断った。

全ロシアのあちこちで上演された有名な軽喜劇『熊』を書いた時、クルィロフも同時に自作の軽喜劇『熊の仲人』を出した。もちろん偶然ではない。

ペテルブルグから戻ったアントンが笑いながら話してくれたのだが、ある若い劇作家の所へクルィロフがやって来て頼んだ。彼を、つまり彼の戯曲をもっと元気づけてほしい、と。若い劇作家が手を入れて良いものに仕上げると、クルィロフは対価としてたったの十ルーブル払っただけだった。若い作家はカンカンに怒った。

「奴のツラに原稿を投げつけてやった！」と興奮して言った。

そこに居合わせた、やはり劇作家のチーホノフが憮然《ぶぜん》として言った。

「これはろくでもない金だ。飲み代にする他、価値がない」

『イワノフ』とほぼ同時に、シチェーグロフの『コーカサスの山々にて』がコルシ座に掛かっていた。同じ作家の『ゴルディオスの結び目』という本も売りに出た。戯曲も本も、ぼくとアントンはとても気に入った。若々しくて新鮮で、ユーモアが噴水のようにほとばしり出ていた。このシチェーグロフが、トルコに行軍し様々な戦線に従軍した、今は退役大尉のレオンチエフと知った時のぼく達の驚きといったらなかった。アントンはまもなく彼と知り合い、親しくなった。「ジャン」――チェーホフは彼をこう呼んだ――はわが家にやって来るようになった。びっくりするほど女性っぽくて多情で、若い娘がヒステリーを起こしたみたいに甲高い声で笑った。小説家としての才能は並はずれてあったのに、『コーカサスの山々にて』が成功してからは、自分の劇作家としての力を信じ込み劇作の方へそれていった。が、後に続くものはなかった。愛らしく優しい、感じのよい彼は、わが家でいつも歓迎された。シチェーグロフはちょっとセンチなところがあって、ぼく達の母に花の絵葉書を送ってきたりしていた。何と書いてあるか分からないような「悲劇的」な筆跡だった。何かの祝日とか名の日とか誕生日とか、細々した機会を逃さず母にお祝いを書き送ってきた。彼の戯曲への情熱を危ぶんだチェーホフが注意をしたが、ジャンは温和な性格にもかかわらず頑固一徹、結果、劇作が彼を駄目にした。戯曲は日の目を見ず苦悩に陥り、人生の盛りに亡くなった。ジャンは文学で大きな成功を得たアントンに「ポチョムキン」［エカテリーナ二世の側近で、特に寵愛を受けた］というニックネームを進呈した。チェーホフは時々手紙の署名にこのニックネームを使っていた。ジャンの優しさと弱さは、いつもアントンの心を打った。アントンは手紙に「あなたの小鳥のようなお手々」と書いていた。本当に、彼には小鳥を思わせるようなところがあった。その頃モスクワのマールイ劇場では、ニェヴェジンの「感動的な」ドラマ『第二の青春』が上演され、大喝采を受けていた。実を言うとこれは古いタイプのメロドラマで、演じたのがフェドートワ、レシコフスカヤ、ユージン＝スムバトフ、ルィバコフといった面々だった。観衆は現実的な生々しい表現に引き込まれた。特に、父親の愛人を射殺する若い息子を演じるユージン＝スムバトフが、手錠を掛けられて舞台に現れ母親と別れる場面では、ヒステリーを起こしたような泣き声が劇場中に鳴り渡った。戯曲は莫大な興行収入を得た。

『第二の青春』の公演の時、アントンとニェヴェジンがロビーでばったり会った。二人は『イワノフ』や『第二の青春』について言葉を交わした。

「で、今、何を書いているのかね？」

老劇作家は若いチェーホフをさげすむように聞いた。

「今、何をお書きになっているのですか？」チェーホフもそう聞いた。

ニェヴェジンは誇らしげにこう答えた。

「まさか、『第二の青春』以上のものが書けるとでも？」

ぼくはニェヴェジンと何度か会ったことがある。彼は後に小説家に転向し、ぼくの所へよく長編小説を持って来た。

「とにかく読んでみて下さい！　大変面白い長編ですから！　読み出したら止まらなくなりますよ！　素晴らしい小説です！　息もつけませんよ！」

「コルシ座」の主

コルシについて少し触れたい。

モスクワにマダム・ブレンコという興行主がいた。いつだったかアントンが、この人はドイツ語の動詞「ブレンネン」つまり「焼け焦げる」という言葉から自分の名前を付けたのだ、と冗談を言ったことがある。モスクワのトヴェルスカヤ通りにプーシキン像が建てられてまもなく、マルキエリ兄弟がその場所に劇場を持つ大きなホールを建てた。二人の兄弟について、当時流行り歌が巷に聞こえた。

トヴェルスカヤ通りの大きな建物は誰のもの？

ネグリンナヤ通りの大きな長～い建物は誰のもの?

宮廷劇場による独占が解かれた直後にできた私立劇場の一つである。劇場の公式名も「プーシキン像のそばの劇場」。この劇場を借りたのがマダム・ブレンコだった。彼女は地方の優れた俳優、例えばイワノフ＝コゼリスキイ、ピサレフ、アンドレーエフ＝ブルラクらを招き、レパートリーも『鬼火』から『森』、『ハムレット』、『敗者ローマ』と様々なものを上演していた。しかしどんなに努力して芝居を打っても、マダム・ブレンコは結局破産してしまった。彼女からクロークだけを借りて商売した弁護士コルシは成功した。いつも大儲けだった、と言われている。マダム・ブレンコが体裁を保つため無料入場券を配らざるを得ない時でも、コルシはコート掛け一つにつき二十コペイカずつ取っていた。ついにブレンコが事業を閉じ、後に新聞横町のリアノゾフ座に移る俳優達が俳優組合を設立してからも、コルシはクロークの商売を続けた。やがて全てがコルシの手に移る。実は、公演に掛かる費用は全収入の約三分の一を占め、クロークからあがる収益も満席の場合は同じく三分の一を占めていた。で、劇場幹部は損失を少なくするため全教育機関に招待券を配付した。学生達にとっては、もちろん無料で劇場の平土間に座れるのは嬉しいことだったが、クローク料を三十コペイカ払わなければならなかった。クロークでの支払いは義務だった。かくして、公演に掛かる全費用をクロークで賄い、有料入場券収益はたとえ少額であっても劇場の純益となった。

演劇を熱烈に愛し、自分でも戯曲を書き、翻訳していた(『仲人』、『生存をかけた闘い』、『マダム・サンジェーヌ』)コルシは、モスクワに自分の劇場を建てようと決めた。誰が資金援助をしたのかぼくは覚えていないが、モスクワのボゴスロフスキイ横町に、忽然と出現、というくらい素早く建てられた。昼夜ぶっ通しの突貫工事にはアーク灯が使われた。八月十六日までに完成させようと急いでいたのである。オープンの日、劇場内には湿っぽい臭いが漂い、場所によっては壁から水滴が落ちていた。一八八二年のことである。コルシ座劇団は選りすぐりで、グラドフ=ソコロフ、ソロニン、スヴェトロフや有名なダヴィドフ、グラマ=メシチェルスカヤ、ルィブチンスカヤ、マルトィノワ、コシェワ、クラソフスカヤといった面々が軽いコメディに見事なアンサンブルを見せ、演劇史に自らの名を広めた。前述の画家ヤノフが舞台装置家として招かれ、効果的な舞台装置で観衆を魅了している。ツルゲーネフの『ソレントの夕べ』では、河岸やボートや船上で灯が点滅し、ヴェスヴィオ火山が煙を吐き、湾に月が映るナポリの全景をそのまま再現してみせた。シロフスキイがロマンス『君を愛す』を歌った。観衆はあまりの素晴らしさに気が遠くなった。

コルシ座はモスクワで非常に人気があった。十年にわたる活動の詳細がメーリホヴォのわが家にあったが、観客数は百五十万人を超え、五百以上の戯曲を上演したという記録をびっくりして読んだ記憶がある。コルシはロシアに、サルドゥ、パイエロン、ドーデ等々、それまで見ることができなかった外国の作品も紹介した。しかしコルシの果たした一番の役割は、古典のレパートリーの中から誰にとっても分かり易い芝居を選び出して、マチネで公演したことである。若者が喜んで劇場へ行くようになり、地方の劇場もこれを手本にするようになった。

第七章

兄ニコライの死
『森の精』公演
最初の喀血
劇作家オストロフスキイのエピソード

兄ニコライの死

話を再びルカに戻す。

チェーホフ家は翌年、つまり一八八九年の夏もルカで過ごした。いろいろな人達と知り合って交友は広がったが、かつてのように楽しく生活を謳歌するものではなかった。リントワリョーフ家には、有名な経済学者ヴォロンツォフや、慣習法の研究で著名なエフィメンコらがやって来ては長逗留していた。

この夏、チェーホフ家を不幸が襲った。画家ニコライの死である。アントンは、ポルタワ県のソロチンツィや途中にあるゴーゴリゆかりの地へ馬で出掛けていた先で、不意にこの訃報に接した。売りに出されていた農家を見に行っていたのだった。アントンは長く住む家として買い入れたいと思っていた。

「スマギン家に着いたのは夜中だった。濡れた冷たい体でベッドに入った。耳障りな雨音を聞きながら眠りについた。朝になっても相変わらず、ヴォログダ地方のうっとうしい天気が続いていた……　ミルゴロドから男が濡れた電報を運んで来た。『コーリャ死す』〔コーリャはニコライの愛称〕とあった。その時のぼくの気持ちを分かってもらえるだろうか。来た道を戻って馬を飛ばし、駅まで行く他なかった。鉄道では乗換え駅で八時間ずつ待たされた。わが家は今まで死に直面したことがない。家族の柩を見ることになるなんて！」（チェーホフの手紙より）

埋葬は大変簡素だった。アントンは兄の死を悼んで落胆し、埋葬後まもなくルカを後にして放浪の旅に出た。外国へ行くつもりで出立したが、なぜかオデッサに留まった。オデッサではモスクワのマールイ劇場が公演していた。彼はバレエからドラマに移った若い女優のグラフィロチカ・パノーワと知り合う。気に入ったようだった。モスクワに戻った二人の間を俳優レンスキイの夫人が取り持ったが、チェーホフ家との折り合いが難しく、仲人話はなくなった。その後アントンはヤルタへ移った。無気力、無関心に落ち込み、何事にも興味が失せ、喜びを感じなかった。しかし二か月もすると、また気力が出てきて、自分の天分を信ずるようになった。再びサドーワヤ＝クドリンスカヤ通りのコルニェーエフの持ち家で暮らしながら、熱病にとりつかれたように執筆に取り組んだ。この時彼のペンから生まれたのが『退屈な話』と、一八八九年十二月二十七日、アブラモワ劇場で上演された戯曲『森の精』である。同時にサハリンについての資料収集という、もっと難しく辛抱のいる仕事に取り掛かった。このことについては、もう少し後で触れる。

すでに書いたように、一八八九年夏、アントンは特別したいことも、目的も計画もないままオデッサからヤルタに移った。かなりの期間をここで過ごしている。散歩の途中、誰かのダーチャのそばを通りかかると、不意にしおり戸が開き、中から大変身だしなみのよい少女達が出て来た。その中の一人がつぶやいた言葉が兄にはこう聞こえた。

「あら、作家のチェーホフだわ」

少女達の都会風な服装がチェーホフの注意を引いた。その後も町の公園で見かけ、結局少女達と知り合いになった。普段はペテルブルグに住んでいるハリコフの領主シャヴロフ家の姉妹で、夏の間クリミアに来ていたのだった。

チェーホフとシャヴロフ姉妹との縁はここだけで終わらなかった。モスクワに帰ったチェーホフのもとに、ある日の夕方、小間使いが香水をたっぷりかけた伝言を持って来た。伝言の主は、少女達の母親マダム・シャヴロワだった。ペテルブルグからモスクワへ引っ越して来たので、折角ヤルタで知り合いになったのだから、お付き合いをしたい、という内容だった。

アントンはひどいインフルエンザが治りかけたばかりで、治療のための養生を乱すことはためらわれ、ぼくに伝言を差し出して言った。

「ミーシャ、ステキな女の子達と知り合いになりたくないかい？」

もちろん断るわけがない。その日の夕方、アントンは手紙を託し、ぼくをシャヴロフ家へ送り出した。手紙には、病気のため自分が行けないことを詫び、ぼくを紹介してあった。ぼくは出掛けて行った。大歓迎されたぼくは、一目会ったその時からこの家庭にとても親しみを感じた。

シャヴロフ家のお嬢さん達はロシアや外国の作家の最新の作品を、翻訳でなく原書でたくさん読んでいた。ぼくも外国の文学は読んでいたが、ひどい翻訳の欠陥品しか知らなかったので、彼女達と文学の話をするのが恥ずかしかった。これが、ぼくが外国語の勉強を始めるきっかけとなり、ぼくは英語、フランス語、イタリア語をマスターして翻訳家になった。いろいろな雑誌・新聞の細々した記事や演劇関係の翻訳の他に、分厚くて字のびっしり詰まった翻訳書を四十三冊出していると だけ言っておきたい。

学生時代のミハイル（1888年）

上の姉のエレーナが作家と分かり、アントンは彼女の作品の出版のため奔走した。アントンは彼女の才能をみとめ、その才能をもっと磨くためできるだけたくさん書くよう勧めていたが、しかるべき出自の女性であり、何より食べるに困るほど窮乏していたわけでもなく、彼女は自分の天分に気を留めなかった。「シャストゥノフ」というペンネームを使い、アントンへの手紙にもこの名前で署名していた。ぼくの姉マリアが出版したチェーホフ書簡集には彼女に宛てた手紙も収録されている。エレーナの希望で「E.M.Sh.」とイニシャルだけになっている。アントンと「E.M.Sh.」は強い友情の絆で結ばれていた。チェーホフは彼女の短編を出版に持ち込む努力をし、大方実現したが、自分の才能を認識しなさい、もっと書きなさいといつも叱っていた。所用でメーリホヴォからモスクワへ行く時はあらかじめ彼女に知らせておき、「ボリシャヤ・モスクワ」とか「エルミタージュ」で一緒に食事をするのが好きだった。彼女はアントンをフランス語で「私の大切な先生」と呼んでいた。だから彼も彼女への手紙にはそう署名していた。彼女はとても歌が上手だった。固い友情をいつまでも持続させる「何か」を持っている人だった。彼女の写真は今もヤルタのチェーホフの家博物館の書斎にある。

二番目のオリガは後に、自分が育った環境の束縛を断ち女優になる。古典ものの役を見事に演ずる有名な女優で、芸名をダールスカヤといった。彼女が舞台女優になったと知った時、ぼく達には予期せぬことだったのに、アントンは「賢明だね」と褒めていた。

アントンがメーリホヴォに住んでいる時、学校を建設しようとして必要な資金が不足した。二人の姉妹は協力を申し出てモスクワからセルプホフへやって来ると、アマチュア芝居を企画し、地元の人達に豪華な衣装やダイヤモンドのきらめき、素晴らしい演技を堪能させた。

『森の精』公演

一八八九年、チェーホフは再び戯曲に取り組むことになる。チェーホフの軽喜劇『熊』に出演して大評判をとったコルシ座の俳優ソロフツォフが、女優アブラモワと一緒にコルシ座を離れ、モスクワの劇場広場に自分達の劇場をオープンした。が、順調に進まなかった。武器になる戯曲がなかったのだ。クリスマスとマースレニツァ［ロシア正教の謝肉祭。この後大斎期に入り興行が禁止された］の興行に期待をつないだけれど、切符の売上を伸ばすにはそれなりの戯曲が不可欠なのに、ソロフツォフにはない。で、彼はチェーホフの所へやって来た。

「助けて下さいよ、アントン・パーヴロヴィチ、戯曲を書いて救って下さい」

クリスマスまで十日余り、十二日しかない。ソロフツォフは千ルーブルでどうかと言った。魅力的な条件だった。兄は戯曲『森の精』に取り掛かった。毎日一場ずつ書き、ぼくがそれを二部ずつ書き写した。ソロフツォフがやって来てできた分を受け取り、列車の車掌に託してペテルブルグへ検閲に送った。仕事は熱気を帯びた。アントンが書く、かたわらでソロフツォフが急かす、ぼくが清書する、という具合で戯曲は期限内に出来上がり、数回にわたって上演された。執筆者には千ルーブルが耳を揃えて支払われた。しかしソロフツォフは今度もまた「焼け穴をつくって」しまった。アントン自身、戯曲に満足していなかった。満足してはいけないものだった。『森の精』は駆け足で書かれたものだし、公演もひどかった。人並み以上に太った図体の大きい女優Mが若い生娘を演じた。恋人のロシチン＝インサロフが彼女の前で愛を告白し、素敵だと言って彼女を抱き締めようとしたが抱擁しきれなかった。森の火事の照り返しも失笑を買った。アントンは『森の精』をレパートリーからはずし、上演を許可せず、戯曲は彼の机の上でそのままになっていた。数年後、構成もタイトルも変え、判別できないくらい書き変えられて『ワーニャ伯父さん』(一八九七年八月）となった。『森の精』に出演した中では、アントンはズーボフをとても気に入っていた。この時の初演の彼は本当に良かった。

最初の喀血

この頃、激しい咳がアントンを苦しめていた。夜は特にひどかった。目には見えなかったが、このしつこい咳が重い病気の土壌をじわじわと、確実に作っていたのだ。しかし彼は直視することを嫌がり、本気で直そうとしなかった。最初の喀血《かっけつ》があったのは一八八四年、モスクワ裁判所で、有名なルィコフ審判を傍聴して『ペテルブルグ新聞』の記事を書いている時だった。裁判の核心は次のようなことだった。リャザン県の小さな地方都市スコピンでルィコフという商人が銀行を開業した。広範囲に行った宣伝のおかげで全ロシアから大金が集まってきた。ルィコフが約束した利息に期待して、村々の神父や下級聖職者、地方の下級役人達が貯めてあった金を送ってきたのである。銀行は何百万という金を動かすようになった。ルィコフは市長に選ばれると、スコピンを大改造して貧相な町を立派な都市に変貌させた。誰もが彼を信じ、銀行の理事会も彼の言うなりになって、ある時まで全てが順調にいった。ある時とは、大公達や県知事の将軍達が返済の気持ちもなく銀行から金を借り入れ始めた時だ。確かにルィコフはメダルや勲章を授与されたが、こんなもので口座の穴埋めができるはずがない。その結果、銀行は倒産した。ルィコフは理事会役員や出納係と共に被告の席に座らされた。裁判は、ルィコフが公金横領の主犯とされるよう仕組まれていた。彼がオマール海老やらボルドレーズソースをかけたザリガニやらを食べ、シャンパンを飲んでいた、と。ルィコフこそ、一体誰が彼を破産させたのかを問うべきであったのに、検事はすぐ彼の口を封じ、裁判の席から元の未決監へ連れ戻して監視をつけた。アントンは二週間この裁判を傍聴し、並行して家では新聞記事を書き、文字通り昼も夜も働いていた。この時初めて喀血した。しかし病気が病気として家族に分かったのは何年も後、もうメーリホヴォに移ってからのことで、その時はアントンを半ば強制的にモスクワの病院へ移さねばならなかった。インフルエンザが猛威を振るった一八八八年は特に具合が悪く、それでも彼はどこへも行かずモスクワで耐えていたが、そんな時でさえ、医者に聴診器を当てさせず明確な診断をさせなかった。

ぼく達がサドーワヤ=クドリンスカヤ通りに住んでいた頃が一番、咳がひどかった。奇妙な設計の狭い二階建ての家で、階下に兄の書斎と寝室とぼくの部屋、正面階段、台所、

モスクワ、サドーワヤ＝クドリンスカヤ通りの家（1954年）

使用人用の二部屋があり、二階は客間、母と姉の二部屋、食堂、さらに大きな張り出し窓のある部屋が一つあった。寝る前にアントンの寝室のランプを点けておくのがぼくの役割になっていた。彼は夜中によく目を覚ましたし、暗闇が嫌いだった。ぼくの部屋との間には薄い仕切り壁しかなかったので、夜中目が覚めてなかなか眠れない時、壁越しにいつまでもいろいろな話をした。始終咳が聞こえてきた。

当時、アントンは一人だけになることができなかった。常時若い人達がやって来て、上の階でピアノを弾いたり歌ったり冗談を言ったりし、彼は階下で机に向かって書いていた。階上の物音は彼を元気づけても、邪魔はしなかった。というより、その音なしではいられなかった。みんなが楽しそうにしている中に、いつも一番元気よく加わってくるのが彼だった。

うるわしのリーカ

ミジーノワ、あるいはアントン名付けて「うるわしのリーカ」が初めてわが家に来たのはこの家だ。彼女にはみんなが見ほれてしまった。外見も内に秘めているものも、本当に素敵な人だった。虚栄心というものの影すらなかった。美貌に加えて生来賢く、明るい性格だった。機知に富み、巧みに相手を論駁《ろんぱく》することもできたし、彼女と話すのはとても楽しかった。ぼく達チェーホフ兄弟は身内のように接していた。が、アントンは一人の女性として見ていたようにぼくは思う。ぼく達はいつも彼女に会えるのを待ち望んでいたので、彼女が来ると大喜びした。姉のマリアは知人達に紹介する時、当然のように「わが家の兄弟のガールフレンドで私の親友」と言っていた。父も娘のように愛した。

ぼく達とはこんな風に知り合った。中等学校の教師をしていたマリアは、帰宅するとぼく達兄弟に、

「とてもいい子を連れて来るから、待っててね」と言った。

その言葉通り、まもなく十八歳ぐらいの、はにかみ屋で恥ずかしがり屋の「うるわしのリーカ」を連れて来た。ぼく達がまわりから取り囲むときまり悪そうにしていた。でもす

リジア・ミジーノワ（「うるわしのリーカ」）

ぐ打ち解けて冗談を言うようになった。彼女も中等学校の教師で、仕事に就いたばかりとはいえ、なんだか変な気がした。おとなしく言うことを聞く生徒なんていないだろうな、と思った。今日一回だけでもう来ないかも知れないと思っていたが、またやって来た。彼女の呼び鈴を聞きつけたぼく達全員が、一斉に二階の階段のおどり場に出て、目をこらして階下を見た。するときまり悪くなった彼女は、恥ずかしさのあまり、そばに掛かっていた毛皮外套の中に顔を隠した。

彼女はぼく達の一番の親友だった。アントンの友人達も彼女に惹かれた。画家レヴィタン（言うまでもない！）は彼女への愛を切々と説いていたし、作家ポタペンコも心底関心を寄せていた。彼女については、もう少し先に行ってから述べたいと思う。わが家の一員となる時に。

サドーワヤ＝クドリンスカヤ通りのわが家への訪問客

サドーワヤ＝クドリンスカヤ通りの家は、たくさんの著名人の訪問を受けた誇りある家である。

グリゴローヴィチやチャイコフスキイの訪問についてはすでに触れた。モスクワ・マールイ劇場の名優レンスキイが友情を寄せてくれたこともよく覚えている。遊びに来るだけでなく、素晴らしい朗読でみんなを楽しませた。シェークスピアの『リチャード三世』が舞台にかかる前に、ぼく達の前で役づくりした台詞を語り、ぼく達をうっとりさせた。彼と、すでに触れた女優のエルモロワはモスクワ中の人々の心を惹きつけていた。二人は名優中の名優、いつも一緒に出演していた。二人が出ない古典ものは考えられなかった。一八七六年、彼女がまだソリャンカの市民劇場に出始めた頃から見ているぼくは幸せだ。当時の彼女は、まだ本当に初々しかった。晩年、亡くなる少し前にトヴェルスカヤ並木通りの彼女の家で会った。ぼくが彼女の手を取ると、老婦人はぼくの肩に頭を垂れて、二人して泣いた。

エルモロワ、レンスキイ、それにユージン＝スムバトフ演じるヴィクトル・ユーゴーの

『エルナニ』は出色の出来で他に類を見ない。この芝居はどこでも評判になり、また議論百出して、全モスクワを席巻した。実は、ロシアでは受け入れ難し、という検閲結果だったので、タイトルを『エルナニ』でなく『ヘルナニ』とし、ヴィクトル・ユーゴーの名をはずして上演許可が下りたのだった。つまり、ユーゴーの『エルナニ』とは知らない観衆は見に行かないだろう、それなら穏健思想は保たれる、と検閲側は考えたのである。ところが劇場は連日超満員で切符がなかなか手に入らなかった。

コルシ座とアレクサンドリンスキイ劇場の重鎮、俳優ダヴィドフもサドーワヤ＝クドリンスカヤのぼく達を訪ねてくれた。並みの人ではない。太っているのに動きが機敏でしなやかだった。例えば彼がバレリーナを演じて見せる時、どんなに複雑な踊りであっても、誰もが目の前にいるのはバレリーナであって、太った男性とは思わないに違いない。その頃ちょうどレフ・トルストイが『闇の力』を書き上げたばかりだった。ダヴィドフはわが家の客間でこの作品の全役を演じた。中でもアニュートカが見事だった。彼は教養のある人だった。コルシ座にいた頃、チェーホフの『イワノフ』でイワノフを演じているし、一幕物エチュード『カルハス』(『白鳥の歌』)も彼のおかげで日の目を見た。ぼくは初日に見た。ぼくはこの作品を何度も清書をしているので、隅々まで内容をよく知っていた。ところがびっくり仰天してしまった。ダヴィドフは何回アドリブをやっただろう！　モチャーロフもシチェープキンも、他の役者についても同様で、かろうじて原作が分かるぐらいだった。しかし、アントンが腹を立てたり、口をはさんだりしなかったほど上手くはまったアドリブだった。ダヴィドフが地方のしがない俳優の生活模様を語って聞かせる時は、その人の舞台での特徴をつかんでその人になりきって語るので、なんともおかしく、お腹がよじれないようにあらかじめ用心して聞かねばならなかった。

『破片』の発行人であるレイキンもやって来た。背は低いが肩幅の広い、片足びっこの人で、大変ユニークな人物だった。大の客好きだが一風変わったもてなしをする人で、自分自身も客に行くのが大好き。「くつろいでデンと座る、フロックコートを脱いでテーブルについたら延々と飲み、食す」、そんな人だった。仲間内で楽しくやっている時に、ずばり「物申す」のが好きだったし、たくさんの御馳走の後、腹一杯になっているのに、ウーグリチ産の臭いの強い燻製サラミを持って来させ、うまそうに食べていた。レイキンは才能のある人だった。ヤロスラーヴリ県の百姓の出で、ペテルブルグに連れて行かれ、商店の売り子にされたが、生来の才覚のおかげで世に出て作家になった。家も持った。議員にもなった。さらに市の信用組合のお偉いさんにもなった。自称二万点以上の短編や寸劇を書き、常に権威と誇りをもって文学者を名乗っていた。ドヴォリャンスカヤ通りの彼の家はみんなのために開放されていた。友人達にご馳走するのが大好きで、友人への好意や物惜しみしない気持ちを示そうと、いつも値段を言った。

「魚の燻製を食べたまえ、一フントが二ルーブル七十五コペイカのものだ。このマルサラワインを飲んでくれたまえ、一本二ルーブル八十コペイカ払ったよ。ホラ、このイワシは四十五コペイカではとても買えない、一缶六十コペイカする」

プラスコヴィヤ夫人と二人暮らしで子どものいない彼が、ネワ川沿いにあるストロガノフ伯爵の広大な敷地を屋敷とももども購入した。アントンが彼を訪ねると、各部屋を回って歩き自分のものとなった屋敷を案内した。アントンは驚いて聞いた。

「何のために？　貴方のような子どものない人が。無駄でしょう？」

レイキンは答えた。

「かつてここの主《あるじ》は伯爵だった。ところが今は、オレ様レイキン、この下司が主さ」

ぼくが最後に彼と会ったのは、ペテルブルグで催された報道関係者のパーティだった。フランス大統領ルーベと大艦隊が来航していて、フランスのプレスをもてなす宴だった。レイキンは拳で胸を打ちながら、目に涙を浮かべて言った。

「チェーホフは俺が生んだ！」

この盛大なパーティはボリシャヤ・コニューシェンナヤ通りのレストラン「熊」で開かれた。千人を超す人達が招待され、何とかして仏露同盟を結ぼう、同盟への気運を高めようとしていた。パーティでは、ルーベ大統領と共にペテルブルグにやって来たフランスの報道関係者達は、いかにも尊大な様子で行ったり来たりしていた。『フィガロ』紙の編集者ガストン・カリメットは特に目立った。その日の朝、全員がロシアの勲章を贈られ、胸につけていた。スタニスラフ三等勲章がフロックコートのボタン穴からぶら下がっているのを見るのは、何だかきまりが悪かった。わが国では、役人でも多少なりとも分を知る者なら、恥ずかしくて勲章はつけない。ロシアはフランス人に勲章を授与したが、なぜかケチッていた。例えばガストン・カリメットは満足していたようだけれど、たかがアンナ十字勲章ではないか。

コンサートと晩餐会が催された。パーティの主催者達は、ロシア流歓迎を見せつけてフランス人をあッと言わせたかった。クシェシンスカヤが踊り、ダイヤモンドをきらめかせたヴァリツェワが歌い、ジプシー達は狂わんばかりに歌いまくった。キャビア、チョウザメの肉、魚の燻製、ボルシチ等々、ロシアのグルメの代表格がわんさと並べられた。スヴォーリンは主催者代表に選ばれ、来賓への祝辞をフランス語でやった。双方からスピーチが始まった。続いてロシアとフランスに、文筆界の兄弟に、偉大なる七番目の列強に（つまりジャーナリズムに）祝福の乾杯をした。ロシア側のプレスの一人がステッキでテーブルを叩き、会場が静かになると、明らかに新聞『新時代』を当てこすった祝杯の言葉を発した。

「スヴォーリンとマダム・アンゴに乾杯！」

「誰にですって？」

聞き取れなかったスヴォーリンが聞き返した。

「スヴォーリンとマダム・アダンです」、作家の一人が訂正した。

何だか分からぬまま、オーケストラがファンファーレを鳴らした。ロシア人達は気まずかったが、フランス人はロシア語が分からないので熱狂的な拍手を送った。すかさず歌い出したジプシーの嬌声と足音が、ロシア人の声もフランス人の声をもかき消し、おかげで重苦しい緊張は四散して収まった。

誰だったかはっきり覚えていないが、恐らくこのレイキンが、作家レスコフをわが家に連れて来た。当時すでに白髪の、年寄りじみて、何か失望したような、悲しげな顔をした人だった。彼はアントンに署名入りの自著『レフシャ』を贈った。ぼく達はすでに彼の長編小説『僧院の人々』と『封印された天使』を読んで気に入っていた。『僧正生活片々』はユーモラスな作品だと感じたが、『行きづまり』や『敵同士』には失望した。この二つの長編は読者の反感を買い、彼の権威を傷つけた。気の毒なことに、レスコフには過激な反動主義者のレッテルが貼られた。老齢になってから彼は自分の誤りに気づき、件の長編を嘆いていた。兄を訪ねた時、涙ながらにこう言った。

「あなたは若い作家だが、私はもう年寄りだ。良いもの、誠実なもの、人に優しいものだけを書いて下さい。私のように年老いてから後悔しなくてよいように」

その時彼はトルストイの無抵抗主義を信奉し、ベジタリアンになっていた。彼の親身で穏やかな態度は、ぼく達の胸を打った。

シチェープキナ＝クペルニク

サドーワヤ＝クドリンスカヤ通りのわが家の向かいの建物に、雑誌『アーティスト』の編集部があった。発行人は背の高い、がっしりした男性、クマニンだった。彼は話すときシュウシュウ鼻息をたてるので、アントンは彼を「ハナ嵐」と呼んでいた。『アーティスト』には兄の戯曲『熊』、『結婚申し込み』等が掲載され、ぼくの軽喜劇も二本載せてもらった。大変品のあるよい雑誌で、最高の書き手達が執筆していた。ちなみに、この雑誌にタチアナ・シチェープキナ＝クペルニクも初めてのドラマ『小さな夏の絵』を載せた。兄や姉が以前から彼女と知り合いだったか、ぼくは知らない。クマニンがぼく達の家に連れて来た時、ぼくだけがその時初対面だったことを覚えている。とても小柄な、溌剌とした面白い人だった。大変賢い女性だった。当時ぼくは外国語の勉強に夢中になっていて、お客を迎える時もいつも教科書を手にしていたので、リーカ・ミジーノワに「英文法」とあだ名をつけられたくらいだ。タチアナ・クペルニクのしっかりした語学力にびっくりした。まだまだ若くて中等学校の生徒と変わりはなかったのに。この人もわが家に遊びに来るようになり、メーリホヴォの家で冗談めかして母に迫ったことがある。

「お母さん、私をミーシャのお嫁さんにして下さい！」

母はすっかり本気にし、ぼくの人生にかかわることなので考え込んでしまった。ある日ぼくがいない時、彼女から四行詩が送られてきた。

胸の　痛みが　和らいだら
あなたはきっと　私達のところへ　飛んで来るわ
おぉミーシェンカ　どんなミーシャがいようと　あなたはミーシャ
ミーシャの中の　いちばんいい　ミーシェンカでしょ？

彼女は作品を発表するたびに才能に磨きがかかり、モリエールやロスタンの翻訳もして、個性豊かな小説家になるまで精進を続けた。ロシア中を旅していると、どんな田舎に行ってもいたるところで、彼女の作品に惚れ込んで、彼女の詩を諳んじる若者を見かけた。彼女が翻訳した戯曲『空想の王妃』は首都や地方都市で上演され、観衆から熱狂的に迎えられていた。戯曲の中のモノローグは巷で朗読され、彼女の詩がロマンスとなってあちこちで歌われた。彼女自身の創作になるドラマもいくつかあり、首都の劇場で上演され好評を得ている（きっと地方の劇場でも）。

後に彼女は有名な弁護士ポルィノフに嫁ぎ、二人の家ではいつも温かいもてなしを受けて嬉しかった。この家でたくさんの作家や学者や芸術に携わる人達と知り合った。百科事典に名を連ねるような人達だ。タチアナ・クペルニクがメーリホヴォへ来たとき、アントンと共にわが家の隣のシャホフスキイ家の娘の洗礼に立ち会った。そのとき以来、アントンは彼女を冗談めかして「洗礼母さま」と呼んでいる。

タチアナ・クペルニクを通じて、ぼくは女優ヤヴォルスカヤと知り合った。彼女の才能には一度も感銘を受けたことがない。ハスキーで潰れたような声が好きになれない。確かにいつも喉を傷めていたのではあるが。だが、革新的な考えを持った頭の良い人で、自分の記念公演では、当時「傾向的」と言われた戯曲を上演して若者に受けていたし、文学的センスもあった。何はともあれ、彼女はモスクワのコルシ座とペテルブルグのスヴォーリン座で大成功を収めている。ぼくは彼女のおかげで、といっても彼女自身に罪はないのだが、生涯でまたとない機会を逸した。

アントンが『ロシア思想』の仕事をしている時だった。編集者サブリン、ゴリツェフらと知り合い、これにポタペンコが加わって、ぼくの姉やタチアナ・クペルニク達「うるわしのリーカ」のメンバーと共に、テストフのレストランや「エルミタージュ」で夕べの集いをやっていた。ぼくも二回くらい加わった。とても懐かしい忘れられない集いだ。チェーホフとポタペンコはひっきりなしに洒落を飛ばし、ほろ酔い気分のゴリツェフは毎回月並みな言葉で始まる挨拶をしていた。

「はげ頭のロシアのリベラルである私に、ひと言……」

という具合であった。

いつも一団となってアントンの後ろに従い、彼の行く所へついて行った。当時海軍大臣はアヴェラン大将だったので、チェーホフをアヴェランと名づけ、自分達をその大艦隊と呼んでいた。

時折「大艦隊」はヤヴォルスカヤの住まい「ルーブル」に集まったり、タチアナ・クペルニクの住まい「マドリード」に集まったりしていたので、かつてルイ十四世が発した「ピレネーはもう存在しない！」が、ここに再び繰り返されることになったのである。

さて、ぼくが、鉄道から遠く離れた地方に引っ込んでいた一月のある日、アントンから手紙が来た。一月十二日の殉教者タチアナの日、大学は祝日なので、人気のある教授や俳優達、有力なジャーナリスト達が、どこか個人の屋敷に集って好き放題談論する、「悪魔も逃げ出す」祝日となる、と書いてきた。滅多にない機会だからモスクワに来てぜひ参加するように、という勧めである。もちろんぼくは大喜びで、一刻も早く行きたくて気が急いた。だが手紙が届いたのが一月十一日だから、この遠距離ではモスクワ大学の祝日の集いには間に合いそうもない。しかしぼくはめげないで大急ぎで旅の支度をし、出発した。

無慈悲な厳寒にもかかわらず、百五露里を橇で走って駅まで行き、列車に乗り継ぎ、モスクワに着いたのは一月十二日の夕方、まさに宴たけなわの時だった。祝日の夕べは、トヴェルスカヤ通りのポロホフシコフの持ち家にある高名な教育学者チホミロフの住まいで行われていた。ぼくが入って行くと、賑やかで騒々しく、明かりが煌々《こうこう》とする中、大テーブルを囲んでいるモスクワのインテリ界の錚々たる顔ぶれが見えた。某教授が演説をしていた。ぼくが腰を下ろそうとした途端、サブリンとゴリツェフが駆け寄って来て、「ルーブル」へ行ってタチアナ・クペルニクとヤヴォルスカヤを至急連れて来てほしいと言った。まわりの人達もこれに同調した。

「頼む、お願いだ！　一刻も早く！　みんなが待っている、と伝えてほしい！」

サブリンが頼んだ。

断ることもできず、ぼくはしぶしぶテーブルの前から立ち上がり、道中疲れた体で「ルーブル」へ向かった。

「ルーブル」では、タチアナはコルシ座に行っているが、誰か使いの人が来たら必ず知らせるように言われている、と告げられた。

同じ馬車で今度はコルシ座へ向かった。タチアナを支配人用ボックス席で見つけ伝言を伝えると、彼女はすぐ舞台のヤヴォルスカヤの所へ行った。ヤヴォルスカヤは『椿姫』に出ていた。ぼくはボックス席に一人残った。タチアナが戻って来て、今日の公演は早く終わるから待っていてほしい、というヤヴォルスカヤの言葉を伝えた。後は「死ぬだけ」だから、それが済んだら出掛けます、と言う。ぼくは集いの席でリベラルな教授の演説を聞く代わりに、二幕の間、ボックス席でションボリ座っていた。ヤヴォルスカヤはやっと「死んだ」が、演技が拙《まず》かったとひどく取り乱しており、彼女が落ち着いて正気に戻るまで待たなければならなかった。観客は去り、明かりが消されても、ぼくは席で待っていた。

やっとヤヴォルスカヤが正気に戻ったので、ぼく達三人は外へ出た。するとヤヴォルスカヤは、「ルーブル」へ帰って化粧を落とし、着替えをしたいと言い出した。

ぼく達は「ルーブル」へ向かった。夜中の十二時を過ぎていた。

結局、チホミロフの住まいにたどり着いた時には、集いはお開きになっていて、みんな帰ってしまい、召使がテーブルの上を片づけていた。

このようにして、またとない機会になるはずだった一八九四年一月十二日の夕べは終わった。

翌朝、ぼくは「ボリシャヤ・モスクワ」ホテルのアントンの部屋で彼と会った。彼は残念そうに首を振った。

「何てヤツだ、お前は……！」

そう言っただけだった。

本当に、何てヤツだ、ぼくは！

感受性の強いチュプロフ

その当時の知人にもう一人、無二の人物、政治経済学教授のチュプロフがいる。若者に愛され、ゲリエ女学校の女学生達は、姉のマリアもそうであるが、彼に夢中になっていた。博学かつ天才的演説家で、大変きちんとした人だった。学生達と分け隔てなく付き合い、いつも誰かのために奔走したり弁護したりするので、政府から睨《にら》まれていた。ぼくは何回か彼の所へ行ったことがあるが、まず目につくのは、質素と言うよりみすぼらしい彼の部屋だった。教授だから低収入ではない。大変な慈善家と言われていた。誰に何を頼まれても絶対断らない希有な性格だった。ぼくの友達が肺結核にかかった。治る望みのない患者を病院は断り、家に引き取ってもらうため遠い南部地方から父親を呼んだ。ところが父親には、半死の息子を連れて帰る旅費どころか、安食堂で何か食べさせる金すらなかった。三等列車の運賃二人分がおよそ四十ルーブル、どうやって工面しよう？　ぼくは勇気を奮い起こし、チュプロフの所へ行った。つまり、どうぞ助けて下さい、アレクサンドル・イワーノヴィチ先生！　何とか救って下さい、とお願いした。

先生は、眼鏡をちょっと直してから椅子の背もたれに身を預け、深い溜め息をついた。

「かわいい君達のために、ぼくに何ができるか？　金はスズメの涙ほどしかない。が、知恵をしぼろう！」

先生は考えていた。

「そうだ、危険ではあるが、……とても危険だがやってみよう！　ぼくが今億万長者のアサフ・バラノフに伝言を書くから、あなたはそれを持ってノヴィンスキイ並木通りの彼の所へ行き、何も告げずドアに押し込んでくるのだ。それだけでよい！」

ぼくはノヴィンスキイ並木通りのバラノフの家へ行き、伝言をドアに差し込み、何の望みもなく足取り重く家路についた。夕方バラノフから封筒を受け取った。中には次のようなメモが入っていた。「モスクワ　クールスク駅　切符売場御中　モスクワ〜タガンローグ　一等車コンパートメント　病人二人用切符　チェーホフ氏に渡されたし」

オストロフスキイの弟

ノヴィンスキイ並木通りには有名な劇作家オストロフスキイ〔十九世紀ロシアを代表する劇作家。一八二三〜八六〕の弟ピョートル・ニコラエヴィチが住んでいた。アントンが『広野』を書いている時、プレシチェーエフがペテルブルグから次のことを伝えてきた。モスクワにピョートル・オストロフスキイという友人がいる。大変優れた評論家だが、気弱ゆえに紙上に発表することを恐れている。彼はとても人の良い教養の高い人だ、とも。しばらくすると、赤毛の男の人がやって来て、ピョートル・オストロフスキイと名乗った。アントンが彼を招じ入れると、思いがけず面白い文学談義が即座に始まった。ぼくも同席して彼の話を聞いた。ピョートル・オストロフスキイが去ると、書斎には安物の葉巻タバコの煙が残っていた。

「素晴らしい評論家だね！　昔はよい評論家がいなかったから、芸術作品も文明も死滅してしまったんだ！」

しばらくして『広野』が完成すると、アントンはぼくを書斎に呼んで原稿を手渡しながら言った。

「ミーシャ、オストロフスキイの所へ持って行っておくれ。彼に読んでもらおう！」

ぼくはノヴィンスキイ並木通りのピョートル・オストロフスキイのもとに原稿を届け、そこでわが偉大なる劇作家オストロフスキイのお母さんと妹さんに会う幸運を得た。とても優しくしてくれた。彼は外国語の勉強をするようにぼくを鼓舞し、妹のナジェージダさんはぼくがどんな児童雑誌で仕事をしているか根掘り葉掘り聞いた。この人も児童向けのお話を書いていることが分かった。

出来立ての原稿をオストロフスキイ家に届けた翌日か、その翌日に、オストロフスキイ自身が『広野』の原稿に分厚い手紙を添えて持って来た。彼は家の中に入らず、呼び鈴を鳴らしただけで、ドア越しに渡して行った。内気な彼は、恐らく遠慮したのであろう。封筒の中には『広野』への詳細な評価が入っていた。彼の的を射た評論をアントンは大変気に入った。

オストロフスキイ家については、上の兄弟のことも知っているので書いておきたい。アレクサンドルとピョートルには、兄ミハイルがいる。国家資産省の大臣で、恐ろしく無味乾燥な、首都の役人を絵に描いたような人物だった。アントンは彼について、次のような話をするのが好きだ。

劇作家オストロフスキイは、自分の作品がアレクサンドリンスキイ劇場で上演された後、俳優達と夜じゅう大酒を飲み、朝方も遅く、酒の臭いをぷんぷんさせて帰ろうとしていた。が、ペテルブルグには兄（大臣）がいることを思い出し、訪問せねばなるまい、と考えた。そこで彼は御者に命じて省へ直行した。兄ミハイルはすでに執務室にいた。取次ぎの人が来客を報告すると、「どうぞ」という声が聞こえた。朝まで飲んだくれていた劇作家が入って行く。だが大臣は書類から目を離さず、彼に椅子の方を指し、自分は次から次へとサインをしている。

「実はね、ミーシャ」劇作家が口を開いた。

「すっかり飲んじまってね、ゴルブノフのヤツがね、舌なめずりしてしまいそうなすごいモノローグをやったんだ。あいつめ、クソッ、ガーンッときたね、おかしくておかしくてまだ腹の皮が痛いよ。それからジプシーの所へ行った。それからみんなでノーワヤ・ジェレーヴニャへ行ってね、二日酔いにならないように、どこかの屋台で塩漬けキュウリの汁をひしゃくで回し飲みしたんだ……」大臣は椅子に身を沈め、ペンを投げてそっけなく弟の話の腰を折った。

「分からないねえ、サーシャ、それで、何かいいことでもあったのか！」

劇作家は立ち上がり、非難がましく言った。

「ふぅーん、あんたは、紙っぺらの方が大事なのかい?」

これで、兄弟は決別したのである。

コロレンコの訪問

コルニェーエフの持ち家の出来事で忘れられないことがある。家族全員が二階にいた時(食事を終えようとしていた)、階下の呼び鈴が鳴った。誰かを待っていた姉が席を立って下りて行った。ぼくは姉を追い越して階下へ行き、ドアを開ける者がいなかったので、自分で表玄関のドアを開け、客を招じ入れた。あまり背の高くない、顔いっぱいヒゲの男性だった。

「コロレンコです……」

ああ、何ということ! コロレンコだって! 考えたこともなかったお客さま! 彼の作品は、ぼく達全員がとうの昔から読んで夢中になっていた。『マカールの夢』なんか、ぼくは暗記するほど読んだ。

この時アントンも下りて来た。二人は挨拶を交わし、ぼく達三人は兄の書斎に入った。見ず知らずの他人ながら最初の一言から意気投合する、ということが時にはあるものだ。この時もそうだった。コロレンコは飾り気がなく誠実で内気で、頭の良い人で、ぼく達を魅了した。いろいろ話した。彼が人跡まれな、獣も通わぬシベリアに流刑にされた話を、ぼくはわれを忘れて聞いた。長い年月にわたる流刑の後、やっとロシアに戻る許可が出て、何とかチュメニまで来た。列車に乗った。嬉しさのあまり乗客達の前で号泣した。

「腰を下ろし、泣きました……まわりの人達は悲しくて泣いていると思っているのですが、私は嬉しくて泣いたのです」

彼は夕方までいた。アントンは彼を客間のある二階へ誘った。上の階では母と姉がサモワールの前を右往左往していた。二階でも彼の話が続いた。

コロレンコは、ゴーリキイがアカデミー会員から除名された時、ヤルタのアントンを訪ねている。二人は、他のアカデミー名誉会員全員がこれに抗議し、名誉会員を辞退すべきだと話し合っていた。彼らはニジニイ・ノヴゴロドでも会った。ぼくはこの素晴らしい人と二度と会えなかった自分の運命を、大変残念に思う。しかし初対面の時の思い出は、ぼくの脳裏から一生消えない。

第八章

サハリンへの旅
ヨーロッパでのチェーホフ
ボギモヴォでの生活
『決闘』執筆
退廃についてのワグニェルとの論争

アントンのサハリンへの旅

一八九〇年四月、アントンはサハリン島へ出発した。急に思い立った旅である。ある時突然、何の前触れもなく極東へ行くと準備を始めたので、本気とも冗談とも判断がつきかねた。一八八九年、ぼくは大学の全課程を修了し、国家試験の準備をしていた。国家試験は秋に始まるので、刑事法や監獄の研究の講義録を復習しなければならなかった。兄もこの講義録に興味を持ち、これを読み終えるなり、突然旅の準備を始めたのである。手ぶらでサハリンに行きたくなかった兄は資料を集め始めた。姉と彼女の友人達がルミャンツェフ図書館［後にレーニン図書館、現在はロシア国立図書館］で資料の抜き書きをしてくれ、サハリンについての貴重な分厚い資料が揃った。旅の準備は佳境に入った。しかし、作家を流刑地に入れてくれるだろうか、都合の悪いものは何も見せてくれないのではないか、と心配だった。アントンは一八九〇年一月、どこでも自由に出入りできる通行証を出してもらうためペテルブルグへ向かった。一方で、サハリンの旅に公的業務の性格が加味されては困るという心配もあった。監獄を管轄する中央官庁の長官ガルキン＝ヴラスキイへ出した申請書は役に立たなかった。ゆえに一通の紹介状もなく、特派員通行証だけをポケットに

サハリンのチェーホフ（左端）

極東へ向かった。

四月、ぼく達は彼をヤロスラーヴリまで送り、駅にはわが家の家族全員と知人達が集まった。クフシンニコフは特製の革ケースに入れたコニャックを彼の肩にかけ、太平洋岸にたどり着くまでは絶対飲んではいけない、太平洋岸で飲め、と命令した（チェーホフは命令を守った）。

寒い、遅い春だった。カザンまでヴォルガ川を行き、そのあとカマ川をペルミまで、そこから鉄道でチュメニまで、あとは旅行用四輪馬車と川舟でシベリア全野の旅を続けなければならない。大シベリア鉄道は当時まだなかった。従って、雪解け水の氾濫に遭ったり、道がぬかるんで通れなかったり、食料がなかったり、信じられない程の困難に遭遇しながら、七月十一日、アントンはついにサハリンに到着した。三か月以上滞在し、北から南まで全行程を歩いてまわり、民間人としては初めて包括的な人口調査を行った。一万人の囚人労働者と直に話をし、流刑地を細部にいたるまで調査しつくした。四千露里以上を馬車で走り、丸々二か月を劣悪な環境のもとで過ごした。

サハリンへの旅が突然であったとしても、それは、どんな代償を払ってでも行かねばならない、という固く強い信念に基づいていた。学問や文学に何か貴重なものを残す、とは考えていなかったが、生涯にわたって、苦悩あるいは歓喜と共に思い出すことになるであろう日々と旅の中で出くわすことを予期していた。しかし、サハリンへの旅の一番根本にあったのは、スヴォーリンへの手紙にある、次のような気持ちだと思う。「サハリンとは、堪えがたい苦悩の地です。ここで生きられるのは、自らの意志で行った人か、自らの意志をまったく奪われた者だけです……　ぼくは自分がセンチメンタルになれないことが悔しい。もしセンチメンタルになれるなら、サハリンのような場所には、イスラム教徒達がメッカに行くように巡礼に行くべきだ、と言うでしょう。何百万という人達を審理もせずに残虐な目にあわせ、いたずらに牢獄で朽ちさせているのは我々だ、ということが、ぼくがこれまで読み、今も読んでいる書物の中から見えてくるのです。人々に手枷足枷をして寒さの中、何千露里も歩かせ追い立てているのはぼく達なのです。梅毒を伝染させ、人を堕落させ、犯罪人をごまんとつくり上げ、その全ての責任を監獄の赤い鼻の看守に押しつけ

アレクシンのぼくに、家族と一緒にモスクワで迎えてほしいと電報で伝えてきた。十日に帰って来ると思っていたぼくは、アレクシンに来ていた母とトゥーラに行って迎えることにした。モスクワまで行っていると兄の到着に間に合わないからだった。ぼく達がトゥーラに着くと、兄を乗せた南部地方からの列車はすでに到着していて、アントンは極東からペテルブルグへ帰る海軍少尉グリンカと、目の細い平べったい顔の外国人みたいな人と一緒に食事をしていた。この人はサハリン島の一番偉い聖職者で、ブリヤート人の修道司祭だった。チェーホフとグリンカと一緒にロシアにやって来たのだ。恰好の悪い、サハリン仕立ての平服姿だった。アントンとグリンカはインドからペット用のマングースを連れて来ていた。二人が食事をしている間、マングースは後ろ足で立って皿の中を見ていた。ヒゲも何にもない板みたいに平らな顔の修道司祭とマングースはとても珍しかったので、食事中の彼らのまわりには人垣ができ、みんな口をポカンと開けて見ていた。

「この人は、インド人ですか？　これはサルですか？」と、聞く人もいた。

アントンと感動的な再会をし、ぼくと母も同じ車両に乗ると五人はモスクワへ向かった。

アントンはその他に箱に入れた雌のマングースも連れて来ていて、野性的でタチが悪いやつだったが、後にジャコウネコであることが分かった。セイロンでこれを売りつけたインド人は、マングースだとアントンをペテンにかけたのだった。

モスクワに着いたのは、もう明かりを灯す頃だった。列車が駅に入らないうちに、「息子はどこなの？　息子は？」大きな声と共に女の人が車両に押し入って来た。そしてグリンカに飛びついて抱き締めた。ペテルブルグから迎えにきたグリンカの母親、イクスクリ男爵夫人だった。

駅からマーラヤ・ドミトロフカのわが家へ向かった。アントンと母が先を行き、ぼくと「インド人」が後に続いた。つまり、尊敬するブリヤート人はわが家に投宿した。マングースは旅の疲れを癒すべく縄を解いてやり、ジャコウネコは箱の口を開けてやった。ネコは飛び出るとすぐ本棚の陰に隠れてしまい出てこなかった。夜になるとエサを食べに出て来た。マングースはモスクワでも最初から、自分の家のようにくつろいでいた。自分が主人だと思い込み、傍若無人だった。後ろ足で立って、隙間があればどこへでもとんがった顔を突っ込んだ。とにかくじっとしていなかった。床板の割れ目からゴミを掘り出したり、壁紙を引っ掻いて南京虫を探したり、人の膝の上で飛び跳ね、ティーカップに鼻を突っ込み、本のページをめくり、インク壺に足を入れたりした。後ろ足で立って、燃えているランプを上から覗こうとしたことも二、三回あった。彼だけ部屋に取り残されると寂しがり、

チェーホフ家が1890年から92年まで暮らしたモスクワ、マーラヤ・ドミトロフカの家（姉マリア画）

家人が帰ってくると犬のように大喜びした。
　残念ながら狭い住居で一緒に住むのは、特に冬は、しかも彼の攻撃相手であるジャコウネコと一緒では大変厄介だった。ハエやクモを追いかけるし、旺盛な好奇心からいろいろな物を壊し、衣類や壁紙、履物を食い千切った。一番の問題は、アントンの知人が来た時、彼に気まずい思いをさせることだった。だからダーチャに行って自然の中に放してやれる夏が来るのを一日千秋の思いで待っていた。来客があり玄関に手袋や帽子を置くと、玄関に侵入したマングースが手袋を裏返しにしたり引きちぎったり、帽子にイタズラをした。
　ジャコウネコはというと、人間に馴れなかった。いつもどこかに隠れていて、人のそばへ来ないようにしていた。床磨きの人達が来て靴をぬぎ素足になって床を磨き始めると、突然本棚の下から飛び出て来て足にしがみついた。びっくりしたその人は悲鳴を上げてブラシとワックスを落とし、足を押さえて怒鳴った。

「こいつめ、忌々しいヤツ、くたばっちまえ！」

マーラヤ・ドミトロフカの住居は狭かったので、ぼくはここへ来るとやむを得ず床に寝ることがあった。夢うつつ、毛布の下で何か得体の知れないものが足をピクピクさせている。と、突然鋭い歯で足に噛みつかれた。真夜中、本棚の下から這い出したジャコウネコが温まろうとして毛布の中へ入って来たのだ。血が出るほど噛んだので痛かった。

アントンは、懲役中の彫刻家がサハリンでの日常生活の折々を再現した石膏像を持ち帰って来た。体罰を受けた人や一輪車に鎖で繋がれた犯罪人等々。残念なことに石膏の質が悪かったのでだんだん崩れていって、しまいにはなくなってしまった。もちろん、アントンからは旅の印象を聞いた。この家は狭い住まいで、一つ部屋に寝たので毎夜聞くことができた。特に印象深かったのは三つの話だ。蒸気船ペテルブルグ号に乗ってインド経由で帰って来る時、東シナ海で台風に遭った。貨物を積んでいない船は四十五度傾き、船が海底に沈んだら自殺できるように常にピストルをポケットに入れておくこと、とペテルブルグ号の船長グータンに忠告された。ピストルは現在ヤルタのチェーホフの家博物館に展示品として保管されている。また、浅瀬に乗り上げたフランス船に遭遇したこともあった。

ペテルブルグ号は船を停めて救助しなければならなかった。曳航用ロープが下ろされ乗り上げた船に繋がれた。ところが曳き始めたらロープが切れてしまい、ロープを繋ぎ直してまた曳いて、フランス船はやっと救助された。フランス人達は、その後曳航されている間ずっと、「ロシア万歳！」と声を張り上げ、ロシア国歌を演奏した。やがて二つの船は別れて各々の針路を取った。ペテルブルグ号は救助の喜びに浸っていて切れたロープの費用千ルーブルを請求し忘れ、気づいた時なんとがっかりしたことか（救助にかかった費用は救助された方が負担する）。仕方がないので、この千ルーブルはフランス船救助の決議書に署名をした者全員で負担することになった。アントンもその一人だったという次第。三つ目はインド洋で泳いだことだ。船尾から艫綱《ともづな》が下ろされたので、ここにつかまればよいと思い、アントンは全速で航行中の船首から海に飛び込んだ。と、彼の目に入ったのはブリモドキと近づいて来るサメだった（作品『グーセフ』）。あわや運命の急展開。この不運は地上の楽園セイロン島で報いられた。熱帯の地、シュロの林の中、夢幻的なおとぎの世界で、魅惑的なインド女性から恋を告白されたのである。

ヨーロッパのチェーホフ

大旅行の後のモスクワの生活は面白味がなく、何日かするとアントンはペテルブルグへスヴォーリンに会いに行った。そして二人で外国へ旅立った。アントンはそれまで一度も西ヨーロッパへ行ったことがなかった。

アントンはウィーンに滞在し、期待を大きく超える「青い目のヴェネツィア」を堪能した。子どもに戻ったように感激した。運河、建物、ゴンドラ、サン・マルコ広場、素晴らしい夕暮れの景色は、地上の楽園セイロンを知っている彼が「ヴェネツィアほど美しい所は他に知らない、一生ここに留まりたい」と兄イワンに書き送ったほどである。ニースからモンテカルロへ向かう。ルーレットで九百フランするが、彼はこの負けを手柄とした。初体験で、得た物はある。インド洋で全速航行中の船から海中へ飛び込んだように、彼にとって洗礼となったのだから。ルーレットの負けについては「ぼくは自分に大いに満足しているよ」と書いてきている。ナポリに行き、ヴェスヴィオ火山に登り、パリでは深い知性を味わった。ここで踵《きびす》を返し、モスクワに向かう。

そうこうしているうちに五月も近づき、モスクワで夏を過ごすわけにはいかないので、ダーチャの心配をする必要があった。アレクシン付近で「大至急」見つけるように、とぼくが指示されていた。どこかの屋敷を、と探したが見つからず、時は待ってくれないので、あのオカ川の鉄橋のそばにあるコヴリギンのダーチャを、ちょっと見すぼらしいけれど借りることにした。

外国から帰った翌日の五月三日、アントンはすぐアレクシンに来た。家のまわりに柵はないし、森の入口にぽつんと立っているだけのダーチャは、アントンの気に入らなかった。居心地が悪く陰鬱だった。その上、第一日目から強い風が吹いたので外に出るのも嫌だった。

アレクシン近郊のダーチャで

アレクシンで生活を始めるや、ぼく達は早速「うるわしのリーカ」にお誘い状を出した。彼女はレヴィタンと一緒に船で、セルプホフ経由でやって来た。正直言って、二人を迎え入れる場所はないのに。アントンの笑い声と尽きない洒落が始まり、女性の前で気取って見せるレヴィタンのやるせない声が聞こえるようになると、オカ川岸のわがダーチャはたちまち賑やかになった。

リーカとレヴィタンと一緒に、長靴をはいた半コートの若い男性がアレクシンにやって来た。ブィリム＝コロソフスキイという地元の領主で、三人は船で知り合いになった。リーカからの話で、鉄橋のそばのダーチャ、チェーホフの所へ行くと知った彼はこれを覚えていて、二日も経たないうちに三頭馬車二台を差し向けてぼく達を招待した。こんなことはこれまで経験したことがない。ぼく達は出発した。チェーホフ家の者はブィリム＝コロソフスキイという人を知らないので、道々いろいろ想像して楽しかった。十〜十二露里行くと、大きな石造りの家や菩提樹の並木道、ゆったりと水を湛《たた》えた川や池や水車のある、人気のない広大な地主屋敷に入った。各部屋が大変大きく、話し声がこだました。広間には円柱が立ち、ホールには楽隊用の二階桟敷があった。アントンはこのボギモヴォにすっかり魅了され、引っ越して来ようと決めた。

一週間もすると、モスクワに戻ったリーカにこう書いている。

「黄金のように、螺鈿《らでん》のように輝くリーカへ……　ぼく達はダーチャを去り、あなたにミルクをたっぷり飲ませた、そのためベリーを御馳走するのを忘れた、あのコロソフスキイの家の二階に住まいを移します」。この手紙を書いた翌日には、スヴォーリンに「大いに喜んでくれたまえ。ぼくは地主コロソフスキイと知り合って、誰も使っていない彼の詩趣豊かな屋敷にある石造りの家の二階を借りた。この素晴らしさを君に知ってもらえたら！と思うよ。部屋という部屋全部が、それは広くて貴族会館のようだし、今まで見たこともないような並木道のある庭園が見事だ。川、池、わが家の老人達のためには教会もあるんだ。何でも揃っている」と書き、三日後また彼に手紙を送った。「新しいダーチャに移ったよ。何という広さだろう！　あまり部屋が大きいので、家具の設置で足が疲れてしまった。見事な庭園、池、水車のある川、ボート……全て細かい部分から丁寧に、魅力的に作られている」

ボギモヴォの生活、退廃についてのワグニェルとの論争

ボギモヴォでは、地元のダーチャの住人達と知り合いになった。後に動物学で有名な教授になるワグニェルが夫人とその母親と一緒に住んでいた。有名な画家でアカデミー会員のアレクサンドル・キセリョフの家族にはティーンエージャーの可愛い子ども達がいて、アントンの短編を自分達で脚色して演じて見せてくれた。知識層の仲間がたくさん出来て、

退屈しなかった。

アントンはボギモヴォでは応接用の広間、つまり円柱のある広い部屋を使っていた。ベッドも超特大で、十二人くらいは並んで寝られそうなのを使っていた。夜中に雷雨などあると、大きな窓という窓に稲光が映るので怖かった。アントンは毎朝四時頃には起きていた。ぼくも一緒に早起きをした。コーヒーを飲み終えると、アントンは仕事に取り掛かった。机でなく窓敷居で、庭やその向こうの地平線の方を時々見ながら執筆していた。中編小説『決闘』を書き、他にサハリンでの見聞を整理していた。これもまた強制労働のようなものであった。原稿から一分と離れることなく十一時まで仕事をし、後は森へキノコ採りに行くか釣りをするか、川に仕掛けを掛けていた。昼食は午後一時だった。母から乞われて、何か温かい前菜を作るのがぼくの役目だったので、努力に努力を重ね、そのうちかなり独創的な料理人になった。ボギモヴォのアントンはぼくの「創作」料理にすっかり慣れて、昼食のテーブルにつきながら、

「ミーシャ、今日は……ナニをアレしてコレした前菜かい?」と聞いたりした。

三時頃にはまた仕事を始め、夕方までずっと書いていた。夕方は動物学者ワグニェルとの議論で始まった。テーマは当時流行っていた退廃について、強者の権利について、淘汰

について など、『決闘』のフォン・コレンの哲学の基礎になるようなテーマだった。サハリンから帰ってからのアントンは、人間というものは精神力により生来の欠陥を克服できる、という信念を堅持していた。ワグニェルは、いったん退廃したものは元に戻せない、なぜなら、生来持っているものには抗いがたいからだ、と言う。しかしチェーホフは、退廃がどんなに強固でも、意志と教育で征服できると反論した。

ところで、ボギモヴォへはマングースとジャコウネコを連れて来た。七月のある日、マングースは芸のあるところをぼく達に見せた。庭に大勢の仲間でいた時、菩提樹の並木道に一メートルくらいあるヘビが突然出て来た。画家キセリョフの子ども達はびっくりして飛びのき、ぼく達大人も気分が悪かった。

「マングースを連れて来て！　早くッ！」アントンが叫んだ。

ぼくはマングースを取りに駆けて行き、連れて来ると地面に放した。マングースはヘビを見るやいなや丸まって玉になり、その場にピタッと停止した。ヘビの方は見えない敵を嗅ぎつけて、とぐろを巻くと頭を上へ持ち上げた。互いに催眠術を掛け合って、長い無言劇が続いた。やがてマングースはわれに返ったようにヘビに突進し、頭にかぶりついて噛み砕き、草むらの方へ引っ張って行った。

ボギモヴォへは、アントンを訪ねてスヴォーリンや、スウミからリントワリョーワが来たが、待ち焦がれていた「うるわしのリーカ」は来なかった。とても残念だった。

ボギモヴォでの楽しみはもう一つあった。アントンが開くルーレット賭博である。スヴォーリンに書いている。「ルーレットをやった。一コペイカ以上の賭け金はしないで、あがった金はピクニックにあてたり、共同で使うんだ。賭博の元締はぼくだよ」（五月二十七日午前四時）

マングースとの生活は、ついに不可能になった。ある日マングースがどこかへ行ってしまい、しばらく姿を見せなかった。忘れかけた頃、丸々と脂肪太りしたマングースが七露里も離れた石の採掘場で見つかった。見つけた人の手に自分から駆け寄って行ったそうだ。秋が来てボギモヴォからモスクワに帰り、冬になるまで何とかもたせたが、アントンは動物園に引き取ってほしい旨依頼状を書いた。立木も凍る寒い日、金縁眼鏡の若い男の人がやって来た。マングースとジャコウネコはこの日から動物園の人気者となった。姉マリアは何度か動物園に彼らを訪ねて行った。

第九章

メーリホヴォの地主となる
チェーホフ家の蜜月
短編『黒衣の修道僧』
『かもめ』を書いた離れ

メーリホヴォ買収

ハリコフ県スウミに住んでいた時、兄アントンは自分の持ち家として農園と屋敷を買おうと思うようになった。二、三回、その目的でポルタワ県に行ったが、ゴーゴリゆかりのミルゴロドに近いソロチンツィでは、すんでのところで売買が成立しなかった。ボギモヴォで過ごした夏以来、永住できる自分の土地がほしいという望みは一層強く、何とか実現させたかった。一八九二年冬、この望みが実現し、チェーホフは地主となる。

モスクワ～クールスク鉄道のロパスニ駅近くの領地が売りに出ているのを新聞で知り、姉とぼくはこれを見に行った。雪に埋もれた領地というものは、詳しく調べることがまったく不可能なので、ふつう冬に土地を買う者はいない。ところがぼく達二人はズブの素人で、何事も信頼してかかる方だったし、アントンが、もし領地が買えない場合は外国に行くしかない、二つに一つだ、と言うので、何としても買いたい、と焦り気味でもあった。領地は、駅から十二、三露里の所にあった。どんな道であろうか、ぬかるみでも馬車で行くことができるだろうか？　ぼく達は深い雪の中、踏み固められた道を一直線に橇で行ったので、実際はどんな道か知ることは不可能だった。そのうえ御者達は、領地を見に来た買い手を運んでいる訳だから、領地をほめるのは当然だった。

目的地に到着した。どの建物も真新しい明るい色で補修されており、屋根は緑色と赤、白い雪が背景のせいか、屋敷はなかなかいい感じだった。しかし、森がどんな状態にあるのか、立木のままで残っているのか、それとも切り株になってしまっているのか分からなかった。実を言うと、ぼく達はそんなことは考えもしなかったのだ。ただ言われることだけを聞いて、信じた。すぐにでも引っ越して来られるように、ほどほどに整備されている必要はあったのだが、その点では、まあ要望にかなうものと考えられた。

いくつかの建物も一巡して見て歩いたが、それらの建物がこの屋敷所有のものなのか、隣の屋敷のものなのか聞いて確かめるということもしなかった。ぼく達に気掛かりだったのは一つのことだけ。それは、道路を隔ててある柵の向こう側に集落があって、屋敷から近すぎることだった。屋敷は「メーリホヴォ」と呼ばれ、モスクワ県のセルプホフ郡にある。

帰宅したぼく達の説明を聞くや、その場で、メーリホヴォを買おうと決められた。アントンにとって、買うに足ると判断されたのである。二百十三デシャチナ［約二百三十二ヘクタール］という広大な、資産登録も済んでいる領地で、屋敷、森、畑や草地を持ち、彼自身も「大公国」だねと言う領地が、実は、たった五千ルーブルで彼のものになった。売り値は一万三千ルーブル。しかし八千ルーブルは、抵当証文付きで十年の延べ払いとされた。ところが、まだ一回目の支払い期限が来ないうちに、前所有者が、期限前に抵当分の支払いをしてほしい、その代わり七百ルーブルの値引きをする、という書面を送ってきた。そこで、ぼくはメーリホヴォをモスクワの土地抵当銀行に入れ、評価額二万千三百ルーブル(つまり買い取った価格はこの六十パーセントにあたる)を得、この中から抵当証文解消に必要な額だけ借り受けた。従って、アントンは個人への負債から解放され、残るは年三百ルーブルずつの銀行返済のみとなった。モスクワで、年額三百ルーブルで、住居が賃借できるだろうか?

兄アントンは、自分では一度もメーリホヴォへ行かず、何の懸念もなく領地の代価を支払った。彼が行ったのは、全ての手続きが終わってからだった。柵や囲いがあちこちにいっぱいあって、身動きがとれないほどだと分かったし、用地や建物の配置も悪かった。まだ全てが雪の下で、領地の境界が分からず、どこまでが自分の土地なのか定かでなかったが、アントンの第一印象は良かったようだ。白い雪、春の気配、雪が解けるにつれ、次から次へと驚くようなものが現れてくるのが気に入ったのだ。他所《よそ》のものと思っていた麦わらの山が自分達のものと分かったり、雪の中では見極められなかった菩提樹の並木道がひょっこり現れたりした。家づくり、庭づくりの労働の日々が始まった。傷んだ箇所や、気に入らない部分は取り壊してしまうか、別の形にした。一面がガラス窓の一番大きな部屋をアントンの書斎にした。そして客間、姉の部屋、アントンの寝室、父の部屋、食堂、母の部屋。もう一つ、プーシキンの肖像画をかけた控えの間。「プーシキンの間」という大層な名前をつけて、不意の客のための部屋とした。まだ不備の多い屋敷だったし、駅からも相当な悪路（十三露里）だったにもかかわらず、どれほどの来客があったことだろう。寝る場所がなくて、玄関ホールや、物置小屋にもベッドを置いたことがある。

父の日記『メーリホヴォ暮らし』

雪がなくなるとすぐ、家事労働の分担が決められた。姉は菜園と庭園、ぼくは野良仕事、アントン自身は植樹とその手入れだった。父は朝から晩まで庭園の小道の清掃をしたり、新しい道を造成したりしていた。この他、日記をつけるのが父の役目だった。「メーリホヴォ暮らし」の長い年月を一日も欠かすことなく、まじめに几帳面に記録していた。父の死後、日記は一冊にまとめられた。子どもが書いたように素朴で愛らしい、しかし家族にとって大切な思い出深いものとなった。日記は現在、モスクワのチェーホフ博物館にある。ぼくが覚えている部分を書き出してみると、

六月二日　クララ・イワーノヴナ来る。
六月三日　クララ・イワーノヴナ帰る。
六月四日　地主とはなんと難儀なことか。
六月五日　シャクヤクが満開だ。
六月六日　アントーシャの部屋の窓辺のモミの木々伐採。

という具合である。

フロールとイワンという兄弟が下男として働き、御者も務めた。ぼくはほとんど毎日、自分の馬で領地をまわり、問題がないか点検して歩いた。

初めて地主になった者にとっては、何もかもが驚きだった——球根植え、ミヤマガラスやムクドリの飛来、クローバーの種播き、黄色い和毛《にこげ》の雛鳥を抱く雌ガチョウ。早朝から、

日によっては四時頃にはもう、アントンは起きて立ち働いていた。コーヒーを飲むと庭に出て、果物の木や他の灌木を一本一本時間をかけて見て回ったり、枝を刈り込んだり、幹のそばにしゃがんで何かじっと観察したりしていた。土地はわが家が必要とする以上に広く、やむをえず農業もすることになったが、自分達の力でやろうということになり、農作業専門の人手とか管理人は雇わなかった。農作業はぼく達を、もちろんうんざりさせた。が、満足の気持ちも、またやりたいという気も起こさせた。時々地元メーリホヴォのお百姓達の噂が聞こえてきた。

「旦那衆、ずいぶん働き者だね」

「あれは、本物の旦那衆かね。偽物かね？」

アントンはモスクワへ行き、スィチンの所から、彼が出している大衆読み物を箱いっぱい詰めてメーリホヴォに持ち帰った。本は使用人達の部屋に置かれた。読み書きのできる下男のフロールは、毎晩自分のまわりにみんなを集め、読み聞かせていた。プーシキンの『大尉の娘』やマルリンスキイの『アムマラト・ベク』は、女中のマーシャやアニュータを夢中にさせ、長年わが家で働いている料理人のマリューシカなどは、さめざめと泣きながら聞いていた。

早朝、太陽と共に起きるわが家は、昼食も早く、十二時だった。アントンは鐘を買って来て屋敷内の高い杭の上に取付けた。一日に一回、十二時きっかりにフロールか、誰か代わりの者が十二回打ち鳴らした。鐘の音は六、七露里先まで聞こえた。鐘の音が聞こえると、仕事の途中でも止めて食卓についた。十一時にはもう仕事も終え、原稿もしっかり書き上げたアントンが食堂にやって来て、何も言わず、いわくありげに時計を眺めている。母はあわててミシン台から飛んで来てあたふたし始めるのだった。

「あらまッ、アントーシャはもうお腹が空いたんだわ!」

別棟にある台所の呼び鈴の紐が引っ張られる。すると、アニュータとマーシャが飛んで来てお昼の準備が始まる。「急いで! 急いで!」さあ、テーブルの準備は整った。なんと牧歌的な光景だろう!

母エヴゲーニアの心をこめた家庭料理はいろいろ盛りだくさんで、テーブルに並びきらないほどだった。所狭しと料理の並んだテーブルを、タチアナ・クペルニクは詩を作って誉めたたえたほどである。食卓もいつも満員で空いている席がなかった。家族五人の他に必ず誰か客がいた。食事がすむとチェーホフは寝室にこもり、作品のテーマを考え、構想を練っていた。もしモルペウスに邪魔されなければのことだが。三時から夕方七時まで、また全員が自分の仕事に従事した。地主となったチェーホフ家にとって、薔薇色の日々であったことを忘れないでいたい。ぼく達の中には土を耕す百姓の血が、ともかくも流れていたのだ。

地主チェーホフ家の蜜月

メーリホヴォで最も賑やかなのは、晩の食卓だった。一日の仕事に疲れた全員がほっとひと息つき、「アントンでなくては誰も思いつかないような楽しいおしゃべりとなった。「うるわしのリーカ」がお客に来て同席すると、団欒は一層盛り上がった。十時にはそれぞれ自分の寝室に散って行った。明かりが消され、家中が静まる。聞こえるのは、お祈り好きな父パーヴェルが小声で歌う声と、一本調子の聖書の言葉だけだった。

このような牧歌的な生活は一つの例にすぎず、いつもこうだったわけではない。とにかく疲労困憊していて、例えば天気予報を新聞で読み、家族全員が土まみれで農作業にかかりきりになり、夜ベッドまで足を運んで行くのがやっとだった日々もある。ぼくは、と言うと、まだ太陽が出ていない朝三時には毎日畑に出て土を耕していた。こんなこともあった。隣の、それもすぐそばの屋敷が大火事になったのに気がつかず、みんな寝ていた。家の者は誰一人、消火の騒ぎにも半鐘の音にも気がつかなかった。朝目覚めて外を見れば、隣の屋敷はなく灰だけが残っている。

「おい、みんな、クフシンニコフの屋敷は一体どうなったんだ?」

ぼく達は互いに顔を見合わせるだけであった。

早くもメーリホヴォへ引っ越してきた最初の日に、アントンが医者だということが近隣の人達に知れた。病人が来るようになり、荷馬車で運んで来たり、作家チェーホフを遠くにいる病人の所まで往診に連れて行ったりした。朝早くから家の前には農婦や子ども達が行列を作って、治療を待っていた。アントンは待っている人達の方へ出て行って、肺を叩いたり、聴診器をあてたりし、必ず薬を持たせた。いつも「アシスタント」として手伝ったのは姉マリアだった。薬を買うと出費がかさむので、自分達の力で薬局の役割も果たさなければならなかった。ぼくは粉薬を計ったり乳剤を作ったり、軟膏をあぶったりしていたので、一度ならず助手と勘違いされ、五コペイカ握らせようとする人がいたし、教会の下役の人なんか、二十コペイカ銀貨を出した。ぼくが受け取らないと、信じられないという風だった。真夜中にもアントンは起こされた。ぼくが覚えているのは、ある夜、メーリホヴォを通りかかった旅人が、腹に熊手を突き刺された男を連れて来た。旅の途中の偶然の出来事だった。男は、ぼくが寝ていた書斎に運び込まれた。アントンは傷を調べたり包帯をしたりと、長時間男の治療をしていた。

メーリホヴォでの最初の春は寒さが長びいて、ひもじかった。復活祭は雪の中やって来た。雪の季節が終わると泥濘《でいねい》期で、道路はぬかるみそのもの。領地にはくたびれた痩せ馬が三頭しかおらず、しかも一頭はキズ物で小屋から出て来ないし、もう一頭は畑に出していた時、同じような黒馬の駄馬と取り替えられてしまった。牝馬の代わりに去勢馬をこっそり置いてあったのだ。というわけで、最初の市が開かれるのを待ってすぐ七頭の馬を買うまでは、ぼくは長い間「アンナ・ペトローヴナ」と名づけた痩せ馬に乗って行くより他なかった。干し草は、十露里四方どこを探しても一束もないので、家畜には細かく刻んだワラを食べさせるしかなかったのだが、それでもアンナ・ペトローヴナは何とか駅まで往復したし、アントンを患者の所まで運んだり、丸太を運んだり、畑の仕事もしてくれた。

飢饉《ききん》が迫って来ていた。

だが、わが家では、誰一人、意気消沈して手をこまぬいている者はいなかった。屋敷中が何もかも様がわりしてから三か月も経っていない。大忙しで活気があった。大工達が大鉈《なた》をふるい、家畜は群れ、春の農作業は書物から得た知識どおり然るべく進められ、姉マリアの菜園はまるで奇跡が起きたようだった。ナスとアーティチョークが立派な実をつけてぶらさがっていた。アントンは陽気だった。彼は、農地から千ルーブルの収益が得られるのではないかと期待していたが、日照り続きの春と夏だったので収穫はゼロだった。とはいえ、家の者はそれほど痛手と感じなかった。菜園の方は相変わらず上々の出来で、ガチョウの仔鳥に代わって若い牝牛が遊んでいた。ペテルブルグのレイキンが「ブロム」と「ヒーナ」という名の可愛くて賢い犬を送ってきた。ライ麦は、播種に対してわずか三倍の収穫ではあったが、自分達で脱穀してモミガラも除き、ダヴィドワ修道院の製粉所へ送った。アントンは製粉されたライ麦粉を、飢饉の年でもあるので、値段は世間並でも量を一プードでなく一プード半にして地元の農民に売るよう、ぼくに指示した。ただし、わが家で働いている者には内緒にしなければならなかっ

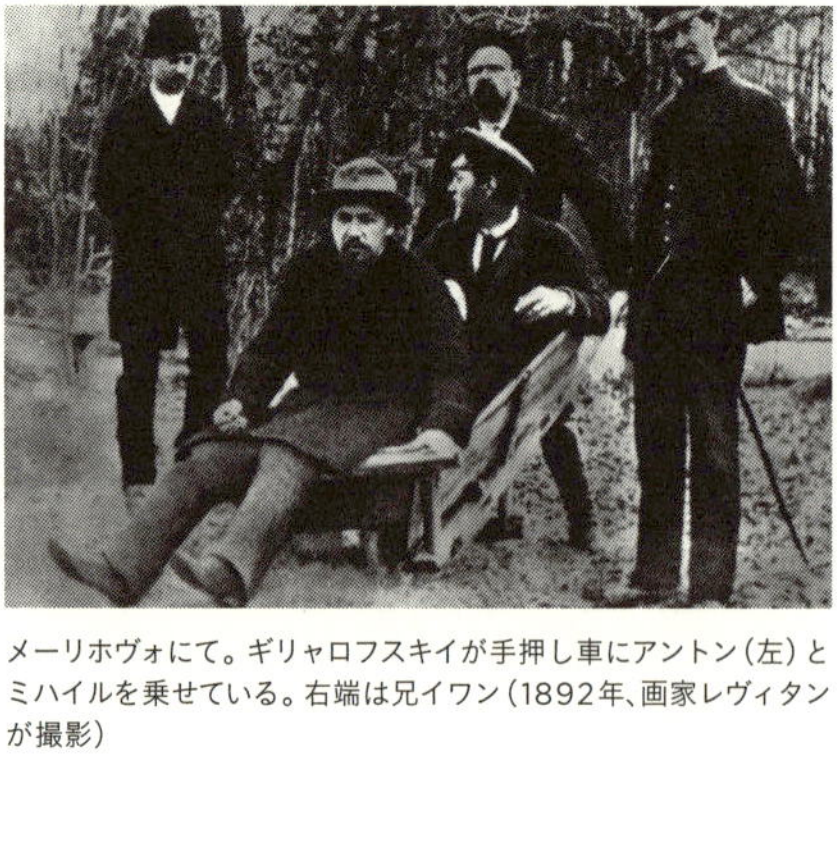

メーリホヴォにて。ギリャロフスキイが手押し車にアントン（左）とミハイルを乗せている。右端は兄イワン（1892年、画家レヴィタンが撮影）

た。が、結局は知れてしまった。恐らく、農家の誰かが、買った粉を家で計り直したのだろう。百姓達がぼくのことを「お人好し」と噂しているのを、自分の耳で聞いたことがある。

ブロムもヒーナもダックスフントで、黒と赤毛だった。ヒーナの脚は毛の襞《ひだ》の中にかくれてしまうほど短くて、腹は地面すれすれだった。ヒーナは毎夜アントンの所へ行っては膝の上に前足を乗せ、悲しげな献身的な目で彼を見るのだった。すると彼は表情を作り、声を震わせて、年寄りのような声で言う。

「ヒーナ・マルコヴナ……！　苦労された方……！　ほら、アナタは病院へ行った方がいいでしょう。あそこだったら楽になりますよ」

丸三十分こんな調子で話しているので、家の者達は腹をよじって笑った。次はブロムの番だ。ブロムが彼の膝に前足を乗せると、またもやお遊びが始まるのだった。チェーホフが心配そうな声で話しかける。

「ブロム・イサエヴィチ！　こんなことがあっていいのでしょうか？　大修道院長さまが急に下腹が痛くなりなさって、茂みの陰に入って行ったのです。すると腕白達がこっそり近づいて行って、水鉄砲で水をかけたというのです。こんなことが許されると思いますか？」

ブロムは怒ったように、うなり出す。

その年の秋を迎える頃、屋敷は見違えるほどに生まれ変わった。建て替えや建て増しをし、余分な柵は取り払って見事なバラが植えられ、花壇もできた。アントンは門の前の草地に池を掘ろうと発案した。ぼく達はとても楽しみに仕事のなりゆきを見守った。アントンの身の入れ方は相当なもので、池の周囲には樹木を植え、池にはモスクワからビンに入れて運んで来たフナやスズキやコイを放ち、そのうち「素晴らしい生態系」が出来あがるよ、と約束した。やがて池というより、魚類学センターか大きな水族館のようなものになり、ここにない魚はない、というくらいになった。メーリホヴォの屋敷には窓に面しても う一つ池があった。とても小さな池で、毎年春になると雪解け水が溢れて汚なかった。メーリホヴォでの初めての夏、セルゲーエンコとポタペンコがやって来た。青い藻が一面に浮き始めた池が目に入ると、セルゲーエンコは裸になって飛び込み、泳ぎ出した。

「ポタペンコ！　どうして君は泳がないんだ？　はやく裸になれよ！」

水の中から怒鳴った。

「こんな汚い水たまりで、ぼくが泳ぐと思うかい？」

「まあ、試してみろよ！」

「試すのだってイヤだね。不潔きわまりないじゃないか！」

「おい、化学物質には汚ない物は存在しないんだろう？　教授の目で見ろよ！」

「見たくもないね」

「まあいいから、アントンを喜ばせてあげろって。ちょっとだけでも泳げよ！　お願いだからさぁ。でないと失礼だぞ。初めて地主になった者の所へ来て、ヤツのごみ溜で泳がないとは」

井戸はすでに掘ってあった。アントンは、なんとしても撥釣瓶《はねつるべ》をつけてウクライナ風にしたかったが、設置するだけの場所がなく、結局、鉄道沿線でよく見かけるあの無粋な大きな車輪をつけた井戸になった。これがなんと良質の水を出したのである。アントンは得意げな笑顔でこう言った。

「どうだい、これでメーリホヴォの水の問題は解決だ。次は、池のそばに新しい屋敷を建てたいね。それとも今ある屋敷を移してもいい。そうなるといいなぁ。素晴らしい二、三百年後が見えるようだよ」

彼は真剣に新しい屋敷の建築を考え始めた。物を創り出すのは、彼の天性だ。モミの木や松は胞子から育てて若木を植えた。生まれたばかりの赤ん坊のように大事にし、将来の夢を語るところは、『三人姉妹』の陸軍中佐ヴェルシーニンに似ている。

一八九三年の冬

一八九三年、メーリホヴォの冬は厳しく雪が深かった。地面から一・四メートルほどの高さにある窓まで積もったので、庭にやって来た野ウサギがアントンの部屋の窓に前足でつかまったりしていた。庭園の小道が細長い溝のように見えた。ぼく達は修道院にこもった世捨て人のように暮らした。中等学校の教師をしていたマリアはモスクワで暮らしていたので、家には兄アントン、父、母とぼくだけで客もなく、一日がとても長かった。夏にくらべるとずっと早くベッドに入り、真夜中十二時過ぎると目が覚めてしまうアントンは、起きて仕事をしていた。そして朝方またベッドに入った。彼はこの冬たくさん執筆した。

しかしながら、ひとたび来客があったり、モスクワから姉マーシャが帰ってくると様子は一変した。歌が聞こえ、ピアノの音がし、笑い声が響いた。洒落や冗談や、笑い声が絶えなかった。母のエヴゲーニアは相変わらず、テーブルが重みに耐えきれなくなるほど、たくさんの料理を腕によりをかけて作った。父は、白樺の若芽や、すぐりの葉をウォッカに浸して作った手作りの浸酒《ナストイカ》や果実酒《ナリフカ》を秘密めいた顔つきで出してきたりした。そんな時、メーリホヴォのわが家には、どこの屋敷にもどんな家庭にもない、何か特別なものが感じられた。アントンは「うるわしのリーカ」や作家のポタペンコが来た時は、ひときわ嬉しそうだった。二人が来る日を、ぼく達は一日千秋の思いで待っていたので、分刻みにちょくちょく時計を見ていた。そしてついに、入口の階段の方へ近づいて来る馬橇の鈴の音と、橇の下で雪が軋む音が聞こえてくると、全員が玄関へ走って行き、客がまだ外套を脱いでないのに抱きついて歓迎した。二人が来た日は飲めや歌えの大騒ぎとなり、寝つくのは夜もうんと更けてからだった。アントンはこういう時は、どうしても書きたくなった時だけ合間を見つけて書いていた。時間を見つけて五、六行書くと、すぐまたみんなのいる二階へ上がって来て、笑顔で言うのだった。

「六十コペイカ分書いてきたよ」

そんな最中、彼の机の反対側に座ってポタペンコも急ぎの仕事をすることがあった。チェーホフが五、六行書き上げるうちに、ポタペンコは八ページか、それ以上を一気に書いていた。

ある時、二人の会話を聞いたことがある。

チェーホフ「教えてほしいんだがね、君、よくもそんなに速く書けるもんだねぇ。ぼくは、ホラ、やっと十行書いたところだよ。ところが君はもう八ページ分もやっつけた」

ポタペンコ（紙から目をそらさず）「丸二日経っても唸っている妊婦もいるし、たった一時間で産み落とす女丈夫だっているからね」

とにかくポタペンコはたくさん書くし、書くのも速かった。彼の作品は「分厚い雑誌」にも薄い雑誌にも、当時のほとんどの雑誌に掲載されていた。しかし彼はあちこちに養育費を送らねばならず、稼ぎは追いつかなかった。いつも金欠病で、書き始めたばかりの作品の前払いをしてもらったり、まだ頭の中に構想があるだけのもの、時には構想すらないものの前払いも頼んでいた。編集部に前金を出させるブローカー的手腕に関して、彼の右に出る者はいない。彼にだけできる名人芸だった。彼は必ず大金をせしめたが、他の人達ははした金で編集者に誤魔化されていた。

「前金をもらえない唯一の場所は、メーリホヴォさ。ここじゃ、ボクのブローカー業も通用しないよ」。わが家に来た時、そう冗談を言った。

アントンはポタペンコに大変世話になっている。チェーホフの作品（『たそがれに』、『不機嫌な人びと』等）が、スヴォーリンの出版社から出されていることは誰でも知っていた。

お金が必要になったチェーホフは支払いをして欲しかったのだが、経理係が言うには、支払いをする必要がないばかりか、逆に彼の方こそ印刷屋への支払いを怠っている、ということだった。その時ちょうどメーリホヴォに来ていたポタペンコは、所用でペテルブルグに行くから向こうで問題を解明してあげよう、と自ら申し出てくれたのだった。その結果、アントンに支払いの義務はなく、会社は彼に差引なしの二千ルーブル強を支払わなければならないと分かった。

『ワラキアの伝説』と作品『黒衣の修道僧』

メーリホヴォでのアントンは、恐らく過労からと思われるが、ひどく神経が苛立《いらだ》ってまったく眠れない時があった。まどろむやいなや、すぐ眠りから引きはがされてしまう。突然うなされて目を覚まし、得体の知れないものに強くベッドに押しつけられ、彼の中から何か根こそぎもぎ取られていくみたいだった。彼は思わず飛び起き、その後はもう眠れなかった。そんな状態の時でもリーカとポタペンコがやって来ると、たちまち気が晴れるらしかった。この頃のポタペンコは彼の人生の中で最も優雅な日々を送っていたし、彼とアントンには文学についての考え方で共通点がたくさんあった。ポタペンコは歌ったり、ヴァイオリンを弾いたり、洒落を飛ばしたりして、本当に楽しそうだった。リーカとポタペンコがメーリホヴォに来ると、リーカはピアノの前に座り、当時流行っていたロマンス『ワラキアの伝説』を歌うのがいつもの光景だった。

あぁ　あの音は何かしら……
私の心を　虜にするような
そよ風のような羽衣にのって
まるで　天から　降りて来たよう

この伝説の内容は——病身の少女が朦朧《もうろう》とした意識の中で、空から聞こえてくる天使の歌声に気づき、いったいどこから聞こえてくるのかしら、と、母親にバルコニーに出て確かめてほしいと頼む。しかし母親には何も聞こえず、娘の言うことが理解できない。少女はあきらめてまた眠りに落ちる。

この歌に、たいがいポタペンコがヴァイオリンで和声をつけた。

とても良かった。うっとりさせた。家の中ではロマンスが聞こえ、開け放った窓の外では鳥のさえずりが聞こえた。そして姉マリアが植えた庭いっぱいの花の香りが一面に漂い、本当に意識が朦朧とするような感じだった。

アントンは、このロマンスに何か美しいロマンチシズムの神秘性を見たようだった。というのは、彼の短編『黒衣の修道僧』の誕生には、このロマンスが大いに関わっているからだ。

いつだったか、雲もない静かな夏の日の夕方、赤いまんまるい大きな太陽が地平線に近づこうとしている時、ぼく達は門の脇に腰を下ろし、原っぱの方を見ていた。その時、誰かが「なぜ太陽は沈む時、日中より赤くて大きいのだろう?」と言った。しばらくの間、ああだこうだと論じ合った結果、このような瞬間には太陽はもう地平線の下にいるのだけれど、空気は太陽にとって、ロウソクにとってのプリズムと同じ役割を果たすので、空気のプリズムを通ることで太陽は地平線の上にあるように見え、また実際の色も失い、かつ地平線の上空にいる時よりもかなり大きく感じられる……という結論に達した。その後、話は蜃気楼《しんきろう》や、太陽光線の空気屈折等々におよび、そこでまた疑問がわいた。蜃気楼自体も空気中で屈折するのだろうか? また、蜃気楼の蜃気楼、つまり蜃気楼から第二の蜃気楼が生じるだろうか……明らかに生じる。で、第二の蜃気楼から第三、第四と次々はてしなく続いていく。従って、千年前の人間や動物、景色を映している蜃気楼が今も宇宙に漂っている、ということも考えられる。いわゆる亡霊というのは、それが基になっているのではないだろうか？　もちろん、これら全ては若者達が交わしたおしゃべりに過ぎず、戯《ざれ》言《ごと》と変わらないが、一連の疑問から出てきた結論は、メーリホヴォのぼく達には非常に興味深く思われた。

すでに述べたように、メーリホヴォでは十二時が昼食時間だ。日によっては、食後、家中が昼寝をした。ヒーナとブロムさえ、走り回るのをやめて寝ていた。妙なことに、ぼくは春と夏の終わりはいつも不眠症に悩まされた。アントンに言わせると、これは隔世遺伝らしい。春は畑を耕すために、夏の終わりは穀物収穫のため、夜明け前から起きて働いていた祖先が、この習慣を子孫から子孫へ伝えて、ぼくの中にもそれがあるのだ、と。ぼくは夜ぐっすり眠れるように、昼間は、たとえ眠くても寝ないように努力していた。

そんなわけで、昼食後、ぼくが家のすぐそばにあるベンチに座っていると、兄アントンが家の中から急に飛び出して来て、足元をふらつかせながら額や目をこすっていた。ぼくは、兄がいつも眠りから引きはがされるのにもう慣れっこになっていたので、この時も、眠りを断ち切られ意識がはっきりしないまま庭に飛び出して来た、と思った。

「おや、また眠れないのかい?」

「いや、恐ろしい夢を見たんだ。黒い修道僧が出て来た」

黒衣の修道僧の印象がよほど強烈だったらしく、その後いつまでも気にして、あの有名な短編を書き上げるまで、よくこの修道僧の話をしていた。これに関して、一つだけぼくには今もって理解できないことがある。アントンは、一八九四年一月二十五日付のスヴォーリンへの手紙(夢を見てから半年も経過している)に次のように書いている。「草原を疾走する修道僧を、ぼくは夢に見た。朝、目が覚めてからミーシャに話した」とある。朝ではなく、昼間の二時、昼寝の時の夢だったのに。それに夏だった。手紙は冬になってから書いているとはいえ、忘れるとは思えない。なんといっても、兄の話の内容は時季がずれている。

歳月は流れ、メーリホヴォの日々も移り変わっていった。アントンは幸福感に浸る時もあったが、だんだんひどくなる痔の病いに悩まされ、それが仕事の障害となった。つまらないことにくよくよしたり、ほんの些細なことに身を震わせて怒ったりした。さらに、咳が彼を苦しめた。特に朝方ひどかった。母は食堂からこの咳を聞きつけ、深い溜め息をついて聖像を見やるのであった。

「アントーシャは、また夜じゅう寝返りをうっていたんだわ」寂しげに言った。

しかし、アントンは具合が悪いというそぶりを見せなかった。ぼく達が心配するのを恐れてか、あるいはひょっとして、それほど危険とは思っていなかったのか、または、たいしたことはないと自分自身に思い込ませようとしていたのか。いずれにせよ、スヴォーリンには、キニーネも飲む、どんな粉薬でも服用するが、聴診器は当てさせない、と書いている。ぼく自身、いつだったか、血に染まった痰を見たことがある。どうしたのかと問うと、彼はちょっと狼狽して、自分の手ぬかりに驚いたように急いで洗い流した。

「たいしたことじゃないよ……マーシャと母さんには言わない方がいい」

さらに、左のこめかみの痛みも加わり、そのため目にしつこいチカチカが現れた（閃輝暗点）。ただ、こういった症状は発作的に現れるだけで、やがてはなくなった。アントンは再び元気になり、仕事をした。だから誰も病気のことは口にしなかった。

千客万来

ロパスニャからカシーラへ通ずる街道沿いにあるメーリホヴォには、地元のゼムストヴォ役員や地主達が、知り合いであろうとなかろうと、アントンの所へ立ち寄るようになった。一八九三年のメーリホヴォは、特に人々の往来が多かった。家は来訪者でいっぱいになった。長椅子に寝たり、どの部屋にも何人かずつ寝た。物置小屋に寝てもらったこともある。作家達、才能を崇拝する娘達、ゼムストヴォ役員、地元の医者、子連れの遠い親戚等々……の人達が次から次へと、目まぐるしくメーリホヴォのわが家を通り過ぎて行った。アントンの身辺に人々の注目が集まった。彼を見つけだし、インタビューをし、彼の一言一句がすばやく捉えられた。デリケートさを欠いた人達もいた。例えば、チェーホフ家の森で狩猟がしたくて、犬を連れてどかどか押し入って来るハンターもいたし、一人の女性なぞは（アントンは「コントラバスの糸巻」みたいな頭だねと言っていたが）、アントントとも家族とも何の通ずるところもなかったのに、厚かましくも一部屋を占領し、一週間も滞在していた。家の者が誰か遠慮がちに、もうぼつぼつ部屋を明け渡して、とか、事情を察してほしい、とか言おうものならすかさず、「私はアントン・パーヴロヴィチの客よ、あなた達の所に来ているわけじゃないわ」と言い返した。また、「信じたくなかったら、信じなくていいんですよ……」と何を言うにもいつも前置きをして、予防線を張ってからウソを言ってはぼく達を悩ました隣人も、ちょくちょくやって来ていた。

あとは推して知るべし。

同じ頃、時事評論家のメニシコフもアントンを訪問している。当時彼は新聞『一週間』の主要メンバーで、この新聞が出している小冊子に論文を載せていた。大地より享受する幸福について語る彼の論文を、読者は夢中になって読んだ。明らかにトルストイの哲学に傾倒するメニシコフは、大地に帰って土を耕し、自然と融和することを呼びかけていた。メニシコフが元海軍将校であることは知っていた。その人が、文字通り「箱に入った男」そのものの出で立ちでひょっこりやって来たのだ。大きなオーバーシューズを履き、綿入れコートの襟を立て、乾燥した夏の天気にもかかわらず大きなコウモリを持っていた。ピンク色のふっくらした頬に、まばらで薄い亜麻色のヒゲを生やした彼は、文学者というより教会の勤め人か、神学かぶれの読書人という感じだった。『一週間』の冊子に載っている論文のように面白い人とは感じられなかった。正直言って、彼がメーリホヴォから去った時はほっとした。後に、一九〇一年だったと思うが、ペテルブルグのぼくの所に突然現れ、物も言わずにただ座っていた。ぼくも、彼と何を話してよいか分からないでいると、なぜぼくを訪ねて来たのかいきなり説明し始めた。新聞『新時代』で仕事をしたいので、ぼくに彼を引き立ててほしい、ということを、すぐそれと分かるように仄めかした。彼は、スヴォーリンとわが家が親しい間柄と知っていたからだ。ぼくは約束しなかった。だがメニシコフは『新時代』に食い込む別の方法を見つけたらしい。というのはまもなく新聞に、彼の『隣人への手紙』という論文が載るようになった。かつて『一週間』に書いていたものとだいぶ違っていた。やがて『新時代』の主要執筆者となり、好意的な処遇を受けていたらしく、高額が支払われていると聞いた。

アントン・チェーホフに秘密の監視

メーリホヴォの話に戻ろう。

いつだったか郡警察の署長補佐が、ざっくばらんなおしゃべりをしている時、チラッとこう言った。

「あなたの兄さんのアントンには、こっそり監視がつけられていますよ。そういう通達を受けたことがある」

その通達を受けてのことであろう、それからしばらくして、アントンの所へ医者と名乗る軍服の若い男が来た。腹を割って話をしようと政治の話を始め、父親がまるで憲兵のようだと言って泣き出した。自分の運命を呪っているとも言った。それから話題を際どいものに移していったので、この男がスパイであることは容易に察しがついた。ぼくは同席していて、あまりにもあけすけなこの男に不快感を持った。

親しい友人達と交わっている時のアントンはいつも自由闊達で、彼の朗らかさが他の人達にも伝染した。時には自分の「大公国」を案内して歩いたり、人里離れたダヴィドワの修道院に出掛けるのが好きだった。旅行用馬車と車体の低い荷馬車、それに競走用馬車に乗って繰り出すのだ。白い立ち襟の上衣にベルトをきつく締めたアントンが競走用馬車の前方に座り、彼の後ろにはリーカかナターシャ・リントワリョーワが横向きに座って、彼のベルトにつかまっていた。アントンが白い上衣にベルトを着けたのは、自分を騎兵と呼ばせるためである。旅団は前進していく……先頭は競走用馬車の騎兵、その後ろを、客達

メーリホヴォの兄アレクサンドル（左）とイワン（1890年代半ば）

を満載した馬車、荷馬車が続く。

メーリホヴォのわが家に常時住んでいたのは、すっかりチェーホフ家になついてしまったイワネンコだが、他にも長期間滞在するお客がたくさんいた。その上親しくもない人達までやって来るという調子で、数えきれなかった。トレチャコフ美術館に頼まれてアントンの肖像画を描いた画家のブラースは、丸一か月逗留していたし、地元の各分野の活動家達が始終立ち寄っていた。特にアントンが喜んで迎えていたのは、セルプホフのゼムストヴォ病院の医師のヴィッテと、好感のもてる保健医クールキンだった。クールキンは医療文献に一連の労作を残し、著名な学者となった。アントンは彼をとても愛し、外国からもヤルタからも手紙を書き、ずっと文通があった。彼が、『ワーニャ伯父さん』の中でドクター・アストロフがエレーナに見せる統計図を作成した人だ。正真正銘、深い知識を持った医者だった。ぼくは彼の所へ行ってびっくりした。住居の壁という壁が、ありとあらゆる統計図や表で埋め尽くされていた。セルプホフ郡の住民の健

「トレチャコフ美術館にて、自分の肖像画を見るチェーホフ」
（ホチャインツェワ画、1898年）

康についてあらゆることが、これらを見れば一瞬にして分かった。もしこの労作がなかったなら、住民の健康調査には何年もの歳月が必要だったであろう。

アントンが歓迎していたもう一人の活動家は、やはりセルプホフにあるゼムストヴォ病院の医師ヴィッテだった。有能なオーガナイザーであり果敢な外科医でもある。彼が直接建設に携わった彼の診療所は、郡下ばかりか全ロシアの模範とされた。彼は無類の客好きだった。アントンが用事でセルプホフへ行く時は、彼の住まいが常宿となった。ヴィッテは花を育てるのが大好きで、病院に付設した彼の小さな庭には、灼熱の熱帯で見るような花もあった。不運にも晩年近く視力を失い、診療所も丹精こめて育てた花々もそのまま残してクリミアへ行き、そこで余生を送らなければならなかった。「彼に手紙を書いてくれないか。きっと喜ぶから」。クリミアへ行ったアントンがぼくに伝えてきた。しかし、まもなくこの医師は亡くなった。

メーリホヴォはたくさんの来客があるにはあったが、何か気分が晴れず、憂鬱を感じるようになってきていた。まるで永久に何かを失ったように、ぼく達も急に十年、二十年老けたように、かつては何にでも興味を持ったのに、それも薄らいでいった。

「うるわしのリーカ」は突然パリへ行ってしまった。彼女を追うようにポタペンコも行ってしまった。残されたぼく達はまるで誰かを埋葬したような気分で、彼らとはもう二度と会えないだろうと思った。

新しい建築

常時大勢の人がいるので、家の中が手狭になった。アントンは自分で掘った池のそばか少し先の別の場所に、ウクライナ風の農家を建てたいとかねがね考えていたが、実現していなかった。しかし農家は建てず、代わりに屋敷内の増改築が始まった。家事などに使っていた建物は解体して別の場所に移すか、また建て直した。新しく家畜小屋を作り、そばに井戸と編み垣のあるウクライナ風百姓家、蒸し風呂小屋、納屋、そしてついに、アントンの夢だった「離れ」を建てた。

メーリホヴォにて。離れの階段に立つアントン（左）とミハイル（1895年）

二間《ふたま》の「離れ」は、ベッドを置くのがやっとの小部屋と、書き物机を置いた部屋だった。当初、客用として建てたのだが、結局アントン自身が移って行き、ここで『かもめ』を完成させた。「離れ」はリンゴ畑の中にあったので、リンゴ園を通り抜けて行った。桜やリンゴの花の咲く春は快適だったが、雪に埋もれた冬は、通行用に人の背丈の塹壕が作られた。

アントンがメーリホヴォに移って定住すること、つまり作家チェーホフの引っ越しを公式発表する必要があった。アントン（と、ぼく）が保健衛生会議のメンバーに選ばれたのを機に、公式に発表した。このようにして、作家チェーホフのゼムストヴォでの活動が始まった。学校建設、道路の敷設、コレラ感染地区の指導等々、どんな些細なことも見逃さず、ゼムストヴォの事業に直接携わった。学校建設では、姉のマリアが手伝った。こういった面での兄は、ぼく達の叔父ミトロファンによく似ている。

彼のもとへあれやこれやと通達を持って来る村の補助警官はいつも同じ人だった。どの通達も、アントンに事業への参画を要請するものだった。この補助警官は、自分のことを「使い走り」と呼んでいたが、バヴィキンスク郷の役場に勤めていた。メーリホヴォは行政上この郷の管轄下にある。この人はチェーホフの短編『仕事の用で』と『三人姉妹』の中でモデルに使われている。希有な人である。三十年も役場に「通い」続け、警察、裁判所、税務署、ゼムストヴォ本部等々でみんなにこき使われていた。個人的な家の雑用でも頼まれればグチもこぼさず果たし、もしこんな言い方が可能であるならば、どんな雑用も自分の職務上、自然発生的なことだと考えていた。

第十章

一八九二年の飢饉
病の重さ自覚
父の死
『かもめ』初公演
全作品の著作権をマルクス社に譲渡
ニースとパリ
モスクワを引き払いヤルタへ
アカデミー名誉会員に
結婚と死

アントンの飢餓救援事業

一八九一年の春、巷でもジャーナリズムでも、前年の不作による穀物の枯渇と新年度の生産見通しの危機を伝えていた。簡単に言えば、収穫がないということである。危機はまもなく現実となった。春夏と続いた旱魃《かんばつ》の後、厳しい秋冬が近づくと、各地から飢饉が報告されるようになった――世論を鎮めるために「不作に苦しむ」と表現していたが。首都のような大都市では飢餓はまったく感じられず、フランスパンは相変わらず五コペイカだったし、物不足を実感しなかった。飢餓は「どこか遠く」の出来事だった。ペテルブルグのオランダ・プロテスタント教会のギロット牧師の提案で、飢餓に苦しむ人に配給しようと外国からパンが送られて来た時は、運んで来た人達にシャンパンをふるまい、レストランに連れ回し、たらふく御馳走していた。政府のうすっぺらな援助とは別に、危機のピークにはいろいろな社会団体や個人による広範な救援活動がわき起こった。

アントンもこの運動に無関心ではいられなかった。義援金を集め、救援のための文学全集出版にも参加した。飢餓が特にひどかったのはニジェゴロド県とヴォローネジ県で、ニジェゴロドはヴォスクレセンスク時代の友人で理想主義者のエゴーロフが村長をしている馴染みの土地でもあった。チェーホフは彼と手紙で連絡を取り合い、義援金を募り、寒さ厳しい冬、自らニジェゴロド県に向かった。ここで彼は人々の救援に回っていて凍死しそうになった。吹雪の中で道に迷い、もはや凍死を覚悟した。が、エゴーロフとチェーホフは、ニジェゴロドの農家で農耕用の馬を借りることができた。

当時ニジニイ・ノヴゴロドを統治していたのは、権勢並びなきバラノフ知事だった。若かりし頃、一八七七〜七八年の露土戦争で、上官の許可なくトルコ軍艦を攻撃して海底に沈めた、あのバラノフ将軍だった。そのことで上官の海軍大将ロジェストヴェンスキイはバラノフを軍事法廷に告発した。海軍大将は対馬沖でロシア艦隊を日本に降伏させた人だ。このバラノフは、コレラが流行った時、流行っているのはコレラではなくただの腹痛だと顧客達に言い触らした、お人好しで俗物の商人キターエフを鞭打ちの刑に処した。

アントンは知事のもとを訪ねた時、知事のために何かしたがっているありとあらゆる取り巻き連中を目にした。中でも、知事の覚えを得たいある退役軍人がバラノフの後をついて回って、知事が息をつく暇もないくらいしつこく頼み込んでいた。

「上官殿、私は何をすればいいんですか？　私を派遣して下さい、上官殿……！」

その後、アントンはスヴォーリンと共にヴォローネジ県へ向かった。しかし、事は思うように運ばなかった。ニジニイ・ノヴゴロド同様、ヴォローネジでも作家歓迎の盛大な昼食会が彼を困らせた。県全体が不作にあえいでいるのに、昼食会に出席してそこで飢餓の話を聞くのはおかしなことである。しかし現地に行くためには身分証明書なしで済ますことはできず、仕方なく県都に立ち寄らざるを得なかった。当時、地方の報道事業は軽視されており、大概は内容のない、副知事が好き勝手に編集する『県通報』しかなかった。加えてスヴォーリンと一緒の訪問はアントンを束縛し、自主性が奪われた。彼は個人としてもっと旺盛に働きたかったのに。後に彼が言ったことだが、コレラ予防の活動ではこれを教訓にした。

コレラ流行地区管理

コレラはすぐそこまで来ていて、南部ロシアを襲い、日に日にモスクワ県に近づいていた。感染力はさらに強まった。秋冬の飢えで衰弱した住民の体は、コレラ菌にとって格好の土壌となったのである。緊急に対処せねばならなかった。セルプホフ郡ではコレラ対策に大拍車がかかった。医者と学生が招集されていたが、地区は広く、たとえ善意の協力があっても、いったんコレラに襲われたら郡会は手の施しようがないだろうと思われた。衛生委員会のメンバーであり医者でもあるアントンに、コレラ流行地区の管理が要請された。彼は無償で引き受けた。

大変な仕事をするめぐり合わせになった。郡会に財源はなく、アントンの担当地区には帆布製のテントが一つあるだけで、バラックの病室すらなかった。だから地元の工場主を回り、コレラに対する闘いに応分の援助をしてほしいと平身低頭して依頼しなくてはならなかった。こうした折、アントンは時に社会的地位の高い人達にも会うことがあった。全面的な援助を期待できそうな人達である。スヴォーリンへ宛てた彼の手紙に、オルロワ＝ダヴィドワ伯爵夫人や、数百万の資産を持つ有名なダヴィドワ修道院の修道院長を訪ねたことが書かれている。奔走するアントンのもとへ自ら出向いて、バラック用の土地や設備を申し出る人もいた。農民出身の工場主トロコンニコフ兄弟と、二人の遠い親戚にあたる手袋工場の主I・トロコンニコフだった。

何はともあれ、アントンの努力は実り成功した。まもなく二十五村におよぶ全地区が必要不可欠な設備を整えて、コレラから守られた。何か月か、作家チェーホフは旅行用馬車に乗りっぱなしであった。担当地区を回らねばならなかったし、家で患者を診察しなければばならなかったし、文学活動もしなければならなかった。疲れ果てボロボロになって帰宅しても、なんでもないよという態度で相変わらずみんなを笑わせていた。愛犬ヒーナとも相変わらず病気の話をしていた。ぼくも、ある村の衛生監督官に任命された。

コレラの予防活動や郡会の人達との知遇を得たことが、結果として作家チェーホフを郡会議員にした。アントンは郡会の集まりには快く出席し、様々な問題を積極的に検討した。一番関心を持ったのは住民の健康と教育の問題だった。予算審議や陳情では政府の最高機関を前に無力を感じたが、新しい道路の建設や開設が予定されている病院や学校の問題には意欲的に取り組んだ。どうしたら貧しい人を助けることができるか、農民のために何ができるかと生涯考え続けたアントンは、消防用具収納庫を作ったり、農民の要望を取り入れて鏡で作った十字架のある鐘楼を建てたりした。太陽があたると輝き、月夜には海の灯台のように十三露里向こうから見える十字架だった。

一時期、生への渇望がアントンを捉えたことがある。ぼく達にはそれがよく分かった。彼は何もしたくない、できるだけ遠くへ旅に出たい、アルジェリアかカナリア諸島へ行きたい、と思っていたが、実行に移す費用も気力もなかった。作品を完成させなければならないし、お金もないし、結局どこへも行かずメーリホヴォにいるのが良い、と考えたのかも知れない。遠くへ旅に出たいという夢を実現できない彼は、バラやチューリップやヒヤシンスの世話をますます熱心にするようになり、果樹を植えたり自分が植えた松のわずかな成長をじっと観察していた。

フランス人ジュール・ルグラの来訪

フランスの作家で学者のジュール・ルグラがメーリホヴォにぼく達を訪ねた。キノコ採りの好きなアントンは、毎朝自分の森をひと回りしてはヤマドリタケやカラハツタケを手に帰って来た。ヒーナとブロムがいつもうやうやしくお供をしていた。朝の散歩を勧めたのは、ロシアに来てメーリホヴォにチェーホフを訪ねたボルドー大学教授、ジュール・ルグラだった。彼は著書『ロシアの国にて』にアントンとの出会いをこう書いている。

「彼は、滑稽ながらうやうやしく随行する二匹のダックスフントを従え、ゆっくりした足取りで私に向かって歩いて来た。三十歳を少し出たくらい、背が高くスラッとして、しばしば機械的に手でかきあげる長い髪と広い額……　雰囲気はいくぶん冷やかながら、自然な感じだ。何者か、と相手を洞察しようとしている、と同時に自分も観察されていることを知っている顔だ。最初の緊張がほぐれると、ぼく達は、フランス人はロシア人を知らないし、ロシア人もフランス人を知らないですね、と話し始め、会話は次第に熱くなっていった。

『ところで、キノコ採りに行きませんか？』といきなり誘われた。

白樺林から作業小屋のある方へ向かった。身を地面にかがめ、カラハツタケをせわしなく集めながら、ぼく達は物事の本質に触れる重要な話を続けた」

ぼくはルグラをよく覚えている。メーリホヴォへ何度か来た。ブロンドのフランス人らしい表情豊かな彼は、赤いルパシカを着てやって来て、喜んでクワス［ライ麦と麦芽を発酵させて作った褐色の飲料］を飲み、わが家の森で猟を楽しんだ。彼はメーリホヴォの森を堪能していた。射撃を禁じる人は誰もいないし、どこへ行ってもフランスでのように密猟の責任を負う心配はなく、フランス人としてはまれな自由を味わった。猟から戻り夕食のテーブルにつくと、ウォッカを飲んだ。必ず前菜を食べてから飲み、食欲も旺盛だった。

「召し上がって下さい、ジュールさん、犬の焼き肉ですよ」

アントンは彼を見て茶目を言った。

ジュール・ルグラは、後にオビ川とエニセイ川を結ぶ運河の調査をし、報告書を書いている。ロシア語も上手になった。彼が帰国する時、ぼくはパリに住んでいる「うるわしのリーカ」に挨拶を託した。彼は、「美しい女性」を訪ね、ぼくの願いを実行したと知らせてくれた。

病の重さを自覚するアントン

一八九五年、アントンはトルストイに会うためにヤースナヤ・ポリャーナに行った。トルストイが会いたがっている、という噂はだいぶ前から聞いていたし、友人達がやって来ては会うことを勧めた。が、同行者、アントンの言葉では「仲介人」はいらないと言っていつも断っていた。それで、一人で行った。ヤースナヤ・ポリャーナから戻ると、また樹木や花々の世話を熱心にやった。この頃、身体の変化が顕著だった。老けて、やつれて、皮膚に生気がないのがすぐ目についた。体のどこかで、何かが進行していたのだ。一か月くらい彼と会わない時があって、その間にすっかり変わった、と感じたのを覚えている。咳もしていた。ぼくが地方の田舎の話をしても、かつてのような生き生きした反応はなく、ただ耳を傾けているだけだった。彼も、病気が深刻なものであると自覚していたことは確かだが、相変わらず誰にも不調を訴えなかったし医者にさえ隠そうとしていた。自分自身を誤魔化したかったに違いない。ところで、彼の短編『つれあい』のプロットは、ぼくがヤロスラーヴリから持ち帰ったものだ。ヤロスラーヴリのぼくの知人が自分の人生について打ち明け話をしてくれたのである。また、短編『殺人』のある部分も、遠くウーグリチからぼくが持って来たものである。

ぼくはウーグリチで、かつてトルケスタン学区視学官だったザベーリンと知り合った。すでに足元がおぼつかなくなった老人は、退役後の安穏をこの町ですごし、いつも黒いフロックコートを着ていた。胸の襟の下から星形の勲章が見えていた。三等文官〔帝政時代の官位、各省の次官級〕だった彼のもとには、検閲なしで外国の雑誌が送られて来ていた。楽しみを分かち合う人はいないかと、いつも探していたようだ。ウーグリチには読める人が一人もいなかった。ぼくが来たことを知った彼は、外国の雑誌を山と抱えてやって来た。

「わが国のような、こんな卑劣な政府の下で、あなたは平穏に生きられますか?」

彼の開口一番の言葉である。

「こんにちは、お若い方。あなたのことを耳にしたので来たのですよ。あなたは馬鹿げた政府を許しておくことができますか？」

彼の言葉に、ぼくははじめ少なからずびっくりした。ぼくの前に英語とフランス語の雑誌をおいてさらに言った。

「ほら、わが国の悪代官やクロンシタットのイオアン〔ロシア正教の聖人〕のことが書いてありますから読んでごらんなさい！　なにしろここはアジアですからね！　国全体がヒステリーだ！　これは『論説の解説』にあるジャン・フィコーの小論です。私は驚いているんですよ、よくもまあ、ペテルブルグでは顔から火が出ないものですね、恥ずかしくて！　どうです、極東の火遊びは！　ああ、私は何のために生きているのだろう？　こんな醜態を目にせねばならんとは！」

ザベーリンが持って来た雑誌は読み通さず、飛ばし読みした。彼はその後も山のように雑誌を運んで来た。彼の親切のおかげで、この世で何が起きているかを知った。ぼくは彼に感謝している。急に賢くなって成長したような気がしたし、目から鱗が落ちて長い夢から覚めた気がした。

ヤロスラーヴリについては、アントンが関心を持った二つの貴重な行事にぼくも関わったので記しておきたい。ロシア演劇発祥百五十周年と、詩人トレーフォレフの生誕六十年記念行事である。ヤロスラーヴリがロシア演劇揺籃《ようらん》の地であることは有名だ。全ロシアの劇場の元祖であるヤロスラーヴリ劇場の祝典には、報道関係者と共にサーヴィナとワルラーモフが率いるアレクサンドリンスキイ劇場の劇団が首都から来た。ぼくはジャーナリスト達と旧交を温めることができたが、何より目玉は劇団のほうだ。比類なき俳優達による華麗な『検察官』が上演された。ダヴィドフ、サーヴィナ、ワルラーモフが出演し、ぼくはこれ以上の舞台を知らない。成功間違いなしの戯曲が俳優達を奮い立たせたわけではなく、ロシア全土から来た選ばれた観衆のせいでもなく、演劇人にとって偉大な記念日にロシア最初の劇場で演ずる名誉にめぐり合わせた幸運のためだと、俳優達は終演後ぼくに語ってくれた。

トレーフォレフの記念祭もこの劇場で行われた。ヤロスラーヴリの詩人トレーフォレフは控え目な目立たない人で、日々の糧を得るために地元デミドフのリツェイ〔貴族の子弟のための教育機関〕で事務官として働いていた。仕事のかたわら詩を書き、ポーランドの詩人スィロコムリャの詩をたくさん翻訳していたが、何よりも人気があったのは民謡にもなった『カマリンの男』だ（「ワルワーラ通りをカマリンの男、カシヤンが行く……」）。住民の誰かがトレーフォレフ記念祭を思いついた。まもなく賛同者が現れ、劇場が一晩予約され、緑色のラシャを掛けた大きな長テーブルが舞台に置かれた。地元のジャーナリストや市の代表が着席し、トレーフォレフを一番目立つ席に座らせた。

毛をむしられたカラスのように頭が禿げた、年老いた祝賀の主人公は、わけが分からず身の置き所がないようだった。後で知ったのだが、彼は祝賀の夕べについて何も知らず、挨拶の言葉も準備していなかったので、祝辞や祝いの呼び掛けに答えることができなかった。ところが次から次へと声が挙がった。

「レオニード・ニコラエヴィチ！　半世紀にわたる貴方の実り多き意義ある活動は……」等々。

楽隊はファンファーレを鳴らし合唱団は『栄光』を歌った。哀れな詩人はずっと立ったまま、両手を胸にあて四方に向かって腰まで深々とお辞儀をしていた。

『かもめ』、ペテルブルグで初公演

さて、またメーリホヴォの話に戻ろう。

自分用に建てた離れでアントンは戯曲『かもめ』を書き上げた。公演のためペテルブルグのアレクサンドリンスキイ劇場に行ったが、失望した手紙を姉に送ってきている。みんな自分勝手で小事にこだわっている、本物ではない、陰気でつまらない芝居になるだろう、作者の気持ちなどどうでもいいのだと。『かもめ』の初日、姉がペテルブルグへ行くと、後で姉から聞いたのだが、ふさぎ込んで不機嫌な兄が駅に迎えに来た。どうしたのか問うと、俳優達は戯曲を理解していない、役も分かっていない、作者の言うことを聞かない

……と言った。

『かもめ』は喜劇女優レフケーエワの記念公演として掛かっていたので、観客はコミカルな芝居を期待した。家へ帰った姉から聞いたところでは、第一幕から劇場は大混乱で、観客は騒いだり、わめいたり、やじったりだったという。モスクワで『イワノフ』が上演された時と似ているが、アレクサンドリンスキイ劇場では混乱が絶頂に達し、前代未聞のカオスとなった。アントンは劇場から姿を消した。あちこち電話で捜したが見つからなかった。夜中の一時、心配と動揺のために今にも倒れそうな姉がスヴォーリンを訪ね、アントンの行方を聞いたが分からなかった。アントンはペテルブルグからぼくに、「戯曲は落下して、砕け散った」と葉書に書いてきた。そしてそのまま誰にも挨拶せず、まっすぐメーリホヴォへ帰った。だから姉は終演後、彼を見つけることができなかったのだ。

タガンローグへ蔵書を寄贈

アントンは書籍に愛着を持っていた。手に入る限りの本をせっせと集め、箱に詰めてはモスクワからメーリホヴォへ運んだので、膨大な蔵書となった。一八九六年、これを故郷タガンローグの公共図書館に寄贈した。ちなみに、彼が著者から献呈された署名入り書籍も全て図書館に入った。その後もタガンローグの図書館は彼を通じて蔵書数を増やしていった。今、図書館は優れた文化施設となり、亡きアカデミー会員シェフチェリが設計した立派な建物の一部を占めている。図書館は、作家チェーホフの名を冠する。

ぼく達はシェフチェリと知り合って三十五年以上になる。サラトフの生産管理技師の息子シェフチェリは、一八七五年、モスクワの絵画・彫刻・建築美術学校に入学し、ここで兄ニコライと親しくなった。二人の友情はニコライの死までずっと続いた。ぼく達がまだとても貧しかった一八七七年、建築科にいたシェフチェリはよくわが家へ遊びに来た。薪がないと言って嘆く母に、彼は友人へリウスと二人でどこか他所の薪の山から二本ずつ失敬し、小脇に抱えて持って来た。社交的な性格で機知に富み、生まれつき天才肌のシェフチェリは、まもなく同期生を追い越し、一八八三年、アレクサンドル三世の戴冠を記念する野外行事がモスクワのホディィノで大々的に催された時、彼のデッサンをもとに大行列『春は美し』が行なわれた。以来彼の人気は高まった。有名なレントフスキイの遊興地「エルミタージュ」の劇場や、劇場広場の劇場に、彼以外誰もやったことのない頭がクラクラするような夢幻境を創り出した。あらゆる手法を駆使した舞台トリックで、観客をあッと言わせた『月への旅』と『鶏と金の卵』を挙げれば十分と思う。モスクワにも地方都市にも、彼の設計による建物がごまんとある。モスクワの百貨店〔後のグム百貨店〕の建築に参画し、モスクワ芸術座も手がけ、これにより建築アカデミー会員の称号を得た。兄ニコライの死後、シェフチェリはアントンに友情を移し親友となった。

国勢調査に参加

一八九七年、アントンは国勢調査の仕事に参加した。これは庶民と間近でつき合うチャンスであることを、彼は経験から知っていた。サハリン島の住民調査は彼の手になるものである。すでに一八九〇年、彼はこれを自分の意志と資金で行なった。今また住民調査に手を出すことになった。彼は農民の生活を全般にわたって調べ、医者として一個人として親身な忠告をし、近隣の農民達とも親しくなった。メーリホヴォの七年は無益ではなかった。この七年は当時の作品にそれと分かる刻印を残し、独特な色合いを持たせている。メーリホヴォのこうした影響については、彼自身も認めている。メーリホヴォの情景や人物が各所に見られる『百姓たち』と『谷間』を挙げれば十分と思われる。当時、彼を捉えていたのは、モスクワに公民館を設置する計画だった。ロシアではまだ誰も公民館について口にする者はいなかった。農村の住民は暇な時間を個人経営の居酒屋で過ごしていた。アントンの計画では、公民館は広範な目的にかなうように図書館、閲覧室、講義室、博物館、劇場を備えるべきであった。五十万ルーブル相当の株式資本で建設する計画であった。シエフチェリが設計図を描いた。しかしアントンは「彼には関係のない理由で」、計画を実行できなかった。

「エルミタージュ」での発作

一八九七年三月、アントンは発作を起こし、危険な状態になった。何の予感も予兆もなかったので、スヴォーリンの待つモスクワへとメーリホヴォを発った。昼食を取ろうと二人がレストラン「エルミタージュ」のテーブルにつくやアントンは喀血した。応急処置は取ったが喀血は止まらなかった。老人スヴォーリンが『日記』に記録している。より明確にするため、ぼくは彼の記録にカッコを付けて説明を加える。

「午後三時、昼食を取ろうと私達がエルミタージュに入り席に着いた時、チェーホフが血を吐いた。彼は氷をもらえるか、と聞いた。私達は食事はせず、レストランを後にした。今日彼は「モスク」（ボリシャヤ・モスクワホテル）の自分の部屋へ帰った。二日間私の所で横になっていたのだが（エルミタージュからホテル「スラヴャンスキイ・バザール」のスヴォーリンの部屋へ連れて行った）、彼は発作に驚き、大変苦しいと私に言った。『病人を安心させるため、ぼく達医者は、咳が出ていると胃病だと言い、血を吐いた時は痔病だと言う。しかし胃病の咳はないし、喀血は間違いなく肺からくるものだ。ぼく（チェーホフ）は右肺から血が出ている。弟も親戚の女性もそうだった。二人とも肺の病で亡くなった』（チェーホフの言葉）。

昨夜は私（スヴォーリン）はまったく眠れず、朝五時に起きてチェーホフ宛てにメモを書き「モスク」へ持って行った。その後クレムリンを散歩して川岸通りを救世主大聖堂の方へ歩き、その後「スラヴャンスキイ・バザール」へ戻った。朝七時にホテルへ着いた（自分の部屋に戻った)。横になって少し眠った。十一時にドクター・オボロンスキイが（チェーホフの所から）来て、チェーホフは六時にまた喀血したのでジェーヴィチエ・ポーレにあるオストロウーモフの診療所へ移した、と言った。(三月）二十四日朝、私がまだ眠っている時（前述したエルミタージュでの昼食後、スヴォーリンの部屋でチェーホフが二晩過ごした時)、チェーホフは身支度を整え、私を起こして、自分のホテルへ帰ると言った。私がここに（スヴォーリンの部屋に）いるように説得しようとしても、手紙が来ているから（チェーホフ宛て、ホテルに）とか、大勢の人に会わなくてはならない等々言い訳をした。彼は終日話をしたので疲れ、朝方発作があった。私は昨日診療所のチェーホフのところへ二度行った。清潔とはいえ、病院だから病人達がいる。廊下や病室で食事をしている。チェーホフは十六号室。彼の作品『六号室』より十番上ですね、とオボロンスキイが言った。病人は笑っていつものように冗談を言っていたが、大きなコップに血を吐いていた。モスクワ川の氷が流れて行くのを見たよ、と私が言うと、彼の顔つきが変わって、『本当に川が動き始めたのかい？』と言った。私は川のことなど話題にするのでなかった。おそらく彼の頭の中では、氷が解けて動き出した川と喀血が何か結びついていたのではないだろうか。数日前彼が私に言った。『肺病の男を治療している時、その男が「助からないよ、春の雪解け水と一緒にあの世にいく」と言ったんだ』」（『日記』百五十一ページ）。

「エルミタージュ」でアントンに何があったか、その後どうしたのかを知ったのはかなり時を経てからで、発作の後アントンがホテルの自分の部屋でなく、「スラヴャンスキイ・バザール」のスヴォーリンの部屋で丸二晩過ごしたことを家族が知ったのは、出版されたスヴォーリンの『日記』からだった。予期せぬことだった。スヴォーリンが実の父親のように面倒を見てくれたことは間違いない。アントンが入院した時、ぼくは遠いヴォルガ川地方にいたし、姉マリアはメーリホヴォにいて何も知らなかった。姉がモスクワへ行くと、駅へ迎えに来た兄イワンから入院中のアントンを見舞うための面会カードを渡されたのでびっくりした。カードの上に「母と父には、どうか何も言わないで」と書いてあった。サイドテーブルの上の、赤エンピツで上部を囲んだ肺の図が偶然姉の目に入り、この部分が冒されているとすぐ悟った。病人の様子と赤エンピツの図が、マリアの心配を大きくした。いつも元気で朗らかなアントンが、今はまるで重病人のようだった。体を動かしたり話したりすることは禁じられていた。彼自身その力がなかった。個室から大部屋に移された時、また見舞いに行った姉は、ガウン姿で行ったり来たりしながら、こんなことを言っているアントンを見つけた。

「これじゃ、自分の感覚が鈍くなっていることに、気がつかないではいられないね？」

トルストイが診療所にアントンを訪ね、二人は芸術について語っていた。

病状ははっきりしていた。アントンは肺結核と診断され、治療は一刻を争い、その年の北部ロシアのしめっぽい春を避ける必要があった。

退院したアントンはメーリホヴォへ戻り、エルチェリに自分の健康状態について急いで書き送った。「気分は上々です。どこも痛くないし心配することは何もないのに、医者はワイン、運動、会話を禁じ、たくさん食べろと命じる。仕事も禁止された。退屈で仕方がない」（一八九七年四月十七日）。その後外国へ行く準備をした。最初ビアリッツへ行ったが悪天候が続き、満足しなかった。ニースに移った。グノ通りにある「ロシアペンション」に長期間滞在した。ここは良かったらしい。温暖だし文化もある、部屋にある「クレオパトラの臥所《ふしど》のような寝床」もいい、教授コワレフスキイ、ソボレフスキイ、ネミロヴィチ＝ダンチェンコや画家ヤコビらとの交流が良かった。ポタペンコやユージン＝スムバトフもやって来た。二人とは時々モンテカルロへ行ってルーレットをやった。

ニース、パリ……

秋冬をニースで過ごし、一八九八年二月、アフリカへ行こうとしたが、同行するはずの教授コワレフスキイが病気になったので断念した。コルシカ島への旅も考えたが実現しなかった。で、ニースで病気の苦しみに耐えることになってしまった。フランス人歯科医が不潔な鉗子《かんし》で、しかも上手く抜歯しなかったため、チフスなみの高熱をともなう重度の骨膜炎を患った。彼の言葉によると「痛さに壁を這い上がった」。これに加え、ニース暮らしのロシア人達の不品行も知った。スヴォーリンに書いている――「『ロシアペンション』に住んでいるロシアの上流夫人は醜女、退屈、無為、自己中心主義、目的もなく生きている、とぼくには見えます。あの人達に似てきたら困ります。何もかも治療する必要がありますね、ここでぼく達が（つまりぼくも夫人達も）治療しているように。エゴイズムそのものです」（一八九七年十二月十四日）

一八九八年の春が来ると、ロシアへの望郷の念が抑えがたくなった。やむを得ないこととはいえ、何もしないでいることは苦痛だったし、雪やロシアの木々が恋しかった。と同時に気候も食べ物も良く、何もしないのに体重が増えないことが心配だった。「病気は、もう治りそうもない」と知人の一人に書いている。

彼がニースにいる頃、フランスでは重苦しい日々が続いていた。再びドレフュス裁判が始まっていた。何事もきちんと取り組むアントンは裁判速記録を読んで研究し、ドレフュスは無罪だとスヴォーリンに熱い手紙を書いた。このことは、すでに書いた。

一八九八年三月、チェーホフはパリに滞在し、有名な彫刻家アントコリスキイと知り合った。二人の交流のおかげで、タガンローグにこの彫刻家のピョートル一世像と、チェーホフの家博物館収蔵の優れた彫刻『最期の吐息』がある。三月、アントンはメーリホヴォに帰って来た。彼の帰還と共に屋敷中が生き返った。客が訪れるようになった。しかし彼は以前のように冗談は言わなくなり、物思いにふけることが多かった。病気のせいであろう、ほとんど話をしなくなった。それでも以前と同じように、バラの手入れをしたり灌木の枝を払ったりしていた。姉がメーリホヴォの学校建設を計画していたので、それをとても楽しみにしていた。だが、温室を手入れする幸福なアランフェスの日々は遠い昔となった。「春になると毎年花が咲く、が、喜びはない」(『イワノフ』より)

ヤルタのアントン

チェーホフは九月までメーリホヴォにいた。いつもより早い雨となり、秋の気配がした。九月十四日、ヤルタへ向かった。二つに一つ、ヤルタかニースに行く必要があったが、再び外国へは行く気にならず、ヤルタを選んだ。時期をみて、もしかしたら冬にモスクワへ行けるかも知れない、と期待したのだ。

芸術座で『かもめ』が上演されることになっていた。彼の選択に誤りはなかった。ヤルタの秋冬は素晴らしく、彼の気分も大変良かった。しかし十月、わが家を不幸が襲った。メーリホヴォの父が、本の詰まった重い箱を持ち上げようとして脱腸を起こした。忌々しい悪路を駅まで（十三露里）運ばれ、列車で三時間かけてモスクワへ向かった。病院に着いた時は腸が壊死しており、開腹手術を受けなければならなかった。父は手術に耐えられず、亡くなった。父をノヴォデヴィチイ修道院に埋葬し、ぼくと母と姉は沈痛な思いでメーリホヴォへ帰った。ぼくは空っぽの部屋を回って歩いた。兄アントンはヤルタ、父は墓の中、「うるわしのリーカ」はパリ、永遠の友イワネンコも故郷へ帰ってしまった。空っぽになったメーリホヴォ！　父一人の存在がぼく達の家を満たしていたのだ。メーリホヴォでは父の不在ばかりが感じられた。

その後まもなくして、ヤルタに土地を買ったというアントンからの知らせが姉に届いた。冬を過ごす家を建てると言う。土地はヤルタの町から遠く、タタール人墓地に隣接し、朽ちて曲がったブドウの木々が乱立していた。買った土地を見せようとアントンは姉を案内したが、姉は不快な印象を持った。当時ヤルタに住み議員か何かをしていた元オペラ歌手ウサトフから聞いたところによると、世事に疎いアントンは土地を「押し付けられ」たのだった。水道も下水道もなく、最初の三年は雨水を利用せねばならなかったし、庭園に散水する水は使用した後の汚水だった。

建築が始まった。費用は一万ルーブルくらいと見られ、建物を担保とした借金で大半を支払う予定だったが、建築中に別の方から収入があった。アウトカの人里離れた場所にシャポワロフの設計で素晴らしいダーチャが建てられた。石や木の一つ一つに施主アントンと姉の才能が表れている。作家チェーホフは終日を建築現場で過ごす毎日だった。石や石灰は運んでもらい、土地はトルコ人やタタール人に耕してもらい、木々はチェーホフ自身が外科医らしく几帳面に植えて、新しい芽をわが子のように世話した。

全作品の著作権をマルクス社に譲渡

一八九九年、アントンは著作権の永年譲渡の交渉をマルクスの会社と始めた。全作品の著作権が七万五千ルーブルでマルクスに移り、新しい著作については別途料金を定めることで成立した。残念ながら七万五千ルーブルは三回に分けて支払われたので、アントンは裕福な気分に浸れなかった。ヤルタの家を建築中だったし、スヴォーリンへの負債を清算せねばならず、第一回分の収入はほとんど残らなかった。二回目を受け取る前にどうしてもお金が必要になった。そこで分かったのは、破産して貧乏に突き落とされかねないほど負債が膨らんでいるということだった。

まだ家が完成しない一八九九年のクリミアの冬は、例年になく厳しかった。寒さ、雪、海からの強風、身近な人がいない孤独が、作家チェーホフを苦しめた。彼は寂しかった。姉の言葉によれば、彼は北部ロシアへ思いを募らせていた。冬ではあってもロシアへ行けば、彼の戯曲が芸術座で成功を博している、彼の興味をかき立てるものがたくさんあるモスクワへ行けば、健康にとってもヤルタより良いに違いないと思われた。しかし自分の意思に反してアウトカに残らねばならなかった。地元民としての義務があった。女子中等学校の監督会議の委員に選出されていたし、ロシア各地から肺結核の病人が訪れ、ヤルタで治療したいと相談に来るので様々な心労もあった。ヤルタに来た病人達は劣悪な環境の中、望郷の念に駆られながら亡くなっていった。この人達のことも心配せねばならなかった。アントンは新聞にアピール文を載せ資金を集めて奔走し、彼らの療養生活を改善した。ついでながら、ムホラトカの学校建設に五百ルーブル献金している。

春になると北部への思いはさらに募り、四月十二日にモスクワへ行き、五月にはメーリホヴォに行った。モスクワ芸術座では彼のために『かもめ』を上演していた。彼は多忙をきわめ、自分でもコントロールできないほどだった。

五月十五日、タガンローグのイオルダノフに書いている。「自分が何をしているのか分からない。ヤルタにダーチャを建築中なのに、モスクワへ来てアパートを一年の契約で借りた。悪臭がするが、気に入っているよ。ところが今は田舎にいるので、そのアパートは閉めたまま。ダーチャはぼくが不在で建築中だ。どうも支離滅裂だね」

ヤルタの家（1900年）

とはいうものの八月二十九日、アントンは最終的にヤルタの家へ引っ越した。メーリホヴォは売られ、母と姉はクリミアの兄の家へ移って行った。こうしてアントンの生活は大きく変化した。愛する北部ロシアとの永遠の別れだった。

アカデミー名誉会員に

一九〇〇年一月十七日、ちょうど作家チェーホフの名の日に、科学アカデミー・プーシキン部門名誉会員に選出された、という通知を受理した。ぼくがヤルタを訪れた時、わが家のうんと古くからの料理人で、アントンのもとで余生を寄食しているマリューシカが離れから出て来て、意味ありげに言ったのを覚えている。

「わが家のご主人は、今は『大将さま』です」

アカデミー名誉会員になってから、ある人は冗談に、ある人は生真面目に、アントンのことを本当に「閣下」と呼んだ。リワジア宮殿の大物である玄関係さえ、アントンの所へ来た時、百回ぐらい彼を「閣下」と呼んだ。

ところで「大将」は、アカデミー会員に選ばれたゴーリキイが政治的理由から即座に除名されたと知ると、アカデミー会員を辞退して正真正銘「大将」の尊厳を守った。アカデミー総裁コンスタンチン大公に宛てたアントンの手紙とコロレンコの対応は際立っている。アントンはアカデミーの文学部門の組織そのものが嫌いなことを隠さなかった。

アカデミー会員達は文学界に常に不快感を持ち、文学者達を遠ざけている――というのが彼の考えだった。散文作家は名誉会員にしかなれず、名誉会員には報酬も議決権もないので何の意味もなかった。「巧みに除外しているのです！ 議決権のある会員には教授達が選ばれ、名誉会員にはペテルブルグに住んでいない作家が選ばれる。つまり、大会に出席して教授達と論争できないのです」。一九〇〇年一月八日、スヴォーリンにそう書いている。

ヤルタの悪天候の春はアントンの健康と気分に大きく作用した。三月五日は雪が降った。彼を気落ちさせ、考えるのは芸術座が活発に上演活動をしているモスクワのことばかり。劇団の目的も団員も上演に取り組む姿勢も好ましく、もっと身近に彼らと仕事をしたいと思った。芸術座がクリミアに来るのを一日千秋の思いで待っていた。ヤルタでの公演会場を探したり、照明装置のことまで心配して奔走した。

春、芸術座がクリミアに来た。公演のあるセヴァストーポリに滞在し、スタニスラフスキイと俳優達はアントンが来るものと待っていたが、突然の悪天候のため来なかった。少

ヤルタの家の書斎（1900年）

し温かくなった復活祭に、やっと来た。彼のために『ワーニャ伯父さん』が上演された。劇団がセヴァストーポリからヤルタに移って来ると、不思議なことが起きた！　降ってわいたように忽然と、作家の集団が現れたのである。チリコフ、ブーニン、エルパチエフスキイ、クプリン、ゴーリキイ達だった。アウトカの家は急に活気づいた。毎日劇団員全員が集まり、作家達もやって来て、母と姉は客の接待に追われ、またメーリホヴォ時代に戻ったようだった。色白で優しく、社交的な母エヴゲーニアは食卓の主らしく貫禄たっぷりに腰を下ろし、みんなよく食べているか目配りしながら御馳走を勧めていた。

劇団は去った、が、その後は家に客が来るようになりアントンをうんざりさせた。客、客、また客！　何の接点もない人達がやって来て長居をし、退屈な話をし、何も言わず二時間ぐらいスプーンで音を立ててお茶をかき混ぜたりしていた。彼はこの頃、書きたい意欲に駆られていたが、客から逃れるためには机の前に座るのを諦め、寝室にこもるほかなかった。

「ぼくは邪魔をされている。呪わしい、卑劣な妨げだ。戯曲が頭の中に出来上がっているのに、そこまで出てきて書けと要求しているのに、いざ書こうとするとドアが開いて醜悪なツラが入って来る」（一九〇〇年八月一八日）

結婚

アントンは一九〇〇年の秋をモスクワで過ごし、十二月初め再び外国へ発ったが、寒さと雪のため戻って来た。一九〇一年二月、彼はヤルタへ帰って行った。当時ぼくは遠い北部に住んでいたので、彼が春までどう過ごしたか知らない。運命のいたずらか、この時期、アントンからも他の家族からも手紙を受け取っていない。一九〇一年五月下旬、いきなり新聞で兄の結婚を知った。結婚式は一九〇一年五月二十五日、モスクワで行われた。ぼくは相手の女性が誰かさえ知らなかった。「いきなり」と書いたが、ぼくだけでなく、当時モスクワにいた兄イワンにとってもそうであった。彼は、教会での戴冠式の一時間ほど前に駅でアントンと会い、全てを知ったのだった。

式の後そのまま、オリガ・レオナルドヴナ（クニッペル）は夫をウファ県へ馬乳《クムイス》療養に連れて行ってしまった。以後ぼくはアントンと会う機会を失った。

三年が過ぎた。

アントンの死、埋葬

一九〇四年七月二日、ぼくはヤルタに母と姉を訪ねた。アントンは妻と共に外国バーデンワイラーに行っていた。

左から母エヴゲーニア、姉マリア、オリガ・クニッペル、アントン

船がヤルタに着き岸壁に繋留されると、誰かぼくに向かって帽子を振っていた。ヤルタのロシア船舶協会に勤務する従兄弟のジョルジが、入船を迎えていたのだ。遠くからぼくに気づいた彼は、両手でメガホンを作って、大声で言った。

「アントンが亡くなったよ！」

ぼくは不意打ちを食らった。声を上げて泣きたかった。船旅も船から見えるヤルタの町も、海も山も涙にかすんで何の値打ちもなかった。

ぼくはアウトカに向かった。姉は兄イワンとボルジョミに行っていなかったので、すぐ至急電報を打った。母には内緒にしていた。何も知らない母は喜んでぼくを迎え、御馳走を作ったりした。しかしぼくは喉を通らなかった。急激なショックを避けるため、今は隠してコメディを演じなくてはならないのがつらかった。

1904年のチェーホフ。最晩年の写真の一つ。

兄と姉がヤルタへ戻って来ると同時に未亡人となったアントンの妻から電報が届き、亡骸をペテルブルグからモスクワへ運ぶと知らせてきた。新聞でも報道された。ヤルタに五日とおらず、遺体を迎え墓地に見送るため、ぼくは再び北部ロシアへ戻って行った。姉も同行する準備をした。出発前、母に打ち明けた。母は両手で頭をつかみ、立っていた階段にそのままうずくまってしまった。大声で慟哭《どうこく》した。母を見ているのは忍びがたかった。やがて少し落ち着くと、母は自分もモスクワへ行く支度を始めた。

ぼく達は四人で北部へ向かった。ヤルタの家には誰も残らなかった。

モスクワへ着いたのは埋葬の日だった。ミロリューボフが駅に出迎えてくれ、箱馬車でモスクワ大学の方角に連れて行かれた。遺体はすでにペテルブルグから移され、ニコライ駅からノヴォデヴィチイ修道院に向かっているところだった。ぼく達の乗った列車がもし遅れたなら埋葬に間に合わないところだった。無数の人の波が柩に同道した。柩が通る道は電車も馬車も全て通行止めになり、通りに通ずる別の道や横町もロープを張って遮断されていた。ぼく達は葬列に何とか合流した。故人の親族と分かってもらえず、遺体の方へ道を開けてくれなかった。葬列を警護するモスクワの青年達は手を繋ぎあって、柩に近づこうとする数千の人の波から柩を守っていた。

群衆に押しつぶされないよう青年達に守られて、ぼく達は修道院に着いた。葬列が修道院の狭い門に差しかかると押し合いが始まり、ぼくは息が詰まるほど恐ろしかった。みんながわれ先に門の中に入ろうとして身動きが取れなくなり、もし警護の青年達がいなかったら大惨事になるところだった。柩はやっと門を通過し、ぼく達も葬儀の代表者や故人と親しい人達と共に中に入った。群衆は押し合いを続けていた。叫び声やうめき声が聞こえてきた。ついに群衆がどっと墓地に雪崩込むと十字架は音を立てて折れ、記念碑や像がばたばた倒れ、柵は壊され、花は踏まれてもみくちゃになった。

兄アントンは父の隣の土の中に下ろされた。ぼく達は柩の見納めをし、一握りずつお別れの土を投げた。土は柩の蓋に当たって音を立てた。墓地は永遠に閉じられた。

翌日、ぼく達はヤルタへ発った。未亡人も一緒だった。

その後長い間、慣れるまで寂寥《せきりょう》感をぬぐうことはできなかったし、故人の遺産の相続手続きはぼく達の気持ちを傷つけた。法の定めに従って亡き作家の妹弟三人、つまりぼく達が相続人とされたが、兄の遺志を知っているぼく達兄弟は相続を放棄し、全てを姉マリアに譲渡した。

わが姉の労を厭わぬ努力、亡き兄の忘れ得ぬ思い出への純粋な気持ちと献身的というほかない仕事ぶりのおかげで、わが国はポエジーや心に沁みるチェーホフ的な叙情に満ちた文化施設を、財産として持つことができた。世界中の誰もが知っている「ヤルタ　A・P・チェーホフの家博物館」である。

解説

『わが兄 チェーホフ』とその著者

E・バラバーノヴィチ

チェーホフについては膨大な回想録文献がある。同時代の有名無名の様々な人々や文学者、芸術家、舞台監督、学者、さらに社会活動家達もチェーホフについて書いている。「思い出のチェーホフ」諸編の中でとりわけ大きな位置を占めているのが、弟ミハイルが書いた『わが兄 チェーホフ（原題 チェーホフの周辺）』である。著者にとって長年チェーホフと身近に接して暮らしたことは幸運であった。ミハイルは兄と日常を共にし、兄の生き方や数多くの記念すべき出来事を直接目にしている。作家チェーホフの文学活動が著者の目の前で繰り広げられたのである。ミハイルは作家チェーホフの身近な人々を熟知している。

しかし、本回想録の筆者は「わが兄の弟」（チェーホフ自身の表現）であるだけではない。彼は多分野にわたる才能を持つ文学者でもある。一連の中編小説、短編を著し、翻訳家であり、児童文学作家で、編集者でもあった。従って、彼が著した回想録には、さらに大きな価値が付け加えられる。

本書『わが兄 チェーホフ』は、作家チェーホフと彼の身近にいた人々について書かれている。この回想録には、その独自性を映し出すサブタイトル「出逢いと印象」が付けられた。読者にとって絵を見るように繰り広げられる描写は、年代を正確に追いつつ、物語の主人公であるチェーホフの面影によって一つのものにまとめ上げられている。

読み始めれば、これはまるで生命を持った風俗画のシリーズを見ているように感じるだろう。何かあるものを普遍化しようとしたものではない。しかしまもなく最初の印象は消え、簡潔さの中になんともすっきりとした素朴さ、回想の魅力を感じる。登場人物と出来事の織り成すモザイクが芸術的な全体像となり、独特で興味深く、意義深い。

著者である語り手の言葉は自然体で、簡明で、温かく「アットホーム」であり、時には他人を引き込むユーモアで彩られる。読者は書き手と共にチェーホフの日常の中へ入って行き、彼の毎日の生活を知る。それゆえ、チェーホフゆかりの地を訪れて、偉大なる言葉の天才の作品誕生の地で同じ空気を吸っているような気分になるのである。ほんの小さなことが、本書ではあちこちで宝石のように輝いている。一般に、些細なことが回想録の記録者たちの筆から抜け落ちるのはよくあること、が、それらこそが私たちを古《いにしえ》の当時へ導いてくれるのだ。

回想録ジャンルの大御所V・コロレンコいわく「人を回想して書くことは、第一印象を書くようなわけにはいかない。他人の外観・性向を、自身の記憶を頼りにあらゆる試みを用いて確立する、これはすなわち肖像画家の仕事の一面を持っている」『わが兄 チェーホフ』の読者は、作者のこの面での才能を間違いなく評価するだろう。ミハイルによる人物の描写は、概して、簡潔で流れるような筆でなされる。しかし、たいへん表現力に満ちていて、喚起力が豊かである。数十人を数える様々な登場人物が、本書回想録の各ページで自分の生をいきいきと送っている。チェーホフの親類縁者、知人、青年時代の同志、モスクワや地方都市の住人達、田舎や地主屋敷の住人、ロシアの文学および芸術を代表する高名な人々や、まだ駆け出しの人々が描かれている。

このようにたくさんの人々を描きながら、作者は片時も本書の真の主人公であるチェーホフを視野から失わない。ゆえに読者は「チェーホフの周辺」にいる人々とチェーホフを結びつけている見えない糸を感じるのである。作者がどの人物について描いていても、その人物が、チェーホフの個性の知られざる面を、さらに身近に読者に感じ取らせてくれる。

チェーホフの特別な「人道的才能」が、周辺の人々の面立ちに照り返しているのである。

作者が物語る全てから、作者にとっても、読者にとっても大切なチェーホフの全体像が膨らんでくるのである。チェーホフの中に、私達は気品のあるつましさ、深い真心、誠実さ、気高い人間性を感じる。本書ではチェーホフが多面的に描かれている。仕事への姿勢、休息の過ごし方、家族との団欒、同時代の人々との交流。

「物を創り出すのは、彼の天性だ」。ミハイルの本の中でそう述べられている。私達は純粋に身近にチェーホフの創造的才能、創作にかける大いなる熱情、奮い立ってやり遂げる性格を本書のあちこちに感じる。チェーホフにとって、働くことは生きることの理由であり、生きる意味である。チェーホフは常に人々と共にあり、生まれつき与えられた素晴らしい感覚で、読者に対し高潔な義務と責任を果たすべく生まれた作家である。

他の回想録では、ある一時期のチェーホフの経歴とか、彼をめぐる人々とのエピソードがいくつか語られているだけである。本書では生涯を通じて作家チェーホフが語られている（ミハイルが兄と一緒に暮らしていなかった晩年のヤルタだけが例外である）。チェーホフの肖像は、彼が住み、創作した場所と分かちがたく結びついたものとして描かれる。

本書を読んでゲーテの名言が思い出されるであろう。「作家を理解したいと思ったら、まず彼の故郷へ行くべし」

最初の方の章では、タガンローグでの若いチェーホフと彼を取り巻く人々が紹介される。作者は、中等学校時代の活発で発明気質の尽きないチェーホフについて語っている。回想は、かつて広く語られていた、頭でっかちで活気のない少年というチェーホフの誤った印象を覆している。父親の事業の失敗という家庭的大惨事の後のチェーホフを語ったくだりは興味深い。特にこの時期の生活上の不運との闘いの中で、チェーホフの性格は形成されていった。

少年の頃から、すでにチェーホフには芸術の素質があった、とミハイルは証言する。将来の偉大な劇作家は演劇に興味を持ち、俳優としての天分を持ち、チェーホフ家でしばしば即興で演じられた滑稽な舞台劇の語りが得意だった、とミハイルは言う。私たちが知らなかった少年時代のチェーホフの創作に通ずる体験、たとえばアゾフ海を望む草原の旅、これは後に優れた中編小説に反映される。

回想録の中心部分ではモスクワの生活が語られる。アントンがモスクワへ来たのは一八七九年である。モスクワは終生、彼のもっとも大事な、愛すべき都市となった。チェーホフの才能はここで成長し確固たるものとなった。個人として、創作者として数多くの交流が始まる。本書では一八八〇年代のモスクワの様子を知ることもできる。ミハイルはチェーホフ家の住居について「天井下の窓から通行人の足だけ見える、湿っぽい臭いのする」グラチョフカの地下室に始まり……と書いている。

モスクワでのチェーホフとチェーホフ家の生活は、初めの頃は困窮と貧乏との闘いであった。チェーホフの生来の楽観主義が困難克服を助けていた、とミハイルは語っている。読者の前に魅力あるチェーホフ像が浮かんでくるに違いない。学生であり、若い医師であり、ユーモア雑誌の書き手であるアントーシャ・チェホンテ。筆者ミハイルはチェーホフの民主性、交際上手、きわだつユーモアについて書く。

創作の過程で大きく成長していくチェーホフの姿を筆者は再現した。有名なサドーワヤ・クドリンスカヤの家でのチェーホフが見えてくる。回想は詩情たっぷりのバープキノでの生活や、ウクライナのルカにある地主屋敷、トゥーラ県ボギモヴォでの生活を鮮やかに伝えている。これらの地に滞在したことは作家の感性を磨き、社会の様々な層の人々と結びつけ、豊かな自然の素晴らしさを満喫させた。

チェーホフは社会と積極的に関わろうと努力して、人々のために力になりたい、必要とされたいと考えていた。医師としての活動は、彼らしい独特な形での社会奉仕であった。

作家としての社会への貢献は、サハリン島への旅がある。旅がチェーホフの公民としての自覚を強めたことは当然の結果である。困難な大旅行をチェーホフはどう準備したか、を作者は本書で物語っている。

サハリンから帰ったチェーホフは、自身の言葉通り「民衆の中で生きる」ことに特に強い願望を抱いた。この願望は、一八九二年当時まだ片田舎だったメーリホヴォへ移ってから実行に移される。メーリホヴォ時代のチェーホフの姿は、本書に興味深く鮮やかに描出されている。様々な社会事業に携わるチェーホフ、緊張を極めた彼の創作活動がミハイルによって描かれている。この有機的結合こそ、作家にどれほどの実りをもたらしたことか、われわれは目にすることができるであろう。

メーリホヴォでは、大地を耕し潤おすことへの熱い欲望が、農奴の孫としてのチェーホフの中に目覚める。花や樹木を植え育て、大きな池や井戸を掘る作業に夢中になるチェーホフを描いたページは、回想録の中でもとりわけ感動的である（メーリホヴォの農民達は水不足に大変苦しんでいた）。「モミの木や松は胞子から育てて若木を植えた。生まれたばかりの赤ん坊のように大事にし」た。

ここでの生活がチェーホフの作品の中に、どのように反映されているか、ミハイルは詳しく語っている。チェーホフ自身は、具体的な場所や人々あるいは出来事と作品とを直接結びつけて書くことはまれだったゆえ、読者にとっては大変興味深い内容である。確かにチェーホフ自身が言っている――モデルをたててそのまま書くことは好まず、記憶に従って作品を書き上げる、偶然性とか本質的ではない部分がそぎ落とされた後の記憶に沿って書く、と。それでも、作家を取り巻く生活と作品の関係は明らかである。

本書の筆者は読者の注意を、チェーホフ作品の中で姿を変えて登場している出来事や人々に引き付ける。筆者によれば、ヴォスクレセンスクでの滞在はチェーホフに短編『脱走者』、『外科』、『官等試験』の主題を与えた。ズヴェニゴロドでの印象は短編『死体』、『解剖』、『サイレン』に、バープキノは短編『カワメンタイ』、『アルビオンの娘』、『不気味な出来事』、『魔女』に表れている。短編『つれあい』の主題も、『殺人』のいくつかのディテール同様、筆者ミハイルがチェーホフに示唆したもの、とは面白い話である。

ミハイルが描く、才能に恵まれたチェーホフ一家の有機的な結びつきにこそ、真のチェーホフ像を見ることができる。他の回想録では、チェーホフ家の姿はあまり描かれていない。弟ミハイルの本書ではそのブランクが埋められ、作家が長年一緒に過ごした一家の模様が鮮明に描かれている。勤勉な生活のあり方、助け合う絆、チェーホフ家のまれなる結束の力が、本書から強く感じ取れる。作者は一家の全体像を巧みに描きつつ、家族それぞれの豊かな個性を表現することに成功している。

一家の中でもとりわけ古い世代の人達について語っているページが興味深い。母エヴゲーニアの深い人間性や、全ての虐げられている人達や、蔑まれているものに対する強い愛と苦悩が書かれている。父パーヴェルの専横的で厳格な性格の裏に隠れた芸術的感性の素養を、ミハイルは見て取る。チェーホフが自分にとって「最初の教育者」であったと言う叔父ミトロファンについては、心から尊敬し、深い敬愛の念をもって語っているのがよく分かる。

兄ニコライについて、チェーホフは、「素晴らしい、優秀な、ロシアの才能」と表現している。回想録の筆者ミハイルは、この若くして人生を閉じた優れた芸術家についての貴重な思い出を記している。一家のため、チェーホフのために生涯を捧げた妹マリアの経歴について触れ、また教師として青年時代から勤労の道を歩んだ兄イワンについても語っている。

チェーホフの親戚には大変才能に恵まれた人達がいた。母方の伯父にあたるイワン「ワーニャ」・モロゾフは「芸術家肌で、どんな楽器もこなす楽師で、画家でもある多言語話者《ポリグロット》」である。チェーホフの従弟A・ドルジェンコは、職業は小商いながらヴァイオリンの名奏者だった。

ロシアの多くの作家が幼年期、少年期に、民衆の中の才能ある人々から影響を受けていることはよく知られている。有名なプーシキンのばあや、アリーナ・ロジオーノワを挙げれば説明は十分であろう。チェーホフ家のばあや、アガーフィア・クムスカヤについての作者の思い出は貴重である。彼女は元々農奴だったが、生まれつきお話を語るのが上手だった。ばあやから聞いた数々のお話が、幼い頃からチェーホフに民衆の生活やその中から生まれる創作に興味を持たせたと考えられる。

朗らかで、団欒のあるチェーホフ家には、たくさんの人々がやってきた。チェーホフが若い頃は、学生や女子専門学校の学生達、音楽家や芸術家、駆け出しの作家や民主的なインテリゲンチャの若者達だった。若いチェーホフを取り巻く人々を語るには、チェーホフがたびたび訪れたヴォスクレセンスクの有名な自治会医、アルハンゲリスキイの家での交流の思い出が貴重である。「サルトィコフ＝シチェドリンを語り、ツルゲーネフを中毒にかかったように夢中で読んだ。『教えてよ、かの僧院を』のような民謡を合唱したり、ネクラーソフの詩を朗読し、じっくりと味わった」とミハイルは語っている。

チェーホフの創作活動を通して交流のあった人々について書かれたページも興味深い。ユーモア雑誌『見物人』、『目覚し時計』、『こおろぎ』、『モスクワ』、『光と影』、『破片』の編集者やそこで働いていた人々の、まるで肖像画ギャラリーが設けられたような箇所である。中でもとりわけ強烈な印象の記者ギリャロフスキイや、一八八〇年代に人気があった詩人パリミン、『破片』発行人レイキン等が登場する。

チェーホフの創作活動の進展と共に文学的交流や友人達との交流が広まっていく様子が、詳細に観察するように回想されている。雑誌『とんぼ』や『破片』の編集者達からロシアの文学界、芸術界の代表者達まで、様々な人達との一連の出会いについて知ることができるのは、弟ミハイルの回想録のみである。

本書『わが兄 チェーホフ』では、チェーホフと同時代の人々との出会いが詳しく述べられている。チェーホフ家を訪ねた時のコロレンコ、サドーワヤ＝クドリンスカヤの客間でのグリゴローヴィチ、ペトラシェフスキイ事件の恐ろしい処刑儀式について語ったプレシチェーエフ、若いチェーホフの門出を心の籠った言葉で祝ったレスコフの姿を見ることができる。その他、レオンチエフ＝シチェーグロフ、バランツェヴィチ、シャヴロフ、ポタペンコ、チェレショフ、シチェープキナ＝クペルニク等々の作家についても記述している。

ロシア芸術を代表する先進的な活動家達、例えば優れた演劇人達との親しい交流も回想録は語っている。劇作家としてのチェーホフの才能を最初に認め、一八八〇年代の終わりに上演された戯曲『イワノフ』で主人公イワノフを演じたロシアの偉大な俳優ダヴィドフがいる。マールイ劇場の俳優であり演出家であったレンスキイや、チェーホフが大変愛したアレクサンドリンスキイ劇場の有名な役者スヴォボージンも登場する。

ロシアの自然を詩人のように描いた画家レヴィタンとの交友についても語られている。音楽の世界とチェーホフの深い内面の世界を一つにするものをミハイルは語る。チェーホフの経歴の中でもとりわけ感動的なエピソードの中から、愛すべき作曲家チャイコフスキイとの出会いが披露される。

ミハイルが著す回想録では、名も知られていない人々ではあるが、時にチェーホフの経歴の中で大変重要な意味を持っている人達が描かれている。例えば、駆け出しの作家チェーホフの友人であり、相談できる人だった散文作家ポプドグロがいる。無名のチェーホフ兄弟、ニコライとアントンの作品の崇拝者だったジュコフスキイ、チェーホフ作品最初の読者で友人となったオストロフスキイ（かの有名な劇作家オストロフスキイの弟）、ガムブルッェフ一家、バープキノのキセリョフ家の人々、チェーホフ一家の「生涯を通じた友」イワネンコ、チェーホフ家と親しいミジーノワ等々がいる。

本回想録の執筆を終えながら、ミハイルは次のようなメモを残している。「この回想録はアントンの経歴を書くのではなく、『私の回想記』にしたい、もちろん何よりも重要なことはアントンについてであるけれど。私は履歴書を書きたいと思わない、私の人生そのものがアントンと共にあったのだから」

『わが兄 チェーホフ』を読む時、これはチェーホフの履歴書ではなく思い出であることを忘れてはいけない。チェーホフの生涯の多くの出来事は語られておらず、大ざっぱに描かれているのが分かるはずだ。比較的小ぶりな本書では彼が持っているチェーホフについての全ての思い出を書くことは不可能だった。ミハイルが所有する豊富な資料の中の一部分だけ、しかし重要な部分は残らず盛り込まれている。本書出版の一年後、彼の記憶が保存している「未発表の、一度も使用されていない資料が詰まったいくつものカバン」についてイメージ豊かに書き残している。ミハイルはこれを最後まで成し遂げられなかった。これは残念と言うほかない。

この回想録を読んで感じることは、小ぶりな一冊ながら、たくさんの事実、出来事、人々が描かれていることである。読み終えても、しばらくすると、またミハイルによって真実がありのまま鮮明に再現されたチェーホフの生涯に引き込まれてしまう。

どのような回想記であれ、作者が誰について語ろうと、読者は書き手の息づかい、その個性を感じるはずである。作者の個性が顕著に表れると、時には回想に主観的な刻印を残し、結果、物語の本筋がぼんやりする。だが『わが兄 チェーホフ』の著者は、語られている内容に関わる人物およびそのテーマの相関関係を、的確に正確に捉えることに成功している。ミハイルは自分のことは必要不可欠な個所でのみ述べている。もし彼を咎《とが》めることができるとすれば、自分については控え過ぎることである。ましてや、才能あるチェーホフ家の一員である著者の生活と活動が興味深いことは、間違いないのだから。

ミハイル・チェーホフは、一八六五年十月六日タガンローグで生まれた。彼は幼年期、青少年期を、青少年期のアントンと同じ境遇の中で過ごしている。どのような境遇であったかは本書に記される。弟ミハイルの性格は、裕福ではない家庭環境の様々な問題と闘う中で形成された。少年時代から常に働かざるを得なかったミハイルは、早くから自立することに慣れ、人が人として生きるためには教育を受ける必要があることを、幼くして実感する。地方都市のタガンローグから初めてモスクワにやって来た十一歳の少年は、商人の倉庫番として奉公に出されそうになるが、危うい所で「自分自身で」中等学校入学の道をつかむ。

一八八五年、ミハイルは、一年前兄アントンが卒業したモスクワ大学へ入学する。医学でも、他の学問でも、熱意がわくような具体的に希望する分野がなかったので、青年は法学部を選択した。この選択には、A・コーニ、V・スパソヴィチ、S・アンドレーエフスキイといった、当時大変人気があったロシアの優れた法学者の活躍が影響をしていたと考えられる。

中等学校を出たばかりの学生や同年代の多くの若者にとって、ロシアで最も伝統のあるモスクワ大学は聖地である。後に、どこの大学に入学するのがよいかを知人に訊ねられてミハイルはこう書いている。「もちろんモスクワ大学です。なぜなら二世紀にわたって受け継がれている伝統があり、レールモントフ、グラノフスキイ、ソロヴィヨフと言った面々がこの学舎で学んでいます。今でも大学の大講義室には彼らの苗字を刻んだ、例えば『グラノフスキイ、1842』このように記した机を見ることができます」。だが、一八八〇年代の反動時代は、進歩的な伝統を押さえつけ学生達を窒息させせようとしていた。

ミハイルは熱心に学業に取り組み、順調に進級して行った。高名な歴史家クリュチェフスキイの講義に熱中し、一八八九年の学年レポートでは『オレーグ、イーゴリおよびスヴャトスラフのギリシャ条約について』という研究レポートをまとめた。

もちろん、大学はかつて官立の古典中等学校がそうであったように、監視体制が敷かれ、自覚を深めていく若者に対して十分な滋養を与えることはできなかった。実際には、ミハイルにとって正真正銘の学び舎となったのは、兄が家長である自分の家庭と、作家チェーホフの交友環境であった。

ミハイルはアントンより五歳年下ゆえ、兄からの影響が青年期の彼に顕著に感じられる。人格を決定するこの時期、早熟な兄の自分への強い影響を彼は感じとっていた。際立っているのは、まだ二人が中等学校の生徒だった頃から、アントンは弟に読書する喜びを喚起しようと熱心だったことだ。一八七九年、中等学校三年生で十四歳のミハイルは八年生のアントンに手紙を書き、その中で自分のことを「取るにたらぬ、存在しないようなぼく」と記した。アントンは簡明に一言返事を書いた。「人々に揉まれながら自分のよいところを見つけるんだね」。この言葉を今私達は、作家チェーホフの創作信条の重要な構成要素のように感じる。兄のこの言葉が、感受性に富む少年の心にどれほど強く響いたか、想像に難くない。

兄のすぐ傍にいたミハイルは、兄が何をしたか、何を話したか、誰と会ったか、何でもよく知っていた。自己犠牲の労働、人々への好意的な接し方、嘘やごまかし、暴力に対する憎悪、これらをアントンの表情から毎日感じ取っていた。アントン・チェーホフは弟にとって第一の教育者だった、と言っても過言ではないだろう。

ミハイルは若者らしい熱意と努力で、兄の創作活動を積極的に支える道を歩み出した。兄の助手となった、が、ある意味では秘書でもあった。アントンの作品を自分の丁寧な筆跡で清書したり（時には同じ作品を何回も）、原稿料を受け取るためにユーモア雑誌や新聞社の編集部に日参した。自分がやっていること全てに彼自身満足し、気分がよく、楽しかった。

兄という見本や、創作や芸術に向き合うチェーホフ家の家風が、生まれつき才能のあった少年に、早くから文学への興味を目覚めさせた。ミハイルはすでに中等学校の生徒の時に書き始めている。しかし、文学作品の執筆と呼べるほどの経験をするようになるのは大学生になってからである。一八八〇年代の後半になって、一連の随想と短編を雑誌『子どものじかん』、『子どもの友』、『泉』、『子どものよみもの』に書いている。これらの作品の多くは、M–Bスキーとか M・ボヘムスキイ〔ボヘミヤン〕とかのペンネームで書かれている。短編の主人公の多くは、苦境にある者とか極貧の人々であった。未知の国々へ旅することも、文学青年にとってたまらないロマンであった。短編『極東にて』や『大洋』では中等学校生徒の弟を連れて中国やタヒチ島を旅をする医者が描かれている。興味深いのは主人公の一人アナトーリイ医師の風貌が、現実に存在するチェーホフの面影に重なっていることである。

もちろん、学生の作品には多くの点で文学性に未成熟な部分もあるが、書き手の才能はおのずと知れるものであった。弟がどんなものを書いているかアントンは知っていたので、彼に創作能力があることを信じていた。これを証明するのが、一八八九年のチェーホフの手紙の中の言葉だ。「ミーシャは子どものために歴史小説が書ける」と(だが、目論見は成就されなかった)。ミハイルは散文だけでなく詩編もかなり自由にものしていて、愉快な即興詩を巧みに歌いあげた。とは言っても、やはり彼の創作意欲・気質が如実に表れているのは書簡である。特にチェーホフ家での連綿と続く、日常の中で記されてきた膨大な書簡である。

「ミーシャにはもう一つ才能があった。陶器に素晴らしい絵付けをしているよ」と長兄アレクサンドルにアントンが書いている。ミハイルは自分が住んでいたあちこちの場所やチェーホフ家が住んだ土地のスケッチもした。サドーワヤ＝クドリンスカヤ、バープキノ、ルカ、タガンローグ、クリミア、コーカサスの家の水彩画が保存されている。その何点かはチェーホフの経歴を語る上で重要な資料となった。そして、ミハイルのピアノ演奏の腕前も大したものであることを明かしておこう。

生来芸術家であるミハイルが大学卒業時に就かなければならなかった職業は、自分に全くふさわしくない職業だと内心感じるようなものだった。革新的で民主的なインテリ層の中で学んできた彼は最初から、相当な額の報酬や保障があり、キャリアにも繋がる帝室裁判所での仕事に就く可能性を否定していた。

それで財務省の仕事に就く結果となった。一八九〇年、収税吏代理の任務が命ぜられエフレモフ市［モスクワ州の南隣、トゥーラ州中央地区］へ送られるが、まもなくオカ川のアレクシン［トゥーラ州］へ異動となる。家族から引き離されたミハイルは寂しい思いをした。彼は自分の思いと辛さを赤裸々に打ち明けた長い手紙を兄に書いている。考えることは、気持ちが浮かないことばかりだった。

ミハイルを苦しめたのは、僻地《へきち》での非文化的な生活と住人達の内容のない、つまらぬ関心事だった。彼らは、例えばゴシップやトランプ遊びや酒盛りなどに明け暮れていたのだ。収税吏の仕事そのものが、彼に将来への希望のなさを感じさせ、苦痛でさえあった。生まれつきのヒューマニストで優しいミハイルは、人々が役人に対して敵対感情を持っていることに自分自身苦悩した。

一八九二年、チェーホフ家がメーリホヴォに移った時、ミハイルは首尾よくセルプホフへ異動することができた。メーリホヴォはセルプホフ県にあり、収税吏任務の管轄区域の一つであった。勤務のない自由な時間を、メーリホヴォで長時間過ごすことが可能となる。夏季休暇の時期はほとんどメーリホヴォに留まり、どこへも出かけなかった。そこで彼は自分の生活に新しい関心事を見つけた。ミハイルはメーリホヴォでの領地経営では、なかなかやり手のまとめ役、主となったのである。「ミーシャは素晴らしい経営者だ……彼なくして、ぼくは何もできなかったに違いない」とチェーホフは書いている。

ミハイルは創作の仕事も忘れなかった。一八九一年には『外国文学通報』にウィーダの中編小説『雨の六月』〔英語版一八八五年〕の翻訳を掲載した。しかし著作物に関しては、ミハイル・チェーホフの最初の作品は予想されたように文学作品としてではなく、農場経営者のための事典『穀物置き場』が出版されている。チェーホフ家の二年にわたる農業の体験を総括したものである（初版『穀物置き場』は一八九四年、『満たされた杯』と改題した第二版は一九〇七年に出版された）。この事典は穀物の栽培法から、果物の栽培法、野菜の栽培法、畜産、さらに家政学の問題まで幅広い内容となっている。

ミハイルはここでの生活を充分満喫しているようであった、が、一八九四年、彼の運命は急転回するのである。「ミーシャはウーグリチへの異動命令を受けた。それは、彼が言いなりになっていられない性分だったからだ。それほど自分の職業を嫌悪している」と、アントンは書いている。家族の言い伝えによると、ウーグリチへの異動の原因は、県の役人の誰かの家で、皇帝アレクサンドル三世の健康を祝して乾杯するよう強要されて断ったことに起因しているらしい。非常にまずい立場に追い込まれかねなかったので、こんな些細なことだが、メーリホヴォから遠い別の町へ異動になった。

セルプホフと比較して、ウーグリチはミハイルにとってたいへん辺鄙な田舎であった。周囲の環境はエフレモフやアレクシンと全く変わりなかった。地方特有の俗物根性の泥沼にはまり込んでいくのは、我慢ならなかった。第一不可能だ。彼は自分に必要な何か文化的な仕事を見つけたかった。それで、ウーグリチの収税官吏ミハイルは、ノンプロ劇団の舞台監督や俳優や舞台装置家となっていったのである。彼は戯曲も書いている。一八九六年、地元の工場主の屋敷で家庭教師をしていたオリガ・ヴラドィキナと演劇を通して知り合う。彼はこの若い娘に心を寄せ、まもなく結婚する。

一八九八年、ミハイルはヤロスラーヴリの官庁（県の財政を司る機関）の課長代理を命じられる。県庁所在地であり、ロシア最古の劇場のあるこの街へ異動してきて、ミハイルの創造への意欲に新しい糧が加わった。劇場には当時もっとも優れた俳優たちがいた。彼は観客として、劇評家として劇場通いを続けた。彼の論文や評論が地元の新聞・雑誌に掲載されるようになり、やがてモスクワの雑誌『劇場と芸術』にも載るようになった。アントンは文学のジャンルでのミハイルの仕事を称賛して、「もし君がこの評論を書いたのなら、おめでとうと言うよ。なかなかだ、悪くないよ」と書き送った。

ミハイルは納税者たちの苦労を少しでも軽くしたかったので、厳しく取り立てる代わりに、少しでも支払を免れるように努力した。下級役人たちにとってミハイルは見かけただけで「良心の呵責《かしゃく》を感じさせられる、何か問い質される」、「異色の人」ゆえ、彼らは常にミハイルと関わらないようにしていた。一九〇一年二月、ミハイルは兄に次のように伝えている。彼が「他の役人たちと付き合おうとしない、明らかに悪意をもって接している」という理由で、退職するか別の場所へ異動するよう勧告されている、と。どう選択するか、すでに腹は決まっていた。財務省の仕事を永遠に放棄し、兄の勧めるペテルブルグへと移って行った。

チェーホフは弟ミハイルの退職を称賛し、喜びいっぱいに「昨日ミーシャから手紙をもらった。彼に鉄道施設での書籍販売管理者として採用辞令が出た。彼にはぴったりの仕事だと思うよ。きっと、いい仕事をするだろう……」

「A・スヴォーリンの契約事務所」での書籍販売管理の仕事は、ミハイルが創作活動をするための時間を十分確保できた。一九〇〇年代の初頭、新聞『新時代』にミハイルの一連の短編小説が掲載されている。

この反動的な新聞が持つ方向性を知らないミハイルは明らかに、チェーホフが『新時代』に協力している限り、自分の作品は問題なく掲載されると考えていた。だが彼らの協力関係はすでに以前から断たれていた。ドレフュス事件後、アントンとスヴォーリンの関係は最終的に決裂した。弟への手紙の中でチェーホフは、スヴォーリンや『新時代』と親密になることに警告を与えている。とは言え、政治的にまだ未熟だったミハイルは、かつてチェーホフもそうであったように、新聞とスヴォーリンを別々のものと考えていた。事の詳細が飲み込めるようになるにつれ、ミハイルにも『新時代』の関係者のかんばしからぬ側った。

面が様々見えるようになり、結果、彼らのことを一言「野獣ども」と名指しするようにな

一九〇二年六月十六日付のアントンへの手紙に、このショーヴィニスト的な新聞に対するミハイルの否定的な態度が明確に表れている。「エルテレフ横町（『新時代』の編集部の場所）では新しい考え方は全て否定され、その思想には何の罪もないのに、編集者は青えんぴつを右へ左へぶらぶら遊ばせながら、誰もがうんざりするほど知っている国家主義や民族的独自性について馬鹿丁寧に説いている、ほとんど毎日のように……　彼らは都市近郊の別荘持ちから農民達についての知識を仕入れ、分かった気になっている。それなのに『百姓たち』に出てくるのは本当の農民ではないと言う。ぼくが、田舎に住んでいたし仕事もしていたから、ロシアの農民達のことはある程度知っている、と言うと、彼らは見下したような笑みを浮かべる」

スヴォーリンの事務所の仕事を辞めたかったので、ミハイルは自分の雑誌『ヨーロッパの蔵書』を発刊したが、資金不足で初期の何号かで廃刊となった。

一九〇〇年の初期にはかなりの短編が出来上がっていたので、文学作品の著書二冊を出版することができた。一九〇四年には作品集『随想と短編』と中編小説『ブルースト

ッキング』が、一九〇五年にも中編小説『孤児』が出版された。一九一〇年になると短編集『しの笛』を出した。

一九〇七年に『随想と短編』が再版され、名誉アカデミー会員コーニの推挙により、科学アカデミープーシキン賞（名誉賞）が授与された。ロシアの高名な作家であり、法律家であるコーニは、一九〇七年に発表された講評の中で、ミハイル・チェーホフの創作には独創性があること、その独創性は、実生活に積極的かつ楽観的に関わりながら、人々を苦しめている環境と意気軒高に闘う姿に表れている、と語っている。ツルゲーネフ的な、「俺たちはもっと闘うぞ、今に見ていろ！」というようなメッセージがしばしば聞こえてくる、とコーニは述べている。

事実描写の正確性、いくつかの短編で見られる繊細な心理分析、著者の誠心誠意の真心の深さを評者は認めている。「人間の清廉な感受性に対する前向きな確信や、人間の中に、状況の奴隷となるだけではないもの、動物的な自然に身を任せるだけではないものを見出だす能力……が、ミハイル・チェーホフの作品からは漂ってくる」と評者はしめくくっている。思い出してみよう、この評価が出たのは反動色が色濃い時代であり、多くの作家たちがロシア文学の人道的な伝統から離れて行った時代である。

書籍販売の分野の仕事を辞め、一九〇七年から一九一七年まで、ミハイルは雑誌『黄金の幼年期』の出版と編集をした。月二回の発行だった。編集者であり、たった一人の著者だった。十年の間、様々なペンネームを使って数百を数える短編、中編、随想、詩を載せた。その勤勉さと忍耐力、とくに最初の頃は最低限の資金で雑誌発刊をしていた彼の采配ぶりに驚嘆する。

『黄金の幼年期』に掲載された数々の作品は「卑しめられたり、虐げられたりしている人々」への熱い同情に貫かれている。誌面の多くを割いているのは、自然や動物についての短編である。ミハイルは編者として、若い読者の中に自然界への愛を育てることを特に重視した。

一九〇四年、作家チェーホフが没する。大好きな兄の死はミハイルの心を揺さぶり、兄との懐かしい思い出の数々をどっとあふれ出させた。作家の一周忌には『百万人の月刊誌』にミハイルの回想記が発表されている。これは一九〇六年、ロシアで最も古いロシア文学愛好者協会の作品集に『アントン・チェーホフの思い出』として再録され、ゴーリキイ、ブーニンの回想とともに収録された。

同一九〇六年、『百万人の月刊誌』にチェーホフについてのミハイルの新しい回想記が掲載され、一九〇七年には雑誌『新言語』に三つ目の回想記が載った。一九一〇年にはチェーホフ生誕五十周年を記念して出版された大部の作品集に、一九〇五年と一九〇六年のミハイルの回想が再録された。一九一一年には、姉マリアの提案でチェーホフ書簡集全六巻の発刊準備に着手する。ミハイルはこの準備にも大きく関わった。世界文学においても書簡集ジャンルの優れた見本となっている。書簡は作家の個性および創作性、芸術的感性、同時代の人々やロシアの文学者、芸術家との広範にわたった交友を研究描写するために不可欠な資料群である。

書簡の大部分は、当時まだ読者には公開されていなかった。チェーホフから書簡を受け取った多くの人々、あるいは書簡の所有者の手に散逸していたからだ。書簡発表の試みはされたことはあったがまとまらず、情報が不正確で、時には誤った注釈や解説がされていた。したがって、全六巻書簡集の発行がまずチェーホフ書簡集の大元になるはずであった。

ミハイルはこの書簡集出版を成功させなければならないと自覚していた。まだ取り掛かったばかりの一九一一年、彼は姉にこう書いている。「ぼくの考えでは、書簡の社会的意義の大きさを考えると、利益は犠牲にしても出版が不可欠だ」。一九一六年には「ぼく達がやっていることは社会事業だ、だから姉さんがやっている書簡の出版も同じだよ」

書簡の発行は、マリアもミハイルも個人の資産で実現しようと決めていた。ミハイルは複雑で面倒な出版工程を引き受けた。印刷所との連絡、ステロ版の製作指示、挿絵・写真の選定、校正ゲラの点検を担当する。書簡の編集や注釈の構成はマリアが担当し、ミハイルも協力した。最も重要な部分、全六巻書簡集のためのチェーホフの伝記の執筆をミハイルが受け持った。たいへん難しい責任重大な仕事だった。伝記を執筆するための資料は収集されていなかった。曲がりなりにも伝記と呼べる正式なものがそれまでなかったので、ミハイルにとっては未開の地を行くに等しかった。

一九一一〜一六年にかけて、全六巻の資料作りとチェーホフの伝記執筆の準備の共同作業のため、ミハイルは毎年ヤルタの姉のもとへ通った。二人の仕事の課題は、書簡集第一巻の前書き「伝記についての解説」に述べられている。伝記についての執筆は思い通りには進まなかった。各巻それぞれに、独立した内容で構成された。読者を巻の中へと導き入れて、書かれている時代の主な出来事を紹介し、チェーホフをめぐる当時の人々や住んでいた場所について物語るようにした。

全六巻の発刊はロシア文学界の大事件であった。「図書館でも書店でも、問い合わせや予約が殺到し、チェーホフ書簡集は『一番読まれている書籍』と巻で言われている」と、一九一四年初頭、当時のある雑誌が書いている。国外に亡命していたレーニンが書簡集の出版に関心を持った。クループスカヤ〔レーニン夫人〕が、ジェノヴァから党の著名な活動家V・カルピンスキイに宛てた一九一六年四月十一日付の手紙に、「夫レーニンが書籍を送って欲しいと言っています。チェーホフの書簡集を送って下さい」とある。関心が持たれるのは当然理解できることである。大部分が未発表の、ほぼ二千通のチェーホフの手紙を、読者は初めて読むことができるのだから。チェーホフの書簡とともに、ミハイルが執筆した経歴は読者に正真正銘のチェーホフ像を伝えた。広く文学界に流れていた偽りのチェーホフ像「黄昏《たそがれ》の歌い手」に対極する、真実のチェーホフ像を伝えた。チェーホフはペシミストだ、という誤った伝説を革命後は完全に取り払ったのである。

特に十月革命後、チェーホフについての伝記および回想執筆者としてのミハイルの活動は広範囲に及んだ。一九二三年には『アントン・チェーホフと作品プロット』を執筆、出版した。チェーホフと彼をめぐる人達との交流を底流に描きながら、一連の中編小説、短編、戯曲が誕生した経緯を著した。一九二四年には『アントン・チェーホフ、演劇、俳優、戯曲「タチアナ・レーピナ」』を発表した。この作品は伝記的・回想録的内容を持っている。チェーホフの演劇に対する姿勢、劇作家としての初期の経験、一八八〇年代のチェーホフ作品の演出について語られている。当時まだ誰にも知られていなかった戯曲『タチアナ・レーピナ』の創作過程も記述された（戯曲台本が掲載されている）。

ソヴィエト国家は作家チェーホフの偉業を不朽のものとして確立した。記念的諸事業の一つとして、一九二三年モスクワに、後に国立文学博物館となるチェーホフ博物館が開設された。ミハイルは博物館の仕事にも携わった。一九二九年には、博物館付属として創設されたチェーホフ協会発刊の作品集にミハイルの回想録『休暇のアントン・チェーホフ』（夏の休暇中のチェーホフについて書かれている）が掲載された。一九三〇年、未発表のチェーホフ書簡集の一巻が博物館から発刊された。解説の準備にはミハイルも加わった。

一九二〇年に、ミハイルは再び児童書の作家として活動を始めている。児童のための短編が数編出版された（ペンネームをK・トレープレフ、S・ヴェルシーニンとしている）。同じ時期に彼はフランス語や英語からの翻訳本を十巻以上出している（デスム、カーウッド、ケネディの作品）。

一九二三年からは、文学活動を集中的にこなすため、ヤルタの姉のもとへしばしば出かけるようになった。一九二六年、重い病（狭心症）がミハイルを完全にヤルタへ移住させる。一九二六年から一九三六年まで、彼は「チェーホフの家博物館」で過ごした。病人の彼は日々募る緊張の中で仕事をした。「朝から晩まで忙しい、仕事で手一杯の毎日だ。車窓を走り去っていく電柱を見ているように、私の時間は過ぎ去って行く」。ミハイルは一九三〇年、妻にそう書き送った。

ミハイルはヤルタでたくさんの仕事をしている。チェーホフの素晴らしい中編小説を脚色した戯曲『決闘』と映画台本『ペトラシェフスキイ事件』がある。七十歳近い年齢でイタリア語の勉強にも励んでいた。

一九二九年、ミハイルは全ロシア作家同盟の会員になり、一九三二年には特別恩給が適用される。

ミハイルは姉が館長を務めるヤルタの「チェーホフの家博物館」の重要なメンバーであった。ますます社会の聞心を引いている博物館の運営を、姉弟二人だけで行ったのである。ミハイルは博物館の財務報告を受け持ち、学芸員や、後にはコンサルタントも務めた。彼の仕事の一つには、作家チェーホフの個人蔵書の記録もあった。

チェーホフを回想する全てが所収されるヤルタの家で、一九二九年、ミハイルは『わ

が兄 チェーホフ』を執筆した。すでに出ている回想録の中でも、より深く自分の中に存在するチェーホフ像のほか、さらに新しい頁もたくさん加えて執筆した。著書が発刊されたのは一九三三年、「アカデミア」出版所である。

一九三五年にはロストフ・ナ・ドヌーで出版された『チェーホフとわが郷土』にミハイルの論文『チェーホフの母方の祖先』が掲載された。この論文がチェーホフの系譜について記述したシリーズの始まりと考えられる（ミハイルの死後、作家の系譜研究の仕事は彼の息子セルゲイが引き継いでいる）。

ミハイルの最後の仕事は、回想録的な内容を持つ「ヤルタのチェーホフの家博物館」の独創的なカタログである。これは従来からある味気ない単なる資料の目録ではなく、いわば博物館の展示物に投影されたチェーホフの伝記と呼べるものだ。各展示物の由来、作家の人生における出来事との関係が記されている。このカタログの初版は著者ミハイルの死後、一九三七年に出ている。現在のところ、八刷まで出ている（一九六三年）。

一九三六年十一月十四日、重い病の後、ミハイルは数え年七十二歳でヤルタに没す。

ミハイルは長い生涯を勤労に、創作に生きた。ロシアの偉大な作家チェーホフの弟ミハイルの文学的遺産の中でも、アントン・チェーホフの経歴および回想を記述したものがより優れている。『わが兄 チェーホフ』はその筆頭に当たる。コンスタンチン・フェージン〔作家、アカデミー会員、一八九二〜一九七七〕は「チェーホフについての百科事典」と表現した。この「回想百科事典」に素早く注目した人々の中にゴーリキイがいた。チェーホフ図書館には、ゴーリキイの書き込みが入った初版の『わが兄 チェーホフ』が保管されている。

この回想録の余白に書かれたゴーリキイの書き込みは、諸問題の様々な背景を捉えている。何よりもゴーリキイはアントン・チェーホフについて記述されている箇所に注目した。青年時代のチェーホフは「優れたアイデアの持ち主」だったとか、弟ミハイルに読書を勧めたことが書かれている部分である。家長としてのチェーホフについて、音楽趣向についてもしかり。ミハイルによって記述されているチェーホフの見解や戯曲『イワノフ』について、短編『気まぐれ女』について、サハリンについて等々。「昔はよい評論家がいなかったから、芸術作品も文明も死滅してしまったんだ！」というチェーホフの言葉はとくにゴーリキイの関心を引いた。チェーホフをめぐる人々を解説した箇所にも注目している。

一九〇六年、ミハイルのチェーホフについての回想が初めて出た時は、チェーホフのプロフィールを著すための基礎資料と呼ばれた。正真正銘の事実が豊富に詰まった回想と経歴に、多くの読者が関心を寄せた。これからも大きな関心が寄せられるであろう。ロシアの才能チェーホフと彼と同時代の人々の特徴を様々な人達が鮮明に伝えてきている。その一人として、私たちは熱い感謝の念をもって、ミハイル・チェーホフの名前を記憶に刻む。

訳者あとがき

一九九三年三月から九七年三月までモスクワで過ごした私は、ロシア文学の様々な作品を、文学が専門の先生宅に通って、先生の解説付きで読む幸運にめぐまれた。最初の作品はトルストイの『戦争と平和』だった。これは「ロシアを理解する」には最適なテキストである、というのが先生の持論で、「生きたロシア」を知るエンサイクロペディア、と名付けていた。解説するまでもなく、農奴から皇帝に至る各層の人間が様々な角度から描かれている大著である。当時の私は、一ページにピリオドが二つか三つしかない長文にため息が出たのを覚えている。

『わが兄　チェーホフ』（原題『チェーホフの周辺』）との出会いは、チェーホフの短編や他の有名なロシア文学の作品を読んだ後、「これはどうですか？　ロシア文学ではありませんが」と先生から勧められたのがそれだった（ロシア文学ではない、というのは、古典ではないですよ、という意味だと思う……）。何か、やさしい読みやすいものを、と親切な先生がどこからか見つけて来てくれたものだった。

一九六四年の出版（初版は一九三三年）で、その頃にはもうモスクワの書店にはなかった。写真やイラストがたくさん載っているうえ、冒頭の部分から「おはなし」に引き込んでいく平易な語りの調子が大変読みやすく、一気に読み進んだ。

当時（ソ連崩壊直後）のモスクワは、日に日に通貨ルーブルの価値が下落し、物価は上がり生活が大変だった。地下鉄からクレムリンへの階段通路の両脇に、ティーカップやボールペンを手にした女性達の列ができるようになった。取締りの警官が来ると一斉にどこかへ消えるが、すぐまた戻って来て列ができた。安定したドルで生活する私は、「列の前」を平然とは歩けなかった。先生への謝礼もドルで支払っていた。

最後の作品はブルガーコフ、短編の後の長編（『巨匠とマルガリータ』）で挫折した。帰国による時間もあるけれど、気力も失せてきて……

「宗教に関心がないと難解ですね」と先生に言われた。

帰国して年月が経ち、モスクワの記憶は徐々に薄れていったけれど、「腕白少年から爽やかな青年へ」成長したチェーホフ兄弟の姿や周辺の大人たちの強烈な個性が私の中に鮮明に残った。「ロシアの酔っ払いは哲学を語る」（先生の言葉）と言われるロシア人に、私は尻を叩かれたような気がする……　そうだ、自分の言葉でこの本を活字にして残そう。訳さえできていれば、パソコンを使って活字を打てる便利な時代。私家版の訳本が誕生した。この時「ひぐらし文庫」の今井さんには資料収集でお世話になった。

その後、中村喜和先生の紹介で出版が実現することになった。出版にあたって訳文を見直すとともに、先生の助言で、私はチェーホフ作品だけでなく、「チェーホフについて」の日本の研究者の方々の著書を（今になって初めて）読むこととなった。たくさんの研究者の存在を知った。知らなかったチェーホフ像も知った。出版の励ましと勉強の機会を作って下さった中村先生に心から感謝しております。

最後にこの場をお借りして、編集を担当された東洋書店新社の岩田悟さんに謝意を述べたい。訳文、訳注、適確な表現について全面的に助けていただきました。ありがとうございました。

二〇一七年十二月

秩父にて　宮島綾子

チェーホフ著作名索引

人名索引

●あ行

●か行

人名索引

●さ行

●た行

●な行

●は行

●ま行

●や行

●ら行

●わ行

アントン・チェーホフ年譜（日付はユリウス暦）

1860年（0歳）	1月17日南ロシアのタガンローグに生まれる。父パーヴェル、母エヴゲーニア。兄にアレクサンドル、ニコライ、弟にイワン、ミハイル、妹にマリア、エヴゲーニア。
1869年（9歳）	タガンローグの中等学校に入学（〜79年）。
1876年（16歳）	父パーヴェル破産。両親と弟妹達はモスクワへ移住。
1877年（17歳）	初めてのモスクワ訪問。
1877-1878年	初めての戯曲『父なし子』、『敵もさるもの』、軽喜劇『鶏は無駄に歌わず』を書く。
1879年（19歳）	モスクワ大学医学部へ入学。
1880年（20歳）	初めての作品掲載。『隣の学者への手紙』がペテルブルグの週刊ユーモア雑誌『とんぼ』に。以後、旺盛に執筆、家計を助ける。
1881年（21歳）	**アレクサンドル2世暗殺。**
1883年（23歳）	雑誌『破片』へ寄稿。ユーモア作家として知られ始める。『役人の死』、『アルビオンの娘』発表。
1884年（24歳）	モスクワ大学医学部卒業。最初の喀血。最初の短編集『メルポメネ物語』出版。
1885年（25歳）	初めてのペテルブルグ訪問。新聞『新時代』社主スヴォーリンと知り合う。
1886年（26歳）	グリゴローヴィチからの激励の手紙を受け取る。チェーホフ家、サドーワヤ＝クドリンスカヤ通りへ引っ越す。
1887年（27歳）	戯曲『イワノフ』モスクワ・コルシ座で初演。
1888年（28歳）	プーシキン賞受賞。『広野』、『ともしび』、戯曲『熊』、『結婚申し込み』発表。
1889年（29歳）	兄ニコライ亡くなる。モスクワ・アブラモワ劇場で『森の精』公演。
1890年（30歳）	4月サハリンへ旅立つ。7〜10月サハリンに滞在し流刑地の調査。12月モスクワに戻る。
1891年（31歳）	3〜4月スヴォーリンと共に南欧旅行。冬から翌年春にかけて、ニジェゴロド、ヴォローネジ両県の飢餓農民救援活動。『決闘』発表。

1892年(32歳)	メーリホヴォへ移る。コレラ患者の救援活動。
1893年(33歳)	『サハリン島』連載開始。
1894年(34歳)	南欧旅行。**フランスでドレフュス事件。ニコライ2世即位。**『黒衣の修道僧』発表。
1895年(35歳)	トルストイをヤースナヤ・ポリャーナに訪問。『三年』、『アリアドナ』、『殺人』発表。
1896年(36歳)	蔵書をタガンローグの公共図書館に寄贈。戯曲『かもめ』アレクサンドリンスキイ劇場で初演、不評におわる。
1897年(37歳)	人口調査に参加。3月大喀血。秋から冬をフランスのニースで暮らす。『百姓たち』発表。
1898年(38歳)	1月ドレフュス事件への対応をめぐってスヴォーリンと対立。3月フランスから帰国。9月オリガ・クニッペルと知り合う。10月父パーヴェル死去。ヤルタにダーチャ建設用地購入。12月モスクワ芸術座にて『かもめ』公演、成功する。
1899年(39歳)	マルクス社へ著作権売却。3月ゴーリキイと知り合う。10月戯曲『ワーニャ伯父さん』モスクワ芸術座にて公演。12月チェーホフ作品集がマルクス社より出版開始。『イオーヌイチ』、『箱に入った男』発表
1900年(40歳)	トルストイ、コロレンコ等と共にアカデミー名誉会員に。12月ニース滞在。南欧旅行。『谷間』発表。
1901年(41歳)	1月戯曲『三人姉妹』モスクワ芸術座にて初演。5月オリガ・クニッペルとモスクワで結婚。
1902年(42歳)	ゴーリキイのアカデミー名誉会員除名に抗議して、名誉会員辞退の書簡を科学アカデミー宛に送付。
1903年(43歳)	『いいなずけ』発表。
1904年(44歳)	チェーホフの誕生日に合わせて『桜の園』をモスクワ芸術座で初公演。**2月日露戦争勃発。**6月妻と共にドイツ、バーデンワイラーへ旅立つ。7月2日永眠。モスクワのノヴォデヴィチイ修道院墓地に埋葬される。

［著者］
ミハイル・チェーホフ（Михаил Павлович Чехов）
1865年ロシア帝国タガンローグ生まれ。作家アントン・チェーホフの弟として、兄についての伝記・回想録執筆で知られる。自身も作家として活躍した。晩年は姉マリアとともに、ヤルタの「チェーホフの家博物館」の設立に尽力した。1936年ヤルタで病没。

［訳者］
宮島綾子（みやじま・あやこ）
南信州出身。1975年からロシア、旧ソ連の各共和国（現CIS）、および東欧諸国へのツアー添乗をフリーランスで始め、今日に至る。その間、1993年から97年まで旅行社の駐在員としてモスクワに在住し、ロシア文学を集中的に読む機会を得る。添乗は「文学の旅」を中心に、シベリア鉄道全線（モスクワまで）も十数回。訳書として『九〇〇日の包囲の中で』、『ふしぎなつぼ まほうのこんぼう ウズベク民話』（ともに岩崎書店）他がある。

わが兄 チェーホフ

著　　者　ミハイル・チェーホフ
訳　　者　宮島綾子

2018年2月15日　初版第1刷発行

発 行 人　揖斐 憲
発　　行　東洋書店新社
〒150-0043 東京都渋谷区道玄坂1-22-7 道玄坂ピアビル5階
電話 03-6416-0170　FAX 03-3461-7141

発　　売　垣内出版株式会社
〒158-0098 東京都世田谷区上用賀6-16-17
電話 03-3428-7623　FAX 03-3428-7625

装　　丁　伊藤拓希
印刷・製本　中央精版印刷株式会社

落丁・乱丁の際はお取り替えいたします。定価はカバーに表示してあります。

ISBN978-4-7734-2024-1